Corinna Wieja

Herzglitzern und Mistelzweige

Weitere Titel der Autorin:

Herzfunkeln und Winterträume
Herzenssachen – Sternenzelt & Sommerträume

Corinna Wieja

Herz GLITZERN & MISTEL zweige

one

Die Bastei Lübbe AG verfolgt eine nachhaltige Buchproduktion. Wir verwenden Papiere aus nachhaltiger Forstwirtschaft und verzichten darauf, Bücher einzeln in Folie zu verpacken. Wir stellen unsere Bücher in Deutschland und Europa (EU) her und arbeiten mit den Druckereien kontinuierlich an einer positiven Ökobilanz.

NACHHALTIG PRODUZIERT

MIX
Papier | Fördert gute Waldnutzung
FSC® C014496

Originalausgabe

Corinna Wieja wird vertreten durch die Agentur Härle

Bei Fragen zur Produktsicherheit wenden Sie sich bitte an:
produktsicherheit@bastei-luebbe.de

Textredaktion: Christiane Schwabbaur, München
Umschlaggestaltung: © SO YEAH DESIGN, Gabi Braun
Umschlagmotiv: © Mybona / shutterstock.com; Yuliya Derbisheva VLG / shutterstock.com; Tymonko Galyna / shutterstock.com; alexkich / shutterstock.com; Franzi / shutterstock.com; Alexandru Canpan / shutterstock.com;
Innenklappen: biletskiyevgeniy.com / shutterstock.com
Satz: 3w+p GmbH, Rimpar
Gesetzt aus der Minion
Druck und Einband: GGP Media GmbH, Pößneck

Printed in Germany
ISBN 978-3-8466-0274-4

5 4 3 2 1

Sie finden uns im Internet unter one-verlag.de
Bitte beachten Sie auch luebbe.de

Für mein Schwesterherz – du funkelst.
Und für dich – du bist einzigartig.
Vielen Dank fürs Lesen!

Jona

Prolog
Last Christmas – Technik schlägt Romantik

Ein Jahr zuvor im Advent, an einem Freitag

Wenn Erinnerungen an Gerüche gekoppelt sind, dann liegt dieses Weihnachten in der Kategorie Z wie Zwiebel. Nicht nur, weil ich einen ganzen Berg davon für den Zwiebelkuchen geschält und gehackt habe, der nun im Ofen backt. Sondern auch, weil ich mir manchmal selbst wie eine Zwiebel vorkomme, die nur ihre äußere Hülle zeigt und den inneren, wenn auch nicht unbedingt tränenreichen Kern versteckt. Oh ja, im Verbergen von Gefühlen bin ich ein wahrer Meister. Und bevor das Ganze in die Sentimentalität abdriftet, nehme ich die Schwimmbrille ab und reibe mir über die brennenden Augen, die vermutlich so rot sind wie die Weihnachtsmannmütze, die auf Lins Kopf thront.

»Gehen wir noch eine Waffel essen?« Ich muss unbedingt den Zwiebelgeruch loswerden, und zwar aus der Nase und von den Fingern.

»Aber unbedingt!«, antwortet sie und hakt sich bei mir unter.

Der Himmel zeigt sich in schmuddeligem Pulvergrau, als wir unsere Schicht auf dem Adventsmarkt des Tierheims beenden. Lin und ich machen dort öfter Gassigänge mit den Hunden, und als sie vorschlug, den Samstag zu opfern und am Zwiebelkuchenstand auszuhelfen, konnte ich ihr den Wunsch mal wieder nicht abschlagen. Schließlich kann Danies Tierheim jeden Cent für wohltätige Zwecke gebrauchen.

Gemeinsam schlendern wir über die Anlage. Mit Lichterketten und Girlanden geschmückte Buden, an denen man Spiele machen oder Leckereien und Tier-Accessoires kaufen kann, laden zum Bummeln ein. An einer geschmückten Tanne hängen Zettel mit Weihnachtswünschen für die Tiere. Menschen spazieren umher oder sitzen an den bereitgestellten Tischen, holen sich einen Snack oder Getränke und lernen die Tiere kennen, die sie mit ein bisschen Glück später vielleicht sogar adoptieren. Der Geruch nach gebrannten Mandeln weht zu uns rüber. Auf der Bühne findet gerade die Bingo-Tombola für die Tiertafel statt. Tierheimleiterin Danie verkündet immer wieder gezogene Zahlen durch ein Mikrofon. Im Hintergrund singt Elvis mit säuselnder Stimme *Blue Christmas*.

Lins Handy klingelt, sie zieht es heraus und runzelt die Stirn. »Das ist Mama. Entschuldige, da muss ich ran.«

»Alles klar.« Ich lasse sie allein und gehe zur nächsten Bude, um uns etwas zu trinken zu holen.

»Hey, Jona«, grüßt mich das Mädchen hinter der Theke.

»Hey, Tabea. Cool, dass du auch hier aushilfst.« Wir kennen uns von dem Aushilfsjob in einem Supermarkt. Bis vor einem Monat habe ich einmal in der Woche mit ihr Getränkekisten gestapelt und Lebensmittel in Regale einsortiert. Ich gebe meine Bestellung auf, und sie schiebt mir zwei Becher hin.

»Wenn du Lust hast, könnten wir nachher noch auf den Weihnachtsmarkt gehen. Ich hab in einer halben Stunde Feierabend.« Sie schenkt mir ein flirtiges Lächeln, und ich spüre, wie ich rot werde.

»Äh, danke. Tut mir leid, aber ich hab schon was vor. Man sieht sich!« Ich nehme die beiden Tassen und gehe. Auf weitere Komplikationen habe ich so kurz vor meiner Abreise in drei Wochen definitiv keine Lust.

»Wunschpunsch?« Ich strecke Lin einen Becher mit heißem rotem Punsch hin, auf dem essbare Blattgoldflocken glitzern. Das Handy hat sie inzwischen wieder eingesteckt.

»Danke!« Sie nimmt den Becher vorsichtig mit behandschuhten Händen entgegen, auf denen Rentiere tanzen. Leicht bläst sie auf die Flüssigkeit. »Wenn sich die Wünsche, die wir dem Punsch zuflüstern, erfüllen würden, dann würdest du also hierbleiben und kein Auslandsjahr machen.«

Ich seufze. »Lin …« Das Thema hat sie in den letzten Wochen gefühlt hundertmal angesprochen.

»Ja, ich weiß«, antwortet sie. »Es ist wichtig, du willst deiner Mutter helfen, und ich verstehe das auch, aber ich werde dich vermissen.« Meine Mutter hat mich gefragt, ob ich ihr in ihrer Pension aushelfen kann, da sie in letzter Zeit ein paar gesundheitliche Probleme hat. Das ist jedoch nur die halbe Wahrheit, warum ich ihr Angebot annehme.

»Ich dich auch«, sage ich und verschweige, dass auch mein Wunsch sich nicht erfüllen wird. Den kann ich ihr aber unmöglich verraten, obwohl wir uns schon ewig kennen.

Wir trainieren zusammen im Einradhockeyteam, lieben beide Actionfilme und engagieren uns im Verein für Natur- und Tierschutz. Sie ließ mich früher immer in Mathe abschreiben, ich sie in Französisch. Bei der Frage, ob süßes oder salziges Popcorn besser schmeckt, bin ich Team süß und sie Team salzig. Bei den Gummibärchen überlässt sie mir freiwillig die gelben und ich ihr die roten. Und obwohl ich ihre Vorliebe für krümelig trockenen Christstollen absolut nicht nachvollziehen kann, verbindet uns die Liebe zu Weihnachten. Unsere alljährlichen Jolinischen Spiele, bei denen wir uns in der Weihnachtszeit ein Battle der besonderen Art liefern, sind längst Tradition. Jedes Jahr losen wir neue Kategorien aus, in denen wir uns beweisen müssen, wie Keks-Pong-Quiz, Scharade oder Wortspielduelle. Mitsamt Wetteinsatz, wie zum Beispiel einen ganzen Tag mit einem Kaktus herumlaufen, zufälligen Passanten an Weihnachten bunt gefärbte Eier schenken oder das Tragen eines hässlichen Weihnachtspullis. Manchmal ist die Strafe auch eine Kinoeinladung oder dem anderen ein selbst gekochtes Essen zu servieren.

»Warum starrt uns das Mädchen vom Glühweinstand so finster an?«, fragt Lin.

Ich drehe mich um und entdecke Tabea, die uns mit verschränkten Armen beobachtet. Verlegen huste ich.

»Vielleicht, weil wir uns kennen und sie herauszufinden versucht, ob du meine Schwester bist oder … mehr.« Das letzte Wort krächze ich eher und nehme schnell einen Schluck Punsch. Autsch, heiß! Meine Zunge prickelt und wird taub. Lin scheint zum Glück nichts zu bemerken.

»Ah ja. Das erklärt einiges.« Sie lacht. »Apropos Schwester … Emmi ist auf dem Weg hierher, hat Mama gesagt. Stört dich doch nicht, oder?« Lin nimmt einen Schluck von ihrem Punsch. Auf der Tasse steht: *Das Glück liegt in Sichtweite, du musst nur danach greifen.* Mir fehlt jedoch der Mut, genau das umzusetzen. Und jetzt, wo ich bald weggehe, würde das die Sache ohnehin nur unnötig verkomplizieren.

»Warum sollte mich das stören?«, frage ich und trinke meinen Punsch. Er schmeckt viel zu süß nach Brause.

»Weil sie eine Nervensäge ist und sich an uns dranhängen wird wie eine Klette«, erklärt Lin.

»Ach, komm schon, wo bleibt dein Weihnachtsspirit? Deine Schwester ist okay.« Ich bleibe an einem Stand stehen, um eine Waffel zu kaufen. Lin pflückt mir mehr als die Hälfte der Waffelherzen aus der Hand. »He, du zerrupfst mein Herz, das ist ziemlich unfair geteilt«, meckere ich lächelnd.

»Na gut«, sagt sie, zupft ein Ministück ab und hält es mir vors Gesicht. Ich schnappe es mir mit dem Mund und streife dabei mit den Lippen leicht über ihre Finger.

»Uh, du bist ja verfressener als Toffee.« Sie lacht, als sie ihre kleine Lieblingsziege erwähnt. »Wusstest du eigentlich, dass in Italien eine Hexe die Geschenke bringt?«, fragt sie nun. »Sie heißt Befana und reist durch Schornsteine wie der Weihnachtsmann, aber erst am sechsten Januar.« Herausfordernd schaut sie mich an.

Ah, ein Battle. Dabei kann ich mithalten.

»Ja, aber wusstest du, dass man in Mexiko zu Weihnachten Radieschen schnitzt, weil das Glück bringen soll?«, kontere ich.

»Das kann ich toppen«, erwidert sie. »In Tschechien sagt ein Apfel die Zukunft voraus. Man schneidet ihn auf und hofft, dass das Kerngehäuse wie ein Stern aussieht. Und in der Slowakei schmeißt man Pudding an die Decke; je mehr kleben bleibt, desto mehr Glück hat man.«

»Ernsthaft?«, frage ich. »Das hast du dir doch ausgedacht!«

»Niemals!«, erwidert sie grinsend. »Können diese Augen lügen?« Sie deutet mit einem Zeigefinger auf ihr Gesicht.

Wir bleiben stehen und schauen uns einen Moment lang an. Das Gewusel um uns herum verblasst, und ich habe das Gefühl, in Lins braunen Augen zu versinken. Insgeheim überkommt mich der Wunsch, mir einen Bratapfel zu holen und nachzusehen, was das Kernorakel für uns bereithält. Abrupt reiße ich mich los und konzentriere mich wieder auf die Gegenwart. Sosehr ich in meinem Gedächtnis krame, mir fällt kein weiterer verrückter Brauch ein. Obwohl … vielleicht der Baumstamm, der Süßigkeiten ausspuckt, aus Spanien … Ich will gerade ansetzen, da kommt mir jemand zuvor.

»He, wisst ihr, dass ihr unterm Mistelzweig steht?«, ruft Lins jüngere Schwester Emmi, die plötzlich wie aus dem Nichts auftaucht und ihre Arme über unsere Schultern legt. »Jetzt müsst ihr euch auch küssen. Das ist übrigens ein englischer Brauch.« Ihr Blick schweift zwischen dem grünen Ästchen über dem Torbogen, Lin und mir hin und her. Erwartungsvoll schaut sie uns an.

Ich werde rot bis zu den Haarspitzen. Wer zum Geier hängt hier Misteln auf?

Verstohlen blicke ich zu meiner besten Freundin. Der Torbogen, an dem dieser verdammte Zweig hängt, ist der Eingang zur Freilaufwiese. In einem abgetrennten Bereich dahinter wuseln Ziegen und Hasen umher, von den Käfigen dringt Hundegebell zu uns herüber.

Lin rückt die Weihnachtsmannmütze auf ihren braunen Locken zurecht und runzelt die Stirn über Emmis Vorschlag. Sie wirft mir einen Blick zu, den ich nur als verzweifelt deuten kann. Kein Wunder, immerhin sind wir »nur« Freunde. Romantik ist zwischen uns strikt tabu, deshalb spüre auch ich bei Emmis Vorschlag ein ziemlich mulmiges Gefühl im Magen.

Ich beobachte, wie Lins Nasenspitze sich von Grün zu Rot färbt. Womöglich liegt das aber auch nur an den Lichterketten, die überall blinken.

»Weihnachtsmänner und Rentiere küssen sich normalerweise nicht«, wiegele ich rasch ab und spiele dabei auf die Mützen an, die wir beide tragen. Meine ziert ein Geweih. Ich will Lin nicht in Verlegenheit bringen, denn ich sehe ihr an, wie unangenehm ihr Emmis Vorschlag ist.

»Womöglich ist das auch gar keine Mistel«, sagt Lin sofort. »Das ist bestimmt nur ein grüner Zweig. Stechpalme oder so.« Sie legt den Kopf schief. »Es könnte auch ein Weihnachtsstern sein. Wusstet ihr, dass die ursprünglich aus Mexiko stammen und Wärme bevorzugen? Die roten

Blüten sind eigentlich Blätter, die sich verfärben. Die Blüte ist winzig und gelbgrün. Schräg, oder?«

Ja, schräg, denke ich und muss unwillkürlich lächeln. Immer wenn Lin nervös wird, plappert sie los und erzählt irgendwelche Fun Facts. Der Zweig ist allerdings definitiv eine Mistel. Die Beeren sind weiß, nicht rot.

»Natürlich ist das eine Mistel«, beharrt Emmi, »und ihr müsst euch jetzt küssen, sonst bringt das Unglück.« Sie ist fünfzehn, drei Jahre jünger als Lin und daran gewöhnt, dass alle nach ihrer Pfeife tanzen.

»Also gut, bringen wir es hinter uns, sonst stehen wir morgen Früh noch hier«, sagt Lin zu meiner Überraschung. Es klingt so unromantisch, wie es unsere Freundschaft verlangt.

»Oh-kay.« Ich schaue ihr in die karamellbraunen Augen, als sie näher kommt, und beobachte, wie ihr eine braune Locke in die Stirn fällt.

Unwillkürlich halte ich den Atem an und merke, wie mein Herz einen Gang zulegt. Es rast, als wolle es einen Marathon gewinnen.

Lin beugt sich vor, und ich schiebe mich ihr entgegen. Der vertraute Kokosduft ihres Duschgels steigt mir in die Nase und mischt sich mit dem süßsäuerlichen Punschgeruch. Erwartungsvoll und wie in Zeitlupe rücke ich noch näher, als ich plötzlich einen heftigen Schlag von hinten erhalte und einknicke. Autsch! Meine Lippen rutschen ab und berühren Lins Wange, nur leicht, wie ein Windhauch. Der Kuss ist so schnell vorbei, dass ich ihn mir eingebildet haben könnte, wären da nicht mein galoppierendes Herz und die kleine braune Ziege, die sich wie ein Keil zwischen uns drängt.

»Toffee!«, ruft Lin und lacht. »Bist du wieder ausgebüxt oder hat dich jemand rausgelassen?« Die Ziege drückt sich gegen sie und zupft an ihrer Jacke herum. »Tut mir leid, ich hab nichts zu fressen.«

Lin tritt zurück, und ich spüre eine plötzliche Leere. Verwirrt streiche ich mir mit der Zunge über die Lippen. Emmi gibt ein genervtes Schnauben von sich, als Lin mir ihre Tasse in die Hand drückt, dann die Ziege packt und zu ihrem Gehege zurückbringt.

»So«, sagt sie, als sie zurückkommt. Mir entgeht nicht, dass sie ganz bewusst einen Riesenbogen um den Mistelzweig macht. Ihre Wangen röten sich verräterisch. »Wusstet ihr, dass Weihnachten von 1647 bis 1660 in England verboten war?« Sie zupft sich ihre rote Mütze zurecht.

»Ganz schön krass«, antworte ich. »Stell dir vor, wir müssten auf all das hier verzichten.« Ich mache eine ausholende Handbewegung.

»Das wäre echt schade!«, erwidert sie. »Sollen wir uns Tombolalose holen, Jojo? Wenn ich mich nicht irre, habe ich das Traditionenaufzähl-Battle gewonnen.«

»Äh, ja klar«, stammele ich. Toll, eine deutlichere Abfuhr kann es wohl kaum geben. Auch Emmi scheint irritiert zu sein. Sie öffnet den Mund, um etwas zu sagen, entscheidet sich dann aber anders. Sicher weiß sie, dass man zufällig unterm Mistelzweig stehen muss. Absicht zählt nicht. Ihr aufmerksamer Blick verursacht bei mir ein ungutes Gefühl. Ich komme mir vor, als ob sie in mir läse wie in einem offenen Buch. Also reiße ich mich zusammen und tue so, als wäre nichts passiert. Auf dem Weg zur Tombolabühne gebe ich die beiden Wunschpunschtassen zurück und beschließe, das Pfand gleich für die Lose zu nutzen.

»Bin gespannt, was wir gewinnen werden. Ich glaube, die Einhornbaumspitze könntest du gut gebrauchen«, scherze ich. »Oder soll ich für dich lieber die Rentier-Socken ergattern?«

»Mhm, die Socken«, sagt Lin und grinst. »Die darfst du dann gern mit ordentlich Schokolade füllen.«

»Frech!«, erwidere ich und zwinkere ihr zu. Wie versprochen kaufe ich uns ein Los, und wir gewinnen – ein Lebkuchenherz.

»Pech im Spiel, Glück in der Liebe«, meint Emmi verschmitzt und klopft mir auf die Schulter. Das ist der Spruch, der darauf steht.

»Oh wunderbarste beste Freundin und Kokosflocke, würdest du einstweilen mein Herz nehmen, bis ich die wärmende Fußklamotte für dich errungen habe?«, sage ich schmalzig und werde sofort rot, als mir aufgeht, wie zweideutig das klingt. »Also mein Schokoherz«, ergänze ich. »Äh, ich meine natürlich aus Lebkuchen.« So peinlich, jetzt stammele ich auch noch!

Lin lacht. »Aber natürlich, wunderbarster bester Freund und Krümelmonster. Ich werde dein Herz bewahren und es ganz bestimmt nicht zerkrümeln.« Sie hängt es sich um. Ein Glückskribbeln erfasst mich, als ich merke, dass sie ebenso doppeldeutig geantwortet hat.

»Also ich finde die Dinger ja immer ein bisschen altbacken und steinhart«, mischt sich Oma Pelzig ein. Unsere Nachbarin spaziert mit ihrem Riesenkönigspudel neben uns. Purzel, so heißt das Kalb von einem Hund, lässt sich genüsslich von Lin hinter den Ohren kraulen.

»Oh, aber doch nicht Jonas Herz«, erwidert Emmi. »Ich bin sicher, es ist schokoweich und süß – wie er.« Sie zwinkert mir zu.

»Okay, versuchen wir es noch mal«, lenke ich schnell ab. Der Ehrgeiz hat mich gepackt. Ich will unbedingt für Lin die Socken gewinnen.

Lins Handy klingelt erneut, und sie schaut aufs Display. Gleich darauf beißt sie sich auf die Lippe. »Oh, verflixt!« Entschuldigend sieht sie mich an. »Das war mein Terminwecker. Freddy will sich in einer Viertelstunde mit mir auf dem Weihnachtsmarkt treffen. Ich hab völlig verschwitzt, dass es schon so spät ist.«

Freddy. Verdammt! Für einen Moment habe ich glatt verdrängt, dass sie ihn seit Kurzem datet, so viele Frage- und Ausrufezeichen tummeln sich in meinem Kopf. Offenbar spiegelt sich mein Gedankenkarussell in meinem Gesicht, denn Lin wirkt plötzlich besorgt.

»Alles okay?«, fragt sie.

»Ja klar. Ich dachte nur, wir machen heute unseren Filmmarathon.«

»Tut mir leid!«, sagt sie zerknirscht. »Ich hab irgendwie das Datum versemmelt. Keine Ahnung, warum. Das passiert mir sonst nie. Können wir unseren Filmabend noch mal verschieben? Freddy kann nur heute. Er fährt morgen in Urlaub.«

»Sicher.« Ich tue so, als ob sie nicht gerade mein Inneres einmal durch den Fleischwolf gedreht hätte. »Wir sehen uns ja ohnehin am zweiten Feiertag zu den Jolinischen Spielen, oder?«

Lin lächelt mich dankbar an. »Klar, danke! Vielleicht

kannst du ja was mit dem Punschmädchen unternehmen?«, schlägt sie vor.

»Ja, mal sehen«, antworte ich unverbindlich. Ich hab ganz bestimmt keine Lust, Lin mit ihrem Lover auf dem Weihnachtsmarkt über den Weg zu laufen.

»Kommst du, Emmi?« Lin schaut nervös auf ihre Uhr. »Oh, so ein Mist, das schaffe ich niemals rechtzeitig.«

»Und was ist mit der Tombola?«, meckert ihre Schwester. »Du wolltest Socken. Und ich bin gerade erst gekommen und konnte mich noch gar nicht richtig umschauen. Außerdem kann der Angeber mich nicht leiden. Was übrigens auf Gegenseitigkeit beruht.«

»Emmi! Du kennst ihn doch gar nicht richtig. Wir sind ja erst seit vier Monaten zusammen.«

»Du willst Emmi zu deinem Date mitnehmen?«, frage ich verwundert.

»Nein, aber der Hof liegt so weit außerhalb. Am Wochenende fährt hier nur alle zwei Stunden ein Bus, und Mama und Paps sind unterwegs. Ich muss sie erst zu Hause abliefern.«

»Ich bin kein Kleinkind mehr«, mosert Emmi prompt.

»Ja, aber Mama hat drauf bestanden. Du weißt doch, wie sie ist. Sie will nicht, dass du allein im Dunkeln über die Landstraße tigerst, weil du keine Lust hast, auf den Bus zu warten. Und wenn du dich nicht beeilst, bin ich echt geliefert. Freddy wird so sauer sein. Er hasst Unpünktlichkeit.«

»Hey, wenn du willst, bring ich Emmi nach Hause«, höre ich mich sagen. Boah, ich bin so erbärmlich. Für Lin würde ich fast alles tun.

»Ehrlich? Das wäre großartig. Du bist der Beste!« Sie

streckt mir die Faust hin, und ich stoße dagegen. Das Gefühl, dass ich einen Fehler begehe und mich grad grandios zum Affen mache, nagt jedoch an mir wie eine Maus an einem Käse. Nichts gegen Emmi, ich mag sie sehr, aber damit schaufele ich Freddy natürlich auch den Weg frei und katapultiere mich selbst zielsicher ins Abseits.

»Ich bin kein Paket«, mault Emmi. »Und übrigens stehe ich direkt neben euch. Ihr könntet mich ruhig auch fragen, was ich will.«

»Oh, liebreizende Emmi. Würdest du mir die große Ehre erweisen, dich von mir nach Hause geleiten zu lassen?« Ich falle theatralisch auf die Knie, und Emmi kichert. »Meine motorisierte Kutsche ist zwar klapprig und orange wie ein Kürbis, aber sie tuckert gar zuverlässig ihres Weges.«

»Vielen Dank. Es wäre mir ein Vergnügen«, sagt Emmi hochgestochen und knickst. »Tschüss und viel Spaß mit dem fiesen Freddy!«, zwitschert sie Lin zu und haucht ihr eine Kusshand entgegen.

»Ach, kannst du das nehmen und gut drauf aufpassen?« Lin macht noch mal auf dem Absatz kehrt und hängt mir das gewonnene Herz um den Hals. Dabei stecke ich ihr unauffällig das Minigeschenk in die Jackentasche, das ich ihr eigentlich später geben wollte. »Ich hol's mir morgen wieder.« Sie wirbelt lächelnd davon wie eine Schneeflocke.

Unschlüssig schaue ich Lin hinterher. Soll ich ihr sagen, was ich von Freddy halte? Soll ich ihr sagen, was ich fühle?

Aber das wäre unfair, denn schließlich bin ich bald weg und sie bleibt hier. Ich will nicht, dass sie sich einsam fühlt. Außerdem könnte die Wahrheit unsere Freundschaft zerstören, und allein der Gedanken daran, sie zu verlieren, bricht mir das Herz. Und damit meine ich nicht das aus süßem Teig, das um meinen Hals baumelt. Zum ersten Mal habe ich keinerlei Zweifel daran, dass meine Entscheidung, nach Schweden zu gehen, richtig ist. Ich will nicht länger das fünfte Rad am Wagen sein, der Zuschauer in der ersten Reihe. Ich brauche dringend Abstand, um mir klar zu werden, was ich will.

Liu

1
Wenn die Liebe auf Grinch macht …

Ein Jahr später, zweiter Samstag im Advent, the most wonderful time of the year – eigentlich, Gefühlsbarometer: alles auf Eis

Es ist eine allgemein anerkannte Tatsache, dass Weihnachten das Fest der Liebe ist. Die Liebe macht jedoch schon seit einer Weile einen großen Bogen um mich, als wäre ich der Grinch mit Mundgeruch. Der starrt mich gerade ziemlich finster an. Also nicht der echte Grinch, sondern die Dekofigur, die im Tierheim zu Weihnachten aufgebaut wurde. Danie, die Leiterin, tobt aber eher wie Rumpelstilzchen.

»Irgendeine Pappnase hielt es für eine gute Idee, die arme Toffee bei unserem Adventsmarkt mit Schokoherzen zu füttern!«, schimpft sie. Wütend zieht sie einen Keks aus einer zerrissenen Verpackung und hält ihn uns entgegen. Das bröckelige Herz erscheint mir wie ein spöttisches Symbol für das bevorstehende Fest und eine fiese Anspielung auf mein nicht vorhandenes Liebesleben. Gebrochenes Herz, haha. Aber gegen Liebeskummer hilft Schokolade nur kurzzeitig. Das weiß ich aus Erfahrung, weshalb mein Bauch mindestens so sehr grummelt wie der von Toffee, der kleinen Ziege.

Wie im letzten Jahr ist der Hof festlich geschmückt. Über die Futterkrippe zieht sich eine Lichtergirlande, in deren Mitte ein roter Stern blinkt. Es ist hier draußen so kalt, dass unsere Nasen schon so rot leuchten wie die von Rudi Rentier. Immerhin hat der Regen nachgelassen. Danie klappt ihren durchsichtigen Schirm, auf dem mehrere Porträts von ihrem Lieblingssänger Elvis prangen, energisch zu.

»Vielleicht hat sie die Tüte auch aus einem Rucksack geklaut«, mutmaßt mein Chef Dr. Mertens. Behutsam tastet er Toffees Bauch ab.

Die kleine Ziege meckert kläglich. Das unerlaubte Adventsleckerli ist ihr nicht gut bekommen, und das kann ganz schnell lebensbedrohlich werden, wie ich inzwischen weiß. Tröstend kraule ich der Ziege die Ohren. Ihr Fell fühlt sich rau an.

»Achtung!«, ruft Danie noch. Ich reagiere jedoch zu spät.

Toffee hebt den Schwanz, es platscht, und ich blicke betreten auf meine Schuhe, die sie gerade zielsicher getroffen hat. Na wunderbar. Wenn etwas schiefgeht, dann aber mit Anlauf.

»Warum wollte ich gleich noch mal eine Ausbildung zur TFA machen?«, brummele ich, während ich ein Tuch aus der Tasche friemele und mir den Schmodder vom Schuh wische.

Mein Chef verkneift sich ein Grinsen. »Wir geben ihr erst mal Aktivkohle und eine Infusion, dann sollte es Toffee bald besser gehen«, sagt er zu Danie. »Lin, halt mal bitte mit fest.«

Ich nicke, lege das Tuch auf den Boden und fasse die Ziege um den Hals, während Dr. Mertens die Infusion fertig macht und sie Toffee verabreicht. Die kleine Ziege meckert empört und strampelt in meinen Armen. Ihr behornter Kopf trifft mich am Kinn, als sie heftig nach mir stößt, sodass ich vor Schreck im nassen Gras lande. Dr. Mertens erwischt sie gerade noch rechtzeitig, bevor sie uns ausbüxen kann, doch sie trampelt ihm dabei über die Füße.

»Autsch!« Wie wild reibe ich mir über die schmerzende Stelle. In der Theorie hat alles so paradiesisch geklungen. Ich liebe Tiere, helfe in meiner Freizeit bei der Tiertafel und im Tierheim, aber ich habe kein Abitur, daher fiel das Tiermedizinstudium flach. Mein pragmatisches Ich entschied sich also für die nächstbeste Lösung, um meinen Traum zu leben: eine Ausbildung zur tiermedizinischen Fachangestellten oder wie es früher hieß: Tierarzthelferin. In der Praxis ist dieser Traum jedoch etwas unromantischer, denn natürlich werde ich schon mal von Katzen gekratzt oder von Hunden gezwickt. Ich habe Flohbisse auf den Armen, die sich wie eine Perlenkette aneinanderreihen, bin auf einem Bauernhof von einem Lama angespuckt worden und gestern erst Oma Pelzigs Königspudel hinterhergesprintet, der rein gar nichts von der fälligen Routineuntersuchung hielt. Und einmal habe ich auch schon eine Katze über die Sternenbrücke begleiten müssen. Das ist echt heftig gewesen, obwohl Dr. Mertens natürlich sehr sanft vorgegangen ist. Im Großen und Ganzen mag ich meinen Job, auch wenn er nicht nur schöne Seiten hat. Aber mal ehrlich, wo gibt es das schon?

»So, geschafft!« Dr. Mertens packt wenig später seine Sachen zusammen.

»Du solltest ein bisschen Eis draufmachen«, sagt Danie zu mir, während sie zuschaut, wie ich mir über das schmerzende Kinn reibe.

»Geht schon«, erwidere ich tapfer. »Inzwischen trage ich die blauen Flecken wie Trophäen.«

Dr. Mertens hat seine Tasche schon in der Hand. »Ich komme morgen noch mal vorbei und sehe nach ihr. Gib ihr heute reichlich Flüssigkeit und nur Heu und ein bisschen Joghurt. Wenn es schlimmer wird, ruf mich an.«

»In Ordnung! Danke, Alex.« Danie nickt. »Wartet, ich hab noch was für euch.« Sie läuft ins Haupthaus und kommt mit einer Tüte Vanillekipferl für jeden zurück. »Schöne Weihnachten!« Sie wendet sich mir zu. »Und Grüße an Jona. Schade, dass er in diesem Jahr beim Adventsfest nicht dabei war. Siehst du ihn mal?«

»Ja, an Weihnachten kommt er nach Hause«, erwidere ich. »Vielleicht besuchen wir dich dann.« Wehmütig denke ich an meine Schulzeit, die Abschlussparty und meine Freunde zurück, während ich das verschmutzte Tuch aufhebe. Seit die Ausbildung und damit »der Ernst des Lebens«, wie es meine Mutter ausdrückt, begonnen hat, sehen wir uns viel zu selten. Meist nur am Wochenende und auch da nicht immer. Wie Jona sind viele fürs Studium oder ihre Ausbildung weggezogen oder machen ein Auslandsjahr in Australien, Kanada oder Schweden. Ich komme mir richtig langweilig vor, weil ich mir das nicht vorstellen konnte. Meine Schwester Emmi behauptet, ich hätte Angst vor Veränderungen und der weiten Welt, aber warum soll ich weg, wenn ich hier alles habe, was mir wichtig ist? Na ja, bis auf meinen besten Freund. Ein Seufzen entweicht mir. Ich vermisse Jojo. Vor allem jetzt. In der Weihnachtszeit.

»Wo kann ich das loswerden?«, frage ich und wedele mit dem Schmoddertuch.

»Warte, ich nehm dir das ab«, sagt Danie und steuert auf die Mülltonnen zu. Sie sind mit dem Konterfei von einem tanzenden Elvis verziert, und ich muss unwillkürlich grinsen.

»Was ist denn da passiert?«, will Dr. Mertens wissen. Er deutet zu den Tonnen, die mit dicken Steinen gesichert sind. »Wieder die Waschbären?«

»Ja«, sagt Danie. »In letzter Zeit tauchen sie öfter auf und werden scheinbar immer mehr. Die finden nichts zu fressen. Wir haben schon alles abgesichert, aber trotzdem brechen sie in den Schuppen ein. Unsere Hunde drehen deswegen regelmäßig am Rad.« Sie verzieht das Gesicht. »Wenn ich sie mit den zusätzlichen Sicherungen auch nicht vergrämen kann, muss ich wohl den Schädlingsbekämpfer holen oder den Jäger benachrichtigen.«

»Versuch es mal mit Chili«, sagt er. »Oder mit Mottenkugeln. Den Geruch können sie nicht ausstehen.«

»Gute Idee«, sagt Danie, während ich mir kichernd vorstelle, wie sie einen Bannkreis aus Chilipulver ums Haus zieht wie bei den *Spiderwicks*.

Fröhlich winkend verabschieden wir uns.

Auf dem Weg nach Hause herrscht im Tierarztmobil Schweigen. Ich wende den Blick aus dem Fenster. Kahle

Bäume ziehen auf der Landstraße an uns vorbei. Ein feiner Nieselregen hängt in der Luft. Immer noch kein Schnee, denke ich sehnsüchtig. Seit Jahren hat es hier nicht mehr zu Weihnachten geschneit. Das vermisse ich. Schnee hat etwas Reinigendes, Beruhigendes.

»Ich muss mit dir reden, Elinor.« Dr. Mertens dreht den Kopf zu mir, seine Miene ist ernst.

Ich wende mich ihm zu. »Wegen vorhin, wegen Toffee? Entschuldigung, das tut mir leid. Ich hatte sie nicht so fest im Griff wie gedacht. Das kommt nicht mehr vor.«

»Nein, das ist es nicht. Du machst das alles gut, und Toffee wird schon wieder.« Er lächelt leicht. »Es ist nur so, dass ich die Praxis im neuen Jahr abgeben werde.«

»Was? Aber wieso … Und was wird dann aus mir? Wie soll ich denn meine Ausbildung weitermachen?« Panik erfasst mich. *Reiß dich zusammen, Lin, sei professionell!*

»Ja, das kam für mich ebenso überraschend wie für dich jetzt.« Dr. Mertens lächelt mitfühlend. »Meine Frau ist als Gastdozentin nach London berufen worden, und natürlich werde ich sie begleiten. Ich habe bereits einen Nachfolger für die Übergangszeit gefunden, und ich kläre noch mit ihm, ob er dich übernehmen kann.«

»Oh, okay. Danke!«

»Allerdings hat er bereits eine Praxis mit eigenem Team und auch einen Azubi. Deshalb wird er meine Praxis nur an einzelnen Tagen betreiben. Ich hoffe, er kann dich übernehmen, wenn du das möchtest, aber ich kann dir nicht versprechen, ob das klappt.«

»Und was, wenn nicht?!«, entweicht es mir. »Die Zwischenprüfung ist doch schon bald.«

»Ich bin im Gespräch mit der IHK, wir finden schon

eine Lösung.« Dr. Mertens biegt auf den Parkplatz der Praxis. »Im schlimmsten Fall müsstest du die Zwischenprüfung verschieben, bis wir eine andere Praxis für dich gefunden haben, in der du deine Ausbildung fortsetzen darfst. Dazu braucht es allerdings einen Aufhebungsvertrag, damit du den Arbeitgeber wechseln kannst.«

»Das heißt, Sie kündigen mich?« Verzweiflung schießt in mir hoch, ich habe einen dicken Kloß im Hals.

»Ja, genau genommen schon. Zu Ende Februar, also in der gesetzlichen Frist. Du kannst dir natürlich auch selbst eine neue Stelle suchen, und ich setze mich auf jeden Fall dafür ein, dass deine bisherige Ausbildungszeit angerechnet wird.«

»Aber garantieren können Sie mir das nicht, oder?«

»Nein, aber das regelt sich schon irgendwie, sodass du keine Zeit verlierst, keine Sorge.« Er schenkt mir ein aufmunterndes Lächeln. »Immer schön positiv denken.«

Keine Sorge! Positiv denken. Er hat gut reden. Ich weiß nicht, was ich von dieser Nachricht halten soll. Ich hasse Überraschungen. Und es fühlt sich echt mies an, gekündigt zu werden, vor allem, wenn man nichts dafür kann. Hätte ich ein Gap Year gemacht, wie meine Freunde, hätte ich dieses Problem jetzt nicht. Es hätte ja nicht gleich ein anderer Kontinent sein müssen.

Und wieder einmal wünsche ich mir, dass Jona hier wäre. Dann könnte ich diese Sorgen ausführlich mit ihm besprechen. Er hätte mich sicher im Handumdrehen beruhigt. Ich greife in meine Jeans und taste nach dem Zettelchen mit dem Schoki-Spruch, den ich immer bei mir trage. Er stammt von unserem Abschied am Flughafen Anfang des Jahres. Jona hat mir das Minigeschenk mal wieder heimlich in die Tasche gesteckt, um mir den Abschied zu versüßen, wie er später zugab. Er hat jedoch keinen Schimmer, dass ich die ganzen Zettelchen aufbewahrt habe.

Ich streiche über die Kanten und atme tief durch. Ich weiß auswendig, was darauf steht: *Manchmal muss man einen Umweg gehen, um ans Ziel zu gelangen.*

Ich hoffe nur, dass ich mich auf diesem Umweg nicht verlaufe.

Liu

2
Weihnachten zu Hause

Immer noch der zweite Samstag im Advent, abends, auf der Suche nach der Weihnachtsmagie, Gefühlsbarometer: Tauwetter

Der restliche Tag zieht mit Routine-Untersuchungen dahin, drei Hasen, ein Hamster, fünf Hunde und zwei Katzen. Zum Glück keine ernsten Fälle. Um sechs Uhr schlüpfe ich endlich aus meinem Praxiskittel und greife nach meiner Jacke.

»Tschüss!«, rufe ich Dr. Mertens und der zweiten Helferin Pia zu. Ich bin froh, dass ich endlich Feierabend habe, denn in meinem Kopf kreiseln die Gedanken. Wo soll ich denn jetzt auf die Schnelle eine neue Ausbildungspraxis herbekommen? Die Bewerbung im vergangenen Jahr war schon schwierig gewesen, weil es in unserer Kleinstadt nur wenige Ausbildungsplätze in diesem Beruf gibt. Ich hätte gern einen Plan B, doch mir fällt nichts ein. Dr. Mertens hat bereits andere Tierarztpraxen angerufen, aber es ist schier unmöglich, so kurzfristig zu wechseln. Natürlich haben alle im näheren Umkreis ihre Auszubildenden bereits eingestellt und frühestens im September wieder neue Plätze frei, und die IHK sperrt sich, wenn mich der neue Tierarzt nur zwei Tage in der Woche beschäftigen kann. Das hat der Telefonmarathon am Nachmittag ergeben.

Ich brauche dringend Ablenkung und möglichst einen Zuckerschub, um aus dieser Gedankenspirale wieder rauszukommen und die lauernde Verzweiflung im Zaum zu halten.

Auf dem Heimweg laufe ich über den Weihnachtsmarkt, um auf andere Gedanken zu kommen. Ich liebe die Atmosphäre hier. Genussvoll atme ich den Duft nach gebrannten Mandeln ein. *Last Christmas* dudelt über den Platz, und ich summe leise mit. Der Spaziergang zwischen den festlich geschmückten Buden hebt sofort meine Laune und verdrängt die Sorgen um meine berufliche Zukunft.

Mein Handy vibriert, eine Nachricht von meiner Freundin Fee; ihr Profilfoto zeigt sie lächelnd mit ihrem Freund Eric am Strand. Die beiden sind gerade für ein Work-and-Travel-Jahr in Australien. Sie haben mich gefragt, ob ich mitkommen will, aber ich habe dankend abgelehnt. Ich wollte bestimmt nicht das fünfte Rad am Wagen sein, und außerdem hatte ich zu dem Zeitpunkt schon die Zusage für meine Ausbildung. Und natürlich war auch Freddy ein Grund, warum ich hierbleiben wollte. Tja, kurz darauf ging auch Jona weg oder besser nach Hause, nach Schweden, ins Land der Trolle und Feen. Und Freddy … Nein, nicht dran denken …

Fee: Schau mal, hier trägt der Weihnachtsmann Badehose.

Ich muss schmunzeln, als ich das Video abspiele. Ein Weihnachtsmann mit Mütze und weißem Bart liefert seine Geschenke auf einem Surfboard aus. Sein rotes Hawaiihemd steht offen und gibt den Blick auf ein perfektes Sixpack frei. Dressierte Delfine schwimmen um ihn herum. Elegant landet er am Strand an und wird sofort von mehreren Kindern umringt.

Lin: Nice! Und gar nicht kitschig! 😉 Hoffentlich hat er euch auch was mitgebracht.

Fee: Ich hab mein Geschenk doch schon. 😊

Lin: Muss Liebe schön sein. Habt 'ne tolle Zeit!

Sie schickt mir noch einen Kuss-Smiley, und ich laufe weiter, völlig in Gedanken versunken. Die beiden sind total verliebt, und ich frage mich wieder mal, wie man sich so sicher sein kann, dass man zusammengehört. Wie man Liebe von Verliebtsein unterscheidet. Wie man es anstellt, dass sie andauert. Und vor allem, woran man erkennt, wer der oder die Richtige für einen ist? Inmitten all der Menschen überfällt mich plötzlich ein seltsames Gefühl der Einsamkeit. Rasch schüttele ich es ab.

Vor einem großen, geschmückten Nadelbaum parkt ein

Schlitten. Eine lange Schlange von Familien mit kleineren Kindern hat sich gebildet, denn dort nimmt der Weihnachtsmann mit dem Christkind Wünsche entgegen. Die Erinnerung an meinen und Jonas Weihnachtsmann-und-Rentier-Einsatz im Tierheim schwappt in mir hoch. Nachdenklich schlendere ich an dem Baum vorbei. Keine Ahnung, ob es eine Tanne, Fichte, Kiefer oder Pinie ist, die da in der Mitte aufragt. Jona hätte die Antwort gewusst und etwas von nach oben oder nach unten wachsenden Zapfen erzählt.

Ich kenne Jona, seit ich denken kann. Wir haben uns schon von der besten und peinlichsten Seite erlebt. Ich habe ihm nach einer wilden Achterbahnfahrt auf die Schuhe gekotzt, und er hat sich von mir trösten lassen, wenn es Stress mit seiner Freundin oder seinen Eltern gab. Wir sind wie Ladybug und Cat Noir oder Schokoeis mit Vanillesoße – eine unschlagbare Kombi.

Mein Handy meldet sich erneut, und ich schaue aufs Display, wo das Bild einer K-Pop-Band aufleuchtet. Emma, meine kleine Schwester. Und ja, unsere Namen sind kein Zufall. Meine Mutter steht auf Romanzen à la Jane Austen, und wir dürfen es ausbaden. Rasch nehme ich den Anruf an. »Wenn man an den Grinch denkt«, sage ich grinsend.

»Haha, sehr witzig. Wo steckst du? Mama ist kurz davor, einen Suchtrupp loszuschicken.«

»Bin schon auf dem Nachhauseweg«, sage ich verwirrt. »Wie immer nach der Arbeit.«

»Na supi, du hast's vergessen!«, zischt sie. »Das gibt Ärger.«

»Was, wies… oh nein!« Ich schlage mir an die Stirn

und mache kehrt, um in die andere Richtung zu laufen. »Die Silberhochzeit.«

»Du hast es erfasst. Beweg deinen Hintern zügig zum Restaurant.«

Entsetzt blicke ich an mir herunter. Toffees Spuren hab ich weggewischt, doch die Grasflecken gingen nicht ganz raus, und bestimmt sehe ich so zerstört aus, wie ich mich fühle. Ich streiche mir eine braune Haarsträhne aus dem Gesicht. »Ich muss mich erst noch duschen und umziehen. Ich müffele wie ein Tiger.«

»Denk besser nicht mal dran«, flüstert meine Schwester. »Nimm ein Deo oder behäng dich mit Duftbäumen. Mama hat schon die merkwürdigsten Szenarien durch, was dir alles zugestoßen sein könnte, denn niemals nie würde die herzallerliebste Tochter den drittwichtigsten Tag in Mamas Leben – nach der Geburt ihrer beiden Engel – vergessen. Erst hat sie befürchtet, dass du im Aufzug feststeckst. Jetzt glaubt sie, dass du wohl in der Dusche ausgerutscht bist und verletzt im Bad liegst, weil du nicht aufstehen und anrufen kannst, dass du dich verspätest.«

»Oh weia!« Ich stöhne. Unsere Mutter neigt schnell zu Übertreibungen. »Okay. Bin schon unterwegs, aber ich hab kein Geschenk.«

»Egal, Hauptsache, du kommst schnell. Wir verhungern sonst noch alle wegen dir, weil Paps darauf besteht, dass wir auf dich warten.«

»Sag Mama, mir geht's gut, ich bin nur …«

»Jep, hab ich schon. Ich hab ihr erzählt, du bist zu spät dran, weil du Oma Pelzigs Pudel aus 'ner Lichterkette befreien musst.«

»Wie kommst du denn auf so was?«, frage ich lachend.

»Na ja, irgendwas ist doch immer«, gibt meine Schwester fröhlich zurück.

Ich stoppe noch kurz bei einer Bude, wo ich eine Schneekugel mit einem turtelnden Taubenpaar ergattere. Die passt perfekt zu meinen Eltern.

Im Einkaufszentrum am Marktplatz verziehe ich mich auf die Kundentoilette, um mich wenigstens ein bisschen aufzuhübschen. Wenn auch im Turbotempo. Ich binde mir die Haare vom Pferdeschwanz zum Dutt, kaschiere den blauen Fleck am Kinn mit Concealer, trage etwas Lipgloss auf und stecke mir die Glitzerspange ins Haar, die ich in meinem Rucksack finde. Jona und Emmi ziehen mich gern damit auf und behaupten, ich sei eine Mischung aus MacGyver und Mary Poppins, aber jetzt sieht man mal, wie nützlich das ist, wenn man für alle Fälle gerüstet ist.

Das Handy klingelt schon wieder, und ich gehe genervt ran. »Was denn noch, ich hab doch gesagt, dass ich gleich da bin. Du hältst mich bloß auf.«

»Ho, Brauner«, säuselt eine sanfte Stimme in mein Ohr. »Welcher Frosch ist dir denn in den Schokopudding gehüpft, Kokosflöckchen? Ich vermisse den liebevollen Ton in deinen Worten. Wo bleibt mein ›Hallo, ich hab dich vermisst, es ist so schön, deine honigsüße Stimme zu hören, Jojo. Als Dank für deinen Anruf schenke ich dir all meine Dominosteine und Marzipankartoffeln.‹?«

Unwillkürlich muss ich lachen. »Netter Versuch, Jojo! Aber meine Marzipankartoffeln bekommst du nur, wenn es rosa Flocken schneit. Entschuldige, dass ich so schroff war. Ich bin voll im Stress. Meine Eltern haben Silberhochzeitstag, und ich hab das total verschwitzt. Emmi meint, wegen mir verhungern alle.«

»Das können wir natürlich nicht riskieren.« Er lacht leise. »Sieht dir gar nicht ähnlich. Stand das nicht in deinem ›Ich plane jeden Tag bis in die letzte Sekunde‹-Kalender?«

»Klar, aber den hat der Hund gefressen«, weiche ich aus. »Oma Pelzigs Purzel liebt Papier.« Keine Ahnung, warum ich Jona nicht einfach erzähle, was los ist. Dass der Job-Ärger dafür gesorgt hat, dass ich völlig durch den Wind bin. Irgendwie fühlt es sich falsch an, die kostbare Zeit, die wir miteinander chatten oder online zocken, mit Problemen zu verderben.

»Du hast echt noch einen Papierkalender?«, zieht er mich auf. »Wow, ich dachte, die gibt es nur noch in Museen.«

»Haha!« Ich packe meine Sachen zusammen und verlasse die Toilette. Mit schnellen Schritten laufe ich über den Markt in Richtung unseres Lieblingsrestaurants. Den Besitzer kennen wir schon ewig, sein Sohn Tian ist mit mir und Jona zur Schule gegangen. »Okay, was erweist mir die Ehre deines Anrufs? Es muss ja was ungeheuer Wichtiges sein, wenn du dich persönlich meldest, statt zu schreiben. Soll ich dich vom Flughafen abholen?«, frage ich.

»Genau deswegen rufe ich an«, sagt Jona sanft. »Ich kann hier nicht weg. Wir haben Gäste, und Mor braucht Hilfe …«

»Oh.« Enttäuschung bohrt sich mir ins Herz. Ich schlucke schwer. »Das heißt, wir sehen uns doch nicht an Weihnachten und die Jolinischen Spiele fallen aus?« Die Absage schmerzt mich mehr als gedacht. »Aber im neuen

Jahr kommst du dann doch wieder nach Deutschland?« Jona möchte nach seinem Gap Year eine Ausbildung zum Tischler anfangen.

»Ich hab noch eine viel bessere Idee …« Er macht eine dramatische Pause.

»Komm zum Punkt, mein vielschwafeliger Freund. Hier schmilzt die Zeit wie eine Schneeflocke in der Sonne.« Ich gebe mich betont fröhlich.

»Du hast überhaupt keinen Sinn für die Dramaturgie einer Überraschung«, mosert er. »Also schön. Wie wär's, wenn wir die Spiele an den Hotspot für Weihnachten verlegen? Die Adresse, an die alle Kinder ihre Wünschelisten schicken und wo sich die rotnasigen Rentiere gute Nacht sagen?«

»Wir sollen am Nordpol auf Lebkuchenjagd gehen?«, frage ich begriffsstutzig. »Ist das ein Code für ein Onlinemeeting, oder meinst du ein Game?«

»Quatsch!« Jona lacht. »Das war eine Einladung. Ich hab dir grad vorgeschlagen, dass wir uns hier bei mir in den Schären treffen. Live, in Farbe und höchstpersönlich. Hier liegt sogar Schnee«, lockt er.

»Ernsthaft?« Ich bleibe verblüfft stehen. Das ist in der Tat eine Überraschung, die mir sogar mal gefällt. Ich hatte schon befürchtet, dass wir uns in diesem Jahr nur per Facetime sehen würden. Oder Wettquizzen per Discord oder so.

»Ja, ernsthaft. Hier liegt Schnee. Und wir haben auch Tiere«, säuselt er. »Mor hält Hühner, aber vor allem die Ziegen fressen uns die Haare vom Kopf. Und auf einer Wanderung könntest du vielleicht Rentiere und Elche sehen.«

»Ziegen!«, rufe ich begeistert. Jona weiß, dass das meine Lieblingstiere sind. Dann werde ich misstrauisch. »Aber ich weiß absolut nichts über Schweden, außer, dass es im Winter dort stockdunkel ist, saukalt und dass viele Bands, die meine Eltern gern hören, von dort stammen. ABBA, Ace of Base, a-ha und vielleicht noch ein paar andere mit A.«

»So viele Vorurteile auf einem Haufen.« Jonas leises Lachen kitzelt mein Ohr. »So dunkel ist es hier gar nicht. Wir haben Polarlichter. Und abgesehen davon: a-ha ist aus Norwegen.«

»Aber bei saukalt hast du nicht widersprochen«, wende ich trotzig ein.

»Boah, du bist echt unglaublich. Die richtige Antwort lautet: ›Danke, allerliebster Jona, für die Einladung. Ich freue mich wahnsinnig drüber und setze mich gleich in den nächsten Flieger, weil ich es nicht abwarten kann, dich wiederzusehen.‹«

»Du meinst das wirklich ernst, oder?«

»Natürlich.« Jona räuspert sich. »Meine Mutter hat noch ein Gästezimmer in der *Villa Solvinkel* frei, und ich dachte, du hättest vielleicht Interesse, dich auch in diesem Jahr von mir beim Keks-Pong abziehen zu lassen.«

»Villa?«, frage ich erstaunt. »Das klingt ziemlich elegant. Brauch ich dann auch ein Abendkleid?«

»Nee, lass dich davon nicht täuschen. Mor führt ein kleines, altmodisches Bed and Breakfast. Der Stil erinnert eher an *Pipi Langstrumpf* als an *Iron Man*«, erwidert er. »Also nix mit Luxus.«

Ich schweige, worauf er zögernd nachschiebt: »Fließendes Wasser gibt es natürlich, und die Plumpsklos und Etagenduschen wurden schon vor Jahrzehnten modernisiert, falls du dir darüber Sorgen machst«, scherzt er und wird gleich darauf ernst. »Ich verstehe aber, wenn du Weihnachten lieber mit deinem Freund verbringen willst …«

»Freddy? Ja, nein, der ist eh nicht da.« Mein Blick fällt auf ein verliebtes Pärchen, das an mir vorbeischlendert, und ich denke sofort an meine Eltern. Ich hätte auch gern jemanden, der genauso viel in eine Beziehung investiert wie ich. Der nicht nur an sich denkt und an das, was er will, der mich fragt, wie es mir geht. Der keine Bedingungen stellt und mich uneingeschränkt liebt und unterstützt. Der mich zum Lachen bringt. Freddy war leider nicht dieser Mensch, sosehr ich es mir auch gewünscht habe. Mir steigen Tränen in die Augen, als ich daran denke, wie er mich erst geghosted und dann per Handy mit mir Schluss gemacht hat. Ich wische mir über die Augen und reiße mich zusammen. Das ist schließlich schon drei Monate her.

»Oh nein!«, stöhnt mein bester Freund mir ins Ohr. »Er hat dich mit dem Handy abserviert, stimmt's? So ein Arschkeks!«

Puh, Nagel auf den Kopf. Wie macht er das bloß immer? Als hätte er eine Direktverbindung in meine Gedanken. Aber das will ich nicht zugeben. Nicht jetzt, nicht vor ihm. Ich pruste los. »Wie kommst du darauf? Übrigens, deine Schimpfwortkreationen sind immer wieder sehr erfrischend.«

»Okay, vergessen wir Freddy.« Jona schweigt kurz, dann meint er: »He, falls er dich abserviert haben sollte – und das meine ich rein hypothetisch –, lass dir gesagt sein, der Vollpfosten hat dich gar nicht verdient.«

Unwillkürlich muss ich schmunzeln. Das ist auch ein Grund, warum ich Jona so mag. Er kommentiert nie meine Dates und ist immer auf meiner Seite. Meine Augen brennen plötzlich wieder, und ich schlucke gegen den Kloß in meinem Hals an. Sicher kommt das von dem ganzen Stress auf der Arbeit. Das bringt mich alles völlig aus der Fassung.

»Lin, alles okay?«, holt Jona mich in die Gegenwart zurück. Sanft berührt er mich am Arm.

»Ja, danke. Ich muss nur rennen, bin total spät dran.« Ich räuspere mich. »Aber wird das nicht zu stressig für dich? Ich meine, du musst doch sicher helfen …« *Hilfe, Lin, was ist los mit dir?!* Insgeheim verfluche ich mich für meine übertriebene Rücksicht.

»Hey, hätte ich dich eingeladen, wenn es mir zu stressig werden könnte? Nein! Abgesehen davon kannst du mich mit dem *Guardians of the Galaxy Holiday Special* und *Hüter des Lichts* auf keinen Fall allein lassen. Wem soll ich denn sonst die Chips klauen? Also, kommst du?« Nun klingt er fast flehentlich.

Unser Weihnachtsfilmmarathon ist inzwischen auch eine Institution. Wir ziehen Lose, welche Filme wir uns ansehen, und bingen dann die ganze Nacht durch, mit Chips und Schokolade. Oft habe ich danach Muskelkater, vor Lachen, aber auch, weil wir meistens auf dem Sofa einschlafen.

Kurz zögere ich, dann sage ich: »Danke, Jona, für die Einladung. Ich freu mich wahnsinnig drüber und setz mich nicht gleich in einen Flieger, weil ich erst noch zur Silberhochzeit meiner Eltern muss. Aber ich komme.« Mit einem Grinsen schiebe ich nach: »Aber nur, wenn wir auch *Frozen* schauen. Ohne auszulosen.«

»Uff, den ollen Schinken. Du verhandelst wirklich hart. Gut, wenn's sein muss«, antwortet er. »Bring einen Berg Dominosteine und einen Acker Marzipankartoffeln mit. Die wirst du brauchen, wenn du bei den Jolinischen Spielen verlierst.«

»Ha!«, sage ich. »Träum weiter! Ist es nicht gegen die Spielregeln, dass du Heimvorteil hast?«

»Pff, Regeln sind was für Anfänger. Bis bald, Kokosflöckchen.«

»Bis bald.« Ich lege auf.

Mein Herz hüpft wie wild vor Freude, als ich noch einen Moment länger Jonas Profilbild anstarre. Es ist auf unserer Schulabschlussfeier aufgenommen worden oder, besser gesagt, in der Abschiedswoche. Wir haben einen Kindheitsheldentag gemacht und sollten uns verkleiden. Jona hat sich für Yoshi entschieden und sah ziemlich albern aus, aber mir gefällt das Foto. Von der Wiedersehensfreude abgesehen kann ich einen Tapetenwechsel supergut gebrauchen, um mich abzulenken.

Es gibt nur ein Hindernis: meine Eltern, die erwarten, dass wir Weihnachten zusammen feiern – wie jedes Jahr.

Jona

3
Schöne Bescherung oder wenn der Julbock Jingle Bells singt …

22.12., vormittags

Weihnachten ist die Zeit, in der Wunder geschehen können, heißt es, und ich habe ein Maxi-Mirakel dringend nötig. Normalerweise ist der Advent meine Lieblingszeit im Jahr, mal vom Sommer abgesehen, und mein Herz schlägt sonst immer gut gelaunt im Jingle-Bells-Takt. Dieses Jahr hat es mir die festliche Vorfreude jedoch gründlich verhagelt.

»Dauert das noch lange?«, frage ich ungeduldig, während ich die Kreditabsage von der Bank in die hintere Hosentasche stecke. Meine Fitnessuhr verrät mir, dass Gunnar Johannson bereits seit über einer Stunde auf dem Gelände rumläuft und sich Notizen auf dem Klemmbrett macht. Sie verrät mir auch, dass diese Tatsache meinen Puls unweigerlich in die Höhe treibt.

Der glatzköpfige Gemeindekontrolleur ist ganz plötzlich aufgetaucht, auf eine anonyme Beschwerde hin – behauptet er zumindest. Angeblich ist unser Frühstücksbüfett nicht ordentlich beschriftet und damit gesundheitsgefährdend. Ganz zu schweigen von den Tieren, die im Haus gesichtet worden sein sollen. Was ebenfalls gesundheitsgefährdend sein könnte, wie mir Gunnar versichert.

Ich werde den Verdacht nicht los, dass sein Schwager ihn geschickt haben könnte, um die Lage ganz unauffällig abzuchecken. Er ist Hotelier und hat unser Grundstück schon länger im Auge, um seine Geschäfte zu erweitern und ein Luxus-Wellnesshotel zu bauen. Erst neulich hat er meiner Mutter ein, wie er meint, unschlagbares Angebot gemacht. Zum Glück wollte Mor bisher nicht darauf eingehen.

»Wenn du mich aufhältst, dauert es nur länger«, erwidert Gunnar trocken. »Geh ruhig, wenn du noch einen Termin hast, ich kann das auch mit deiner Mor klären.« Er schaut sich suchend um. »Wo steckt Alma überhaupt?«

»Nein, schon gut. Sie hat noch zu tun.« Meine Mutter hat sich hingelegt, weil es ihr nicht so gut ging, aber das muss Gunnar nicht wissen. Ich hole mein Handy raus und tippe rasch eine Nachricht an Lysander. Seinem Vater gehört die Tierarztpraxis auf dem Nachbarhof, und er hilft uns manchmal aus. Sie sind erst vor einem Jahr nach Solskär gekommen, ungefähr zur gleichen Zeit, wie ich nach Schweden zurückgekehrt bin. Seitdem sind wir befreundet.

Verdammt, Lin wird sicher enttäuscht sein, dass ich sie nicht persönlich abhole, aber es geht nicht anders.

Jojo: Kannst du die Gäste am Pier abholen, Gunnar zählt hier noch die Erbsen.

Lysse: Jo! Bin schon unterwegs.

»Der Feuerlöscher ist abgelaufen, der muss ausgetauscht werden«, murmelt Gunnar und klopft mit dem Kuli gegen die rote Flasche. »Und die Rauchmelder sind auch nicht mehr die neuesten. Hast du die Batterien wechseln lassen?«

»Ja klar. Da gibt's sicher keinen Grund zur Beanstandung«, werfe ich ein. Ein Scheppern lässt mich zusammenzucken, und ich schaue mich verstohlen um.

»Die Rohre rumpeln ganz schön«, sagt Gunnar. »Die solltest du auch mal kontrollieren lassen. Wenn du Glück hast, sind das die Tomtes, über die sich die Gäste beschweren.« Er grinst verschwörerisch. »Für Halloween wär das bestimmt ein guter Gag, aber an Weihnachten will ja jeder Friede, Freude, Eiersalat.«

»Nein, ich glaub, Ylvie, unserer Hilfe, ist bloß was in der Küche runtergefallen«, erwidere ich rasch. Leider passiert Ylvie so etwas öfter. Allerdings sind die Rohre auch nicht mehr die neuesten. Erst am Morgen habe ich eine Verstopfung in der Toilette von Zimmer vier beseitigt.

»Solange es keine Ratten sind«, erklärt Gunnar. »In letzter Zeit wurden auch vermehrt Probleme mit Waschbären gemeldet, die das Dorf unsicher machen. Du weißt ja, die Viecher sind nicht so niedlich, wie sie aussehen. Die können einen ziemlichen Schaden anrichten, wenn sie sich im Haus eingenistet haben. Mal abgesehen davon, dass die beißen, wenn sie sich in die Enge gedrängt fühlen. Falls ihr ein Waschbärenproblem habt, brauchst du einen Schädlingsbekämpfer. Bei Ratten sowieso. Und ich müsste euch eure *Villa Solvinkel* erst mal zumachen, um die Gäste zu schützen. Du solltest das überprüfen. Irgendwoher müssen die Tomte-Geräusche ja kommen.«

Na, klasse! Hab ich auf meiner Stirn stehen »Mir ist langweilig, alle Probleme zu mir«, oder wie?! »Hier gibt es keine Tomtes«, behaupte ich nachdrücklich. »Weder in Gestalt von Ratten noch Waschbären noch sonst was. Das Übelste, was wir im Haus haben, ist *Surströmming.*« Der fermentierte »saure« Hering stinkt zum Himmel, und die Dose hat durch die Faulgase enorm Druck, weshalb der Deckel sich wölbt und man sie am besten nur draußen und möglichst in einem Eimer Wasser öffnet. Aber er gilt als Delikatesse, und manche Touristen wollen ihn unbedingt probieren, quasi als kulinarische Herausforderung. Deshalb hat Mor immer welchen da.

»Wenn hier was Geräusche macht, sind es sicher nur die Rohre, wie du vermutet hast«, erkläre ich Gunnar nachdrücklich. Was hoffentlich stimmt! Ein Schädlingsproblem würde uns gerade noch fehlen! In dem Fall müsste ich wohl den Gästen ihr Geld zurückzahlen, und eine Schließung wäre definitiv das Aus für die *Villa Solvinkel.* Dabei haben wir es ohnehin schon schwer genug. Mor hat die kleine Bed-and-Breakfast-Pension nach dem Tod meiner Großeltern vor fünf Jahren mitsamt den angehäuften Schulden übernommen. Einen Teil konnte sie mit ihren Ersparnissen zurückzahlen, doch die sind nun aufgebraucht, und die *Villa Solvinkel* ist leider nicht ganz so gut in Schuss wie gedacht. Die Pension ist altmodisch, hat nur acht Zimmer und liegt obendrein eine gute Viertelstunde außerhalb von Stockholm. Die Konkurrenz durch Privatvermieter und Ferienwohnungen ist größer geworden. Im Moment herrscht eher Gäste-Ebbe statt Gäste-Flut. Das will ich unbedingt ändern. Ich hab nur noch keine Ahnung, wie.

Nervös schaue ich auf die Uhr.

Gunnar beendet seine Inspektion der Speisekammer und zieht die Stirn in Falten. »Ich hab zwar keinen Tierkot gefunden, aber ich möchte, dass du das überprüfen lässt, um ganz sicherzugehen, dass die Geräusche wirklich von den Rohren kommen. Ich hab es auf die Mängelliste geschrieben. Jetzt würde ich gerne noch euer Frühstückszimmer sehen.«

»Wenn's sein muss«, brumme ich und laufe den Flur entlang. Ich halte ihm die Tür auf. Der Raum ist durch eine Schiebetür in eine Fernseh- und eine Essecke aufgeteilt. Im Moment ist dort niemand. Mehrere Tische stehen darin, und es gibt eine Oma-Anrichte, auf der Ylvie ein paar Kannen mit Tee und Kaffee bereitgestellt hat. Auch Platten mit Gebäck und Kuchen sind vorhanden, an denen sich die Gäste für die *fika* bedienen können. Zum Glück hat Ylvie dieses Mal an die Schilder mit den Beschriftungen gedacht, und ich atme erleichtert auf.

Gunnar schreitet das Büfett ab und nickt. Zum Schluss wirft er einen Blick zur Decke, wo der Rauchmelder brav blinkt. »Gut, hier ist auch alles in Ordnung. Ihr müsst aber bitte immer drauf achten, das Speisenangebot eindeutig zu beschriften, Jona.«

»Ja, wird nicht wieder vorkommen. Ich behalte das im Blick«, versichere ich. »Tut mir leid, dass du deswegen extra herkommen musstest. Hätte der Gast mit mir geredet, hätte ich das sofort in Ordnung gebracht. Jeder kann doch mal was vergessen, und bei der Kälte rumpelt die Heizung nun mal.«

»Ja klar.« Gunnar reißt den Zettel von seinem Klemmbrett und streckt ihn mir hin.

Ich nehme ihn entgegen und werfe einen flüchtigen Blick drauf. »Und du kannst mir nicht sagen, wer uns angezeigt hat?« Ich mustere ihn aufmerksam.

Gunnar zuckt mit den Schultern. »Nein, das kam anonym rein. Und selbst wenn ich es wüsste, dürfte ich es dir nicht sagen.«

»Schon gut.« Natürlich wird er niemals zugeben, dass sein geldgeiler Schwager ihn geschickt hat, selbst wenn es so wäre. Holm, so heißt der Kerl mit dem Hotel am Hafen, traue ich allerdings schon zu, dass er uns Schwierigkeiten machen will, um den Untergang der *Villa Solvinkel* zu beschleunigen und seine Pläne durchzusetzen.

»*Kanelbullar?*«, reißt Mor mich aus meinen Gedanken. Leise wie eine Katze ist sie ins Zimmer gekommen und präsentiert einen Teller mit dem köstlichen Gebäck. »Die sind frisch aus dem Ofen, sagt Ylvie. Hej, Gunnar.«

Skeptisch mustere ich den Teller. Irgendwie sehen die Zimtschnecken viel zu dunkel aus.

»Hej, Alma. Schön, dich zu sehen.« Gunnar greift sich ein Teilchen und entdeckt schon wieder ein Problem, denn Lakritz, unsere weiße Katze, stolziert auf ihn zu und streicht ihm um die Beine.

»Die darf aber nicht in die Küche«, verkündet Gunnar sofort und schaut zu der offenen Tapetentür. »Und das Katzenklo muss penibel sauber gehalten werden und kann auf keinen Fall in einem für Gäste zugänglichen Bereich stehen. Habt ihr auf der Website eine Warnung für Gäste mit Tierhaarallergie?«

»Ja klar«, bestätige ich und schließe schnell die Tür. »Wir weisen auch bei den Buchungen extra noch mal drauf hin. Aber Familien lieben die Tiere. Du weißt schon, der Pipi-Langstrumpf-Effekt, Villa Kunterbunt.« Ich grinse ihn verschwörerisch an. Draußen im Stall leben mit den Hühnern ein paar Ziegen, die Mor als lebende Rasenmäher hält. Sie pflegen im Sommer unsere Wiese, und wir können ihre Milch nutzen. Ab und zu darf ich mir auch den Haflinger ausleihen, den Lysanders Vater auf dem Nachbarhof hält. »Und keins der Tiere kommt hier ins Haus, außer Lakritz.« Bewusst verschweige ich, dass unser Huhn Eileen gern mal Spaziergänge unternimmt. Was er nicht weiß, kann ihn nicht aufregen.

Gunnar nickt mit gewichtiger Miene und beißt in seine Zimtschnecke. »Oh, schmeckt … eigenartig.« Hustend legt er das Gebäck zurück.

Ich nehme mir auch eine und beiße hinein. Gleich darauf fluche ich lautlos. Die Schnecke ist nicht nur steinhart und verbrannt, sondern auch total verwürzt. Das, was eigentlich Zimt sein sollte, brennt wie Feuer auf der Zunge. Ich schwöre mir, nie wieder Ja zu sagen, wenn Ylvie anbietet, das Backen für mich oder Mor zu übernehmen. Offenbar hat sie die Schnecken nicht nur zu lange im Ofen gelassen, sondern obendrein auch noch das Zimt- mit dem Chilipulver verwechselt. Trotzdem ist klar, dass ich sie in Schutz und die Schuld auf mich nehme. »Das ist … äh … ein Experiment«, sage ich schnell. »Eine neue Rezeptur.«

»Wirklich?« Mor nimmt sich eine Schnecke und knabbert daran. Sie verzieht nur leicht das Gesicht. »Ich glaub, ich mach noch mal ein Blech *Lussekatter*«, sagt sie.

»Euer Experiment in Ehren, aber ich mag die traditionellen *Kannelbullar* lieber«, stellt Gunnar fest. »Eure brennen gleich zweimal, wenn man sie isst und wenn sie wieder rauskommen.« Er lacht schallend über seinen flachen Witz, während er zur Anrichte geht und sich ein Glas Wasser einschenkt, das er in einem Zug hinunterstürzt. Dann holt er ein großes, kariertes Taschentuch hervor und wischt sich die Hände daran ab. »Oh, und das geht auch nicht.« Gunnar deutet auf das Büschel Mistelzweige, das Lysse im Türrahmen zum Speisezimmer aufgehängt hat. »Verletzungsgefahr!«, beanstandet er.

»Das ist ein Witz, oder? Fürchtest du, die Beeren könnten einen Angriff auf die Gäste starten?«

Gunnar runzelt die Stirn. »Mit solchen Dingen mach ich keine Späße.«

»Echt jetzt? Wie soll man sich daran verletzen? Der Zweig hängt doch ziemlich weit oben«, werfe ich ein.

»Man könnte sich aber versehentlich damit ins Auge stechen«, meckert Gunnar.

»Dazu müsste man schon ein Riese sein oder ein Troll«, erwidere ich grinsend.

Gunnar bleibt ernst. »Der muss weg. Die Pflanze ist giftig und kann zu Hautreizungen und Durchfall führen, wenn man damit in Berührung kommt. Deshalb hat das Zeug in den Gasträumen nichts verloren. Das solltest du wissen.«

»In Ordnung, ich hänge ihn ab«, erkläre ich resigniert. Falls ich mir insgeheim Hoffnung gemacht hätte, mit jemand Besonderem darunter zu stehen, was natürlich nicht stimmt, ist die gerade gründlich zerschmettert worden. Obwohl ... Gunnar hat ja nur die Gasträume erwähnt, nichts von unseren privaten Zimmern ...

»Gut so. Aber wirf ihn nicht in den Hausmüll, wo eure Gäste oder die Ziegen damit in Berührung kommen könnten«, palavert Gunnar schon weiter. »Und zieh Handschuhe an beim Abnehmen. Für die anderen Sachen hast du Zeit bis Ende Januar.«

»Alles klar, danke.« Keine Ahnung, wie ich das bis dahin schaffen soll.

Gunnar beugt sich leicht vor. »Ich wollte das nicht fragen, als sie dabei war, aber wie geht's Alma?«, sagt er im Bühnenflüsterton. »Hat sie sich von dieser Sache wieder erholt?« Er verzieht das Gesicht zu einer leidenden Miene. Dieser Heuchler! Die »Sache« war ein Fahrradunfall; bei der Untersuchung wurde nicht nur ein Armbruch diagnostiziert, sondern auch Rheuma und eine Herzschwäche.

»Ihr geht's wieder ganz gut«, erkläre ich. Gunnar muss nicht wissen, dass Mor immer noch viele Pausen braucht und öfter auch mal ausfällt. Das würde er sicher brühwarm seinem Schwager weitertratschen. »Und sie hat ja mich. Ich bleibe noch ein Weilchen.«

Gunnar klopft mir auf die Schulter. »Ja, das ist gut, Junge. Aber hier müsste mal dringend modernisiert werden. Und das kostet eine Stange Geld. Vielleicht solltet ihr doch über einen Verkauf nachdenken. Ich könnte euch den Kontakt zu meinem Schwager vermitteln. Du weißt ja, ihm gehört das Hotel am Yachthafen, und er hat neulich erzählt, dass er sein Angebot gern um Ferienwohnungen erweitern würde.«

Aha, wusste ich es doch! »Wir kommen schon klar«, antworte ich.

»Ja, ja, sicher. Bleibt nur zu hoffen, dass euch die Gäste nicht ausgehen.« Er grinst süffisant.

Das allerdings hoffe ich auch. Die Reservierungen fürs neue Jahr sind ziemlich spärlich. Wir bräuchten dringend eine gute Marketingkampagne, aber auch das kostet natürlich Geld.

Der traditionelle Strohziegenbock am Eingang singt ein fröhliches *Jingle Bells*, als Gunnar sich endlich verabschiedet.

Eigentlich liebe ich das Fest. Voller Vorfreude habe ich gestern den Julbock aus Stroh und roten Bändern gebastelt und war total stolz auf die Idee, einen Bewegungsmelder darin zu verstecken, der Weihnachtslieder zum Besten gibt. Meine Weihnachtsstimmung steht im Moment allerdings stark auf der Kippe und droht in den Keller abzurutschen. Hab ich gestern noch mitgesummt, entweicht mir jetzt nur ein knurriges Brummen angesichts der ganzen dunklen Wolken, die Gunnar hat über mir aufziehen lassen. Ich kenne jedoch jemanden, der das ändern und die Sonne wieder zurück in den Solvinkel bringen kann – Lin.

Lächelnd denke ich an meinen ganz persönlichen Weihnachtsengel. Schon seit Tagen freue ich mich auf das Wiedersehen. Es dauert ziemlich lange, bis ich Vertrauen fasse und mich anderen Menschen öffnen kann, daher ist Lin eine der wichtigsten Personen in meinem Leben. Dass ich so wenig Glück mit meinen Dates habe, liegt vermutlich auch daran, dass ich immer unweigerlich vergleiche – mit einem eins fünfundsechzig großen Energiebündel mit braunen lockigen Haaren und einer Schwäche für hässliche

Weihnachtspullis und Marzipankartoffeln. Sie schlägt mich regelmäßig bei Mario Kart, kann *Frozen* auswendig mitsprechen und ist einfach nur umwerfend. Allerdings hat sie keinen blassen Dunst, wie wundervoll sie ist, und weiß auch nichts von meiner Schwärmerei für sie. Im vergangenen Jahr hat sie auch ziemlich deutlich gemacht, dass keine magischen Funken unsterblicher Liebe zwischen uns sprühen. Beziehungsweise dass dieser Funkenregen ziemlich einseitig ist. Dass sie Freddy mir vorgezogen hat, hat mich schwer getroffen. Mühsam hab ich die Scherben wieder aufgesammelt, und jetzt, da ich den Verdacht habe, dass Freddy keine Rolle mehr in ihrem Leben spielt, keimt Hoffnung in mir auf.

Und in nicht einmal einer Viertelstunde wird sie vor mir stehen.

Ich hole eine Leiter aus der Speisekammer, um den Mistelzweig umzuhängen, und spüre eine wachsende Anspannung. Bis Neujahr habe ich Zeit, um Lin das zu gestehen, was mir schon länger auf der Seele brennt. In den Raunächten wird sich zeigen, ob Weihnachtswunder in Erfüllung gehen können. Wenn man den giftigen Mistelzweig als Omen nimmt, stehen meine Chancen auf der Romeoskala jedoch eher schlecht. Und ich befürchte, dass unsere Beziehung – und mein Herz – an ihrer Antwort endgültig zerbrechen könnte. Damals hab ich nichts gesagt, als die Sache mit Freddy losging. Ihr Ausweichen unterm Mistelzweig war mir Omen genug. Und eigentlich will ich doch nur, dass Lin glücklich ist. Aber darf und soll ich dafür mein eigenes Glück vernachlässigen?

Mit einem Rumms klappe ich die Leiter aus.

Wenn nur nicht alles so kompliziert wäre …

Liu

4
Kein Prinz für Aschenbrödel, überall nur Frösche

22. Dezember, nachmittags, Ankunft im Königreich – und im Winternachts(alb)traum, Gefühlsbarometer: stürmisch

»Alles weiß«, staunt Emmi, als das Taxi uns an der Anlegestelle absetzt. Schneeflocken wehen uns um die Ohren. Die festlich geschmückten bunten Häuser und Straßen von Stockholm glitzern idyllisch in der Nachmittagssonne. Es sieht aus, als hätte die Zuckerfee alles in einen magischen Fondantguss getaucht, hier und da versetzt mit einigen grauen Rändern. Insgeheim bin ich genauso bezaubert von der weißgraubunten Pracht wie Emmi.

»Ich fasse es nicht, dass wir wirklich hier sind, nur du und ich«, verkünde ich. Meine Beine sind noch ein wenig wackelig vom Flug, denn trotz Reisetabletten habe ich bei der Landung die Tüte benutzen müssen. Sehr unangenehm!

Als ich beim Silberhochzeit-Abendessen von Jonas Einladung erzählt habe, waren Mama und Paps ganz aus dem Häuschen. »Das ist ja die perfekte Gelegenheit für zweite Flitterwochen«, fand Mama. »Erinnerst du dich noch an unsere Hochzeitsreise?«

»Natürlich, Schatz«, hat Paps gesäuselt und Mama leidenschaftlich geküsst, vor aller Augen, im Restaurant. Alle anwesenden Gäste haben applaudiert, als er laut rief: »Sie hat Ja gesagt.« Himmel, ist das peinlich gewesen. Die beiden haben vor fünfundzwanzig Jahren kurz vor Weihnachten geheiratet und waren dann pünktlich zum Fest nach Gran Canaria abgedampft, um sich in den Flitterwochen die Sonne auf den Bauch scheinen zu lassen. Man sollte meinen, dass ihre Leidenschaft inzwischen auf Sparflamme köchelt, aber ganz im Gegenteil. Ich habe Respekt vor dieser Beziehungsleistung und finde es gleichzeitig auch ziemlich schräg. Die Eltern meiner Freunde leben oft schon länger getrennt. Und irgendwie habe ich das Gefühl, dass meine Eltern die Latte in Sachen Beziehungen für Emma und mich ganz schön hoch gelegt haben.

»Eigentlich wollten wir uns zu unserem Jubiläum etwas ganz Besonderes gönnen«, hat Mama erzählt.

»Ja, genau. Zweite Flitterwochen im Motto-Stil auf einem echten Schloss«, erklärte Paps. Jona hat den beiden mit seiner Einladung quasi das perfekte Weihnachtsgeschenk gemacht. Oder zusammengefasst: Sie wollten uns Kinder loswerden, um ihre Jugend noch mal nachzuspielen.

»Ihr seid doch schon groß«, hat Paps gemeint. »Und Weihnachten in der Sonne magst du eh nicht, Lin. Ganz zu schweigen vom Verkleiden.« Womit er recht hat.

»Sag Jona zu«, hat Mama strahlend gesagt. »Für euch beide, dich und Emmi. Wir zahlen das natürlich.«

»Ich weiß nicht, ich muss erst fragen, ob er für Emmi …«, fing ich an, doch das Essen kam, und alle ignorierten mich.

Jona hat gelacht, als ich ihm später die Lage erklärte. »Typisch Lin, du bist viel zu nachgiebig.« Dann wurde er ernst. »Aber es ist kein Problem. Emmi kann gerne mitkommen. Ist ja ein Doppelzimmer.«

»Super, vierzehn Tage eingesperrt mit meiner Schwester in einem Zimmer«, grummelte ich.

»Oh, du kannst auch gern bei mir schlafen«, erwiderte Jona. »Ich hab 'ne Couch«, hat er schnell nachgeschoben.

Emmi holt mich aus der Erinnerung. »Stimmt, es ist echt komisch, Weihnachten ohne Mama und Papa zu feiern, aber ich bin froh, dass wir nicht in der Sonne brutzeln müssen und endlich mal wieder Schnee sehen. Jona hat wirklich nicht zu viel versprochen.« Ein freches Funkeln blitzt in ihren Augen auf. »Womöglich kann ich ihn und dich ja mit einem der Gäste verkuppeln – wie meine berühmte Namensvetterin.« Sie grinst verschmitzt. »Ihr beiden seid ja nun wirklich hoffnungslose Fälle, was Dates angeht, und ich muss unbedingt verhindern, dass ihr einsam alt werdet, nur mit einem Rudel Katzen, Goldfische oder Wellensittiche an eurer Seite. Na, und in so einer abgelegenen Gegend kommt die Romantik sicher ganz von allein.«

»Erstens: Schwarm«, sage ich automatisch. »Wellensittiche und Goldfische bilden keine Rudel. Und zweitens: Wag es ja nicht!« Ich blicke sie streng an, mit hochgezogenen Brauen. »Wir sind nun wirklich nicht in einem Jane-

Austen-Roman.« Seit meine Schwester den Film *Emma* im Englischunterricht gesehen hat, hält sie sich für die größte Menschenkennerin der Welt. Immerhin hat sie kapiert, dass Jona und ich nur Freunde sind. Zum Glück. Auf gar keinen Fall will ich unsere Freundschaft für so etwas Zerbrechliches wie die Liebe riskieren. Angeblich braucht es drei Beziehungen, bis man seinen Partner fürs Leben gefunden hat, behauptet ein Magazin, das Emmi mit Begeisterung liest und jedes Wort wie ein Schwamm aufsaugt. Für mich ist Freddy Nummer zwei gewesen, und ich hab überhaupt keine Lust, mich noch durch mindestens eine Beziehung »durchzuarbeiten«, bis ich an den »Richtigen« gerate, der für mich perfekt ist. Perfektion ist sowieso eine Illusion. Ich bin ja nicht Aschenbrödel, die nur abwarten muss, bis ihr Prinz auf dem weißen Pferd um die Ecke galoppiert. Jeder und jede von uns hat Macken, und die kommen früher oder später hervor wie Dornen an einer Rose und piksen so lange, bis man sich gegenseitig nur noch auf die Nerven geht.

Okay, meine Turteltaubeneltern sind wohl die rühmliche Ausnahme von der Regel – oder ihre Beziehung hat ihr Verfallsdatum noch nicht erreicht. Meine Theorie habe ich Emmi mehr als einmal plausibel erklärt, was mein Schwesterherz jedoch nicht davon abhält, mich ständig an den Mann bringen zu wollen. Ziemlich plump hat sie im Restaurant bei der Silberhochzeit meiner Eltern Kellner Tian nach seiner Telefonnummer für mich gefragt. Tian hat natürlich geantwortet, die hätte ich längst, wir kennen uns ja noch von der Schule, aber ich würde nicht anrufen. Ich wäre vor Scham am liebsten wie eine Seifenblase geplatzt.

»Schwarm, Rudel, spielt doch keine Rolle«, behauptet Emmi. »Manchmal muss man sich Zeit nehmen, um zu erkennen, was man im Leben vermisst. Nur wer Liebe schenkt, wird Liebe erhalten.«

»Hast du das aus einem Glückskeks oder von einem Teebeutel?«, erwidere ich und ziehe mir den Schal hoch bis zur Nase. Brrr, Schweden ist ganz schön frostig. Gegen eine Tasse Tee hätte ich jetzt nichts einzuwenden.

»Ja«, meint Emma unbekümmert. »Aus deinem Keks. Von Mamas und Paps' Silberhochzeit. Das ist eine Prophezeiung, die eintreten wird.« Verschwörerisch schaut sie mich an. »Meine hat sich schon erfüllt, denn in meinem Keks stand, dass ich eine Reise machen würde.« Ihr Blick schweift zu unserer Mitfahrgelegenheit. »Oh, schau mal, Cinderella. So heißt die Fährlinie. Wenn das kein Omen ist.« Sie wackelt vielsagend mit den Augenbrauen. »Ich bin gespannt auf den Prinzen.«

»Und ich hab 'ne Prinzenallergie«, erwidere ich. »Bei mir verwandeln die sich automatisch immer in Frösche.«

»Das ist ein anderes Märchen«, erklärt Emmi stur und hakt sich bei mir unter. »Übrigens finde ich es diskriminierend für die Frösche, dass die für toxische Prinzen herhalten müssen. Das sind echt niedliche Tiere, vor allem die gelben Pfeilgiftfrösche.«

Ich seufze. Nicht ich bin der hoffnungslose Fall, sondern Emmi mit ihrer rosaroten Kitschbrille. Ich bin ganz bestimmt kein Dornröschen, das aus dem Gefühlsschlaf aufgeweckt werden muss, auch wenn ich mich manchmal so fühle – aber das würde ich Emmi gegenüber natürlich nie zugeben.

Das Boot bringt uns in einer viertelstündigen Fahrt zur

Insel Solskär. Der Wind peitscht die Wellen auf, als wir durch die Schärenlandschaft schippern. Durchs Fenster in der Passagierkabine beobachte ich, dass Schneeflocken wie kleine Ballerinas durch die frostige Luft tanzen. Zum Glück vertrage ich das Geschaukel vom Boot besser als die Free-Fall-Tower-Landung vom Flieger.

Emmi plaudert fröhlich weiter. »Übrigens habe ich uns schon eine To-do-Liste erstellt, was wir alles erleben müssen: eine Kutschfahrt, eine Schneeballschlacht, einen Urlaubsflirt und natürlich eine schwedische Sauna mit anschließendem Bad in einem See.«

»Mhm«, brumme ich. »Womöglich hab ich ja auch schon Pläne gemacht. Und keins dieser Dinge kommt darin vor. Auf gar keinen Fall werde ich mitten im Winter in irgendeinen See hüpfen und zum Eiswürfel gefrieren. Wie kommst du bloß auf so was?« Ich schüttele den Kopf. »Wir könnten allerdings einen Stadtrundgang machen und ein paar Museen besuchen«, schiebe ich versöhnlich nach, weil Emmi einen Flunsch zieht. Vor allem aber will ich Zeit mit Jona verbringen und die Jolinischen Spiele gewinnen. Dann nämlich habe ich einen Wunsch frei, den er mir erfüllen muss.

»Boah, du bist so eine Spaßbremse«, meckert Emmi. »Es gibt nichts Langweiligeres, als sich die Füße plattzulaufen und in Museen abzuhängen.« Sie bläst die Wangen auf und pustet die Luft langsam raus. »Wen interessiert das? Ich will hier Urlaub machen, keine Geschichtsstunde.« Sie blinkert mich an. »Aber ich bin ja kompromissbereit. Wir verschmelzen unsere Listen einfach wie zwei Schneeflocken.«

Ich verdrehe die Augen. »Museen sind überhaupt nicht

langweilig«, erwidere ich. »Jetzt lass uns doch einfach erst mal ankommen, ja? Wir werden bestimmt eine schöne Zeit haben.«

Wenig später tauchen drei Inseln vor uns auf. Eine Burg ragt auf der kleinsten auf. Wir fahren jedoch schnurstracks daran vorbei und steuern auf eine mittelgroße Insel zu, die sich länglich ins Meer erstreckt. Das gleichmäßige Tuckern des Boots verstummt, und wir legen an.

Neugierig steige ich aus. Der Metallsteg wankt etwas unter meinen Beinen, als wir mit unseren Rollkoffern drüberlaufen. Möwen kreisen über uns, ihre Schreie erfüllen die Luft. Der Steg endet an einem Platz, um den sich bunte Häuser, Geschäfte, ein Café und ein Hotel mit gelber Stuckfassade reihen. Ihre Dächer und die Straße sind von einer Puderzuckerschicht bedeckt. Familien und Paare schlendern durch die festlich geschmückte Marina.

Ich halte Ausschau nach Jona, doch ich kann ihn nirgendwo entdecken.

Brr, die Kälte kriecht mir allmählich unter die Klamotten. Mein Atem bildet kleine Wölkchen in der Luft, und ich schlage die Arme um meine Jacke, weil mir die Zähne klappern.

»Wenn er nicht bald kommt, gefriere ich zu 'ner Eisfigur, und dann tropft mir womöglich ein Eiszapfen aus der Nase«, schimpft meine Schwester. Sie reibt die behandschuhten Hände aneinander. Aus ihrem blau-gelb-gestreiften Schal schauen nur noch ihre rote Nase und die Augen raus.

»Sagt die, die eben noch in einen See springen wollte und eine Schneeballschlacht für eine gute Idee hält«, scherze ich.

»Dabei ist man wenigstens in Bewegung«, schmollt mein Schwesterherz. »Oh, gute Idee!« Sie macht kleine grazile Ballett-Verrenkungs-Jeté-und-Spagat-Hopser, was uns mehrere verwunderte Blicke beschert.

»Ich glaub nicht, dass das was bringt, Flummi«, sage ich, während ich sie skeptisch beobachte. »Hör lieber auf, bevor du ausrutschst und auf die Nase fällst.«

»Spaßbremse, ich sag's ja«, erwidert Emmi.

Da prescht plötzlich in hohem Tempo eine Kutsche auf uns zu, gezogen von einem großen braunen Pferd. Der Kutscher hat sich die rote Weihnachtsmütze tief ins Gesicht gezogen. Die Bommel am Ende schwingt lustig hin und her. Ratternd kommt das Gespann vor uns zum Stehen.

Vorfreude glimmt in mir hoch, doch sie erlischt gleich wieder wie eine Flamme im Wind.

»Seid ihr die Engel?«, ruft der Kutscher.

»Ja«, antworte ich, als er unseren Nachnamen nennt. Ich bin enttäuscht, dass Jona uns nicht persönlich abholt.

»Uh«, meint Emmi. »Ich glaube, wir können gleich zwei Punkte auf meiner Liste abhaken – Kutschfahrt und Urlaubsflirt.«

Ich mustere den Kerl, der nun elegant vom Kutschbock springt. Er ist ungefähr in meinem Alter, also achtzehn oder neunzehn. Aschblonde Haare ragen unter der Mütze hervor und fallen ihm in die Stirn. Er trägt Jeans, einen grünen Anorak und schwarze Ohrstecker. Über sein Kinn und seine Wangen zieht sich ein dunkler Dreitagebart. Als er lächelt, bilden sich – Achtung, Klischee voraus – Grübchen in seinen Wangen. Ziemlich attraktiv, wenn man auf so was steht, was ich nicht tue.

»Aber hallo!«, freut sich meine Schwester und klimpert wie wild mit den Wimpern, während sie mich leicht anrempelt, wohl um mir zu sagen, dass sie Lysander als meinen – oder ihren – Urlaubsflirt auserkoren hat. Bloß nicht, denke ich und stelle mich absichtlich begriffsstutzig.

»Hast du was im Auge?«, frage ich Emmi irritiert. »Zeig mal.« Ich nehme ihr Kinn und schaue ihr tief in die Augen. »Vergiss es!«, erwidere ich warnend.

»Was denn?«, fragt Emmi unschuldig und grinst.

»Ich werde mich nicht von dir verkuppeln lassen.«

»Ähem«, räuspert sich jemand hinter uns, und ich wirbele herum.

Hitze schießt mir in die Wangen, als der Kutscher sich vor uns aufbaut. Ich hoffe, er hat unser Gespräch nicht gehört.

»Hej, ich bin Lysander vom Pferdetaxi.« Er beugt sich vertraulich vor. »Freunde dürfen mich Lysse nennen.«

»Hallo, ich bin Emmi«, stellt sich meine Schwester vor. »Der ist aber hübsch.« Sie marschiert schnurstracks auf das Pferd zu, das die blonde Mähne schüttelt. Seine Atemwölkchen schweben in der Luft, als Emma es streichelt.

»Välkommen till Solskär«, sagt Lysander zu mir, und ich erahne, dass er uns willkommen heißt. Mit den behandschuhten Knöcheln stößt er zur Begrüßung an meine Hand. »Die Insel der Sonne«, erklärt er dann mit leichtem Akzent auf Deutsch. »Ihr habt wirklich Glück mit dem Wetter. Sonst schneit es meist erst im Januar oder Februar.«

Ich schaue zum Himmel, wo sich die Sonne hinter einem hellen grauen Schneewolkenschleier versteckt. »Aha«, erwidere ich, denn ich weiß nicht, was ich darauf sonst sagen soll. Ich bin echt nicht gut im Small Talk. Und im Flirten bin ich noch schlechter. Nicht, dass ich darauf aus wäre. Lysander lässt sich von meiner Einsilbigkeit jedoch nicht abschrecken.

»Jona schickt mich«, plaudert er fröhlich weiter. »Ich soll euch zur *Villa Solvinkel* bringen. Tut mir leid, dass ich ein wenig zu spät dran bin, aber sonst hat die Fähre immer Verspätung. Habt ihr eine gute Überfahrt gehabt?« Er grinst mich an, ehe er zu Emmi schaut, die dem Pferd behutsam durch die Mähne streicht.

»Ja, danke«, erwidere ich steif. »Wo ist Jona denn?«, platzt es aus mir heraus, und ich ärgere mich, dass ich allzu eifrig klinge.

Lysander mustert mich aus blauen Samtaugen. »Er wurde leider aufgehalten. Ein … äh … Emergency-Notfall …« Er räuspert sich. »Deshalb bin ich jetzt hier.« Seine Stimme klingt schmelzend wie Schokolade, und sein Lächeln strahlt mindestens so hell wie die Lichterketten auf dem Platz mit dem Weihnachtsmarkt hinter ihm.

»Du hast einen echt coolen Namen«, sagt Emmi und kommt zu uns rüber.

»Ja, meine Mum steht auf Shakespeare. Besonders den *Sommernachtstraum*. Statt des Lords war ich im Schultheater aber nur Tom Snout alias die Wand.«

»Du hast 'ne Wand gespielt?«, fragt Emma verwirrt.

»Wegen meiner strongen, breiten Schultern«, erwidert er verschmitzt.

»Und jetzt studierst du Anglizismus?«, frage ich sarkastisch.

»Du meinst Anglistik«, korrigiert er. »Nah dran.«

Ich verdrehe die Augen. Okay, er hat die Anspielung

auf seinen britischen Akzent und seine eingeworfenen englischen Wörter offenbar nicht kapiert, muss aber trotzdem klugscheißen. Ich setze zu einer Erwiderung an.

»Cool, wir nach Buchfiguren Benannten sollten zusammenhalten«, kommt Emmi mir zuvor. Sie streckt ihm die Faust hin, und er stößt dagegen. »Unsere Mutter hat einen Austen-Tick, Lin ist nach Elinor Dashwood aus *Verstand und Gefühl* benannt, was super zu ihr passt, weil sie immer so vernünftig ist, und ich nach *Emma.*« Sie legt den Kopf schräg. »Worum geht's in dem Stück mit der Wand?«

»Oh, um Liebe, was sonst.« Ich flattere mit den Wimpern. Wir haben das Stück mal im Englischunterricht durchgenommen. »Hermia soll Demetrius heiraten, ist aber eigentlich in Lysander verknallt und mit Helena befreundet, die wiederum Demetrius liebt. Und dann gibt es noch jede Menge Elfen und zerstrittene Götter, die alles durcheinanderbringen. Im Prinzip ist es eine einzige Verkupplungsschau und das totale Liebeskarussell mit 'nem dicken Anstrich von Romantik.« Ich verziehe das Gesicht.

»Gut gebrüllt, Löwe«, zitiert Lysander besagtes Stück. »Du kennst dich aus. Es geht um das Erkennen der wahren Liebe und um Träume«, fügt er hinzu, während er unsere Koffer in die Kutsche lädt.

»Klingt cool«, sagt Emma mit leuchtenden Augen. »Das muss ich unbedingt lesen.«

»Es lohnt sich auch, das Stück mal im Theater zu sehen«, meint Lysander. »Und nicht nur wegen der breiten Schultern der Wand.« Er schaut mich flirtend an, und ich wende den Blick ab und tätschele das Pferd. Es pustet mir gegen die Hand, was sich angenehm warm anfühlt. Tiere schenken bedingungslose Liebe – von Kerlen, die mir sowieso nur wieder das Herz brechen, habe ich erst mal die Nase voll.

»Wieso sprichst du so gut Deutsch?«, will Emmi wissen, wofür ich ihr einen Rippenstoß gebe.

»Mensch, Emmi, das fragt man doch nicht.«

Lysander lacht. »Ich hatte Deutsch in der Schule«, erklärt er. »Mein Vater ist Schwede, meine Mum ist Engländerin. Im Moment habe ich Semesterferien und helfe bei Jonas Mor aus.«

»Jona hat ein Moor?«, fragt Emma verwirrt. »Ist das ein Geheimcode?«

Lysander grinst. »Nein, kein Moor, seine *Mor*, seine Mum … Alma. Ihr gehört das B & B, die *Villa Solvinkel*. Das bedeutet übrigens Sonnenwinkel.« Er setzt wieder dieses Grübchenlächeln auf. »Alle Engel einsteigen!«

Ich klettere hinter Emmi in die Kutsche, wobei ich hartnäckig Lysanders ausgestreckte Hand ignoriere. Die flauschige Decke gegen die Kälte nehme ich jedoch gern an. Mit einem Zungenschnalzen fordert Lysander das Pferd auf, sich in Bewegung zu setzen, und kutschiert uns durch enge, belebte und festlich geschmückte Gassen.

Emma plappert fröhlich drauflos und fragt Lysander ein Loch in den Bauch. So erfahre ich, dass der Haflinger auf den schönen Namen Tornado hört.

»Aber lasst euch nicht täuschen, Tornado hat eher das Wesen einer Schnecke und steht total auf Hyggeligkeit.«

Lysander bringt uns an den Rand des Dorfs und noch ein Stückchen weiter. Je länger wir landeinwärts fahren, desto leiser wird das Geschrei der Möwen, die über dem Meer kreisen, das sich links von uns erstreckt. Darin verstreut ragen ruppige, felsige Schäreninseln auf, manche sind mit roten Häusern getupft. Rechts von uns erstrecken sich weite Wiesen. Ein echtes Postkartenidyll.

»Die *Villa Solvinkel* liegt etwas außerhalb«, erklärt er, »dafür aber ruhig.« Er dreht sich um und wirft einen Blick über die Schulter, als erwarte er eine Reaktion.

»Aha«, erwidere ich gedankenverloren. Mich beschäftigt immer noch die Frage, was so wichtig gewesen sein konnte, dass Jona uns nicht selbst abgeholt hat. Dass Lysander was von einem Notfall erzählt hat, trägt auch nicht gerade zu meiner Beruhigung bei. Ganz automatisch springt mein Problemradar an, und das mulmige Kribbeln, das dabei in meinem Bauch entsteht, macht mich ganz zappelig.

»Gerade jetzt«, fährt Lysander fort, »zur Weihnachtszeit ist es hier wunderschön. Wir haben viele Attraktionen. Ihr solltet unbedingt den Weihnachtsmarkt besuchen. Und das Lichterfest in Skansen. Aber gebt acht, dass euch die Tomtes keine Streiche spielen.« Er lacht.

»Welcher Tom?«, hakt Emma nach.

»Die Kobolde. Also, die Weihnachtswichtel«, erklärt Lysander. »Womöglich ist hier der Wald genauso verzaubert wie in Shakespeares *Sommernachtstraum.*«

»Wobei das hier eher ein Wintertagtraum wäre«, erwidere ich und betrachte das kleine Wäldchen, an dem wir gerade vorüberfahren. »Und Träume sind Schäume.«

»Huch, da fehlt aber jemandem noch die nötige Portion Weihnachtsmagie.« Lysander fasst in die Tasche und wirft ein wenig Glitzer in unsere Richtung. »So, erledigt. Jetzt bist du verzaubert.« Der Typ hat Glitzer, echt jetzt? Sehr zu Emmis Freude, die sich neben mir kaputtlacht.

»Boah, voll unnötig!«, pruste ich und wische mir den

Goldflitter aus dem Gesicht. Ein Grinsen zupft an meinen Mundwinkeln, doch ich beiße fest die Lippen zusammen, um es mir zu verkneifen. »Ich bin die personifizierte Weihnachtsfreude! Und absoluter Adventsfan.«

»Logisch!« Lysander wirft einen Blick über die Schulter. »Mein magischer Glitzer verfehlt nie seine Wirkung.«

Echt, der Kerl ist unfassbar! Ich weiß nicht, ob ich lachen oder schimpfen soll. Grummelnd verlege ich mich darauf, seinen Rücken mit Blicken zu durchbohren.

Emmi lehnt sich schmunzelnd zu mir. »Der ist richtig schnuckelig, findest du nicht?«, flüstert sie. »Vielleicht solltest du dein Verkupplungsverbot doch noch mal überdenken.« Ihre Augen funkeln verschmitzt unter den braunen Locken hervor.

»Mhm«, brumme ich. Sie soll auf keinen Fall auf dumme Gedanken kommen. »Sein Aussehen ist mir total egal.« Allerdings kann ich nicht leugnen, dass Lysander sympathisch und witzig ist. Allerdings war Freddy das anfangs auch. Ich rümpfe die Nase. Ganz egal, wie nett, witzig und charmant er ist, im Moment habe ich an Beziehungen keinen Bedarf.

Lysander lenkt das Pferd eine schmale Straße entlang, die auf einem Bauernhof endet. Ein Schild in Sonnenform an der Einfahrt begrüßt die Gäste in der *Villa Solvinkel* auf Schwedisch. Das rote Holzhaus nestelt sich in die verschneite Landschaft, und die Lichter in den Fenstern funkeln einladend. Vom Dach hangelt sich ein freundlicher Weihnachtsmann mit Geschenkesack herunter. Eine beleuchtete Schneemannfigur mit Schal und Karottennase steht im Vorgarten, und im Apfelbaum darüber hängen blinkende Sterne. Ganz sicher ist das Jonas Werk. Ich grinse.

Auf einer Koppel neben dem Haus hat sich ein kleiner Streichelzoo zur Begrüßung versammelt. »Ziegen«, quietsche ich wie eine Fünfjährige, bevor ich es verhindern kann. »Und Hühner!« Die Vögel kuscheln sich in einem Hennenhaus aneinander.

Lysander dreht sich amüsiert zu mir um, als ich aus der Kutsche springe und hinüberlaufe. Die Ziegen schauen mich mit großen Knopfaugen unter langen Wimpern an, und ich bin hin und weg. Vorsichtig strecke ich die Hand aus und streichele einem Tier über das weiche Maul.

»Geht schon mal vor, ich kümmere mich um Tornado!«, ruft Lysander uns zu.

»Kommst du, Lin?«, fragt Emmi. »Mir ist kalt.«

»Ja.« Ich schließe zu ihr auf, und wir laufen zum Haus. Schnell zupfe ich mir die Mütze zurecht. Plötzlich bin ich total aufgeregt.

Liu

5
Ein Mistelzweig mit Kussverbotszone

22. Dezember, immer noch nachmittags, im ländlichen Postkartenidyll, Gefühlsbarometer: innerlich ein Knallbonbon

Neugierig betrachte ich das typisch rot gestrichene Haus mit den weißen Fenster- und Türrahmen. Eine Rollstuhlrampe aus bunten Legosteinen zieht sich über die drei Stufen der Treppe hinauf zur Veranda.

Emmi stößt die Eingangstür auf, und wir betreten einen hellen Empfangsbereich mit weißem Dielenboden.

»Hohoho – meeerrry Christmas«, begrüßt uns ein Ziegenbock aus Stroh, der durch einen Bewegungsmelder ausgelöst worden sein muss.

»Krass, der totale Weihnachts-Overkill!«, grummelt meine Schwester.

Tatsächlich ist auch innen alles festlich geschmückt. Immergrüngirlanden hängen an Wänden und Geländern, große Sterne und Kugeln baumeln von der Decke, und auf die Fensterscheiben sind weihnachtliche Motive gesprüht.

An einer Wand rechts von uns erstreckt sich eine helle Holztheke. Dahinter ist ein Brett angebracht, an dem goldene Schlüssel mit dicken Kugeln als Anhänger baumeln. Ein Ständer auf dem Tresen hält jede Menge Prospekte mit Ausflugstipps bereit. Eine Sitzecke aus gepolsterten Sesseln mit dicken Lehnen, einem kleinen Beistelltisch und einem roten flauschigen Teppich versprüht Retro-Charme und lädt zum Verweilen ein. Dahinter steht ein großer, noch ungeschmückter Weihnachtsbaum. Links daneben führt eine Treppe nach oben, vermutlich zu den Zimmern. Es gibt aber auch einen Treppenlift. An der Theke vorbei geht ein Flur nach hinten, wo eine weitere Tür zu sehen ist.

Die Rezeption ist verwaist, dafür strömt mir der Geruch von frisch gebackenem Kuchen in die Nase. Emmi drückt energisch auf die goldene Glocke auf der Theke, doch es kommt niemand.

»Tja, wie es aussieht, müssen wir auf Lysander warten.« Emmi macht es sich in einem der Sessel bequem und streichelt die flauschige weiße Katze, die dort liegt. Sie erhält ein Schnurren zur Belohnung. Unsere Ankunft in Schweden habe ich mir irgendwie anders vorgestellt. Nicht so frostig.

Nervös tigere ich vor dem Empfangstresen auf und ab. An der Wand entdecke ich einen Aufkleber mit einem Tisch und einem Pfeil. Darunter steht *Matsal – Dining Room.*

»Ich schau mal, ob ich Jona finde«, murmele ich und laufe den Flur entlang in die Richtung, in die der Pfeil zeigt. Vor einer Tür bleibe ich stehen. Schwungvoll stoße ich sie auf.

»Vorsicht!«, höre ich eine vertraute Stimme. Dann gibt es einen Knall, und ich kann gerade noch ausweichen, bevor mir eine Leiter fast auf den Kopf schlägt.

»Hoppla!«, sage ich verlegen. »Hallo, Jojo.«

»Lin!«

Jona liegt auf dem Boden, einen Mistelzweig in der Hand, der mit Glitzer golden eingesprüht ist. Seine blaue Brille sitzt schief auf der Nase.

Jona schiebt sich die blonden Fransen aus der Stirn und rückt sich die Brille zurecht. In dem Jahr, in dem wir uns nur per Facetime und Handy-Chat gesehen haben, hat er sich verändert, was mir jetzt erst so richtig auffällt. Seine wuscheligen Haare sind oben lang, an den Seiten etwas kürzer, was gut aussieht. Irgendwie ist er auch breiter geworden, denn sein Weihnachtspulli spannt an den Schultern. Darauf ist ein tanzender Elch mit einer Lichterkette abgebildet, deren Lämpchen blinken. Der Bund ist hochgerutscht und entblößt einen Streifen nackter Haut. Aus rätselhaften Gründen bringt mich das aus dem Konzept, und ich schaue schnell weg.

In Jonas Gesicht steht ein verschmitztes Lächeln, seine Augen leuchten gletscherbonbonblau. Die Akne in seinem Gesicht ist inzwischen fast verschwunden, doch die Narbe von seinem Mountainbike-Unfall zieht sich immer noch gut erkennbar wie ein feiner Strich von der rechten Schläfe bis zur Braue, und auch das Grübchen im Kinn ist unverändert.

»Oha, ich hätte nicht gedacht, dass du mich so umwerfend findest!«, scherze ich, um meine Verlegenheit zu überspielen. Ich strecke die Hand aus, um ihm aufzuhelfen. »Hast du dich verletzt?«

»Nein, höchstens meinen Stolz«, erwidert er und lässt sich von mir hochziehen. Unsere Finger berühren sich, und für einen Moment verblasst der Raum um mich herum. Da ist nur noch Jona, dessen Augen mich eindringlich mustern und meinen Blick nicht loslassen, bis er sich hochgerappelt hat. Kaum steht er auf den Beinen, wirbelt er mich einmal im Kreis. Meine Wange schmiegt sich wie von selbst an seine, und ich atme seinen Duft ein. Er riecht nach Minze, mit einem Hauch Mandarine. Davon kann ich nie genug bekommen.

»Ich kann's kaum fassen, dass du endlich da bist, Lin. Wir haben uns eine Ewigkeit nicht gesehen«, sagt er.

»Wir haben erst vorgestern über Facetime gesprochen und einen Film zusammen geschaut«, erwidere ich. »Das ist wohl kaum eine Ewigkeit her.«

»Das ist nicht dasselbe. Da kann ich dir keine Chips oder Marzipankartoffeln klauen«, erwidert er. Er setzt mich ab, doch er hält mich weiter umfangen, und mein Herz macht einen seltsamen kleinen Hüpfer.

Okay, wo ist die Ablenkung? Das geht hier gerade genau in die falsche Richtung. Ich räuspere mich und mache mich los. »Netter Pulli übrigens«, bemerke ich, und mein Blick gleitet zu dem Rentier, dessen Nase rot blinkt. »Gute Wahl, wenn du es auf hübsch-hässlich angelegt hast.«

»Tja, ich kenne ja deinen Geschmack und hab mich extra für dich schick gemacht.« Jona streicht mir eine Locke aus der Stirn. »Deine Nase ist übrigens genauso rot wie die von Rudolph.« Er stupst leicht dagegen, und ich senke den Kopf.

»Das liegt daran, dass du mich in den kältesten Kühlschrank Europas eingeladen hast.«

»Oh, là, là!«, hören wir da plötzlich eine Stimme hinter uns. Lysander! »Stör ich?« Er hat Anorak und Handschuhe ausgezogen und zeigt nun muskelbepackte Arme in einem eng anliegenden roten Rollkragenpulli. Die Weihnachtsmannmütze thront immer noch auf seinem Kopf, und seine Fingernägel sind in einem weihnachtlichen Grünton lackiert.

»Quatsch!« Schnell trete ich einen Schritt zurück.

Jonas Wangen leuchten melonenrosa. Offenbar ist ihm die Situation genauso peinlich wie mir. Lysanders Stimme ist wie eine kalte Dusche, und ich komme mir vor wie ein begossener Pudel. Nun nehme ich auch den Raum wahr. In einem Kamin knistert fröhlich ein Feuer, und mehrere Sessel sind um kleine Tische gruppiert. Am hinteren Ende gibt es ein Regal mit Brettspielen und einen Fernseher mit einer Couch davor. Auf einer Seite lädt eine offene helle Holztür in ein weiteres Zimmer ein, das offenbar der Frühstücksraum ist, denn dort stehen mehrere gedeckte Tische.

Lysanders Blick fällt auf den Mistelzweig. »Ey, der funktioniert so nicht. Eigentlich hatte ich ihn aufgehängt, damit er seine Magie entfaltet. Sonst würde ja jeder den ganzen Tag mit einem Mistelzweig rumlaufen, um Küsse zu ergattern.«

»Wir wollten nicht … Wir haben …« Hitze steigt in mir auf.

»Gunnar hat drauf bestanden, dass ich ihn abhänge«, erklärt Jona.

»Schon gut, kein Grund, rot zu werden. Ich seh doch, dass ihr euch gern einen Begrüßungskuss geben würdet unter diesem Mistelzweig-to-go. Tut euch keinen Zwang an. Ich schau auch nicht hin.« Lachend läuft er zum Frühstücksraum.

Jona räuspert sich. »Hattet ihr eine gute Reise?«, fragt er. »Das Granatapfelrot in deinem Gesicht sieht übrigens ziemlich niedlich aus.«

»Haha, danke gleichfalls.« Ich hebe die Augenbrauen. »Sag mir lieber, wo du gesteckt hast. Hattest du nicht gesagt, du würdest uns abholen?«

»Tut mir leid«, antwortet er zerknirscht. »Wir hatten eine überraschende Gewerbeprüfung. Wegen einer ... anonymen Beschwerde.«

»Ich hoffe, das hat sich geklärt?« Forschend mustere ich ihn.

»Ja, das wird schon«, erwidert er, und ein Schatten huscht über sein Gesicht. Bevor ich jedoch nachfragen kann, wechselt er das Thema. »Wo ist Emmi? Habt ihr schon eingecheckt?«

Ich folge ihm zur Rezeption, wo sich eine grauhaarige Frau in mittleren Jahren zu Emmi und der Katze gesellt hat. Mit einer Zimtschnecke in der Hand taucht nun auch Lysander wieder auf. Mein Magen knurrt.

»Lin, das ist meine *Mor*, meine Mutter Alma, und unser Kater Lakritz«, stellt Jona vor. Er deutet zur Katze, die immer noch mit Emmi kuschelt. »Und das ist Lin.«

Alma reicht mir die Hand. »Endlich! Ich warte schon so lange drauf, dich kennenzulernen«, sagt sie. »Jona lädt sonst nie Mädchen hierher ein. Du musst also etwas Besonderes sein.«

Ihr Lächeln ist so herzlich, dass es mich von innen heraus wärmt. Jona ist mit seinem Vater nach der Scheidung seiner Eltern in unsere Kleinstadt gezogen. Damals waren wir noch im Grundschulalter und haben uns angefreundet, weil wir im selben Mietshaus lebten, er im dritten Stock, wir im zweiten, und beide gern mit dem Hund von Oma Pelzig spielten. Ehrlich gesagt habe ich lange geglaubt, seine Mutter sei gestorben, bis er mir erklärte, dass sie als eine der wenigen Kapitäninnen viel auf See unterwegs sei.

»Willkommen in unserem kleinen Winterwunderland!« Alma streckt uns einen Teller mit S-förmigem gelbem Rosinengebäck entgegen, und wir bedienen uns. Mhm, das duftet total lecker. Ich beiße hinein und schwelge auf Wolke sieben.

»Ah, da kommen wir ja genau richtig zur *fika*«, sagt plötzlich jemand hinter uns. Ich drehe mich um und entdecke ein älteres Ehepaar auf der Treppe. Die Frau sitzt auf dem Treppenlift, und es sieht so aus, als würde sie das Geländer herunterrutschen wie Mary Poppins. Der Mann erinnert mich mit seinem Bart und den weißen Haaren ein bisschen an den Weihnachtsmann. Vielleicht auch, weil er einen roten Rollkragenpulli trägt. Hinter den beiden folgen zwei Jugendliche in Emmis und meinem Alter und ein Mann.

»Hallo, Bo, hallo, Hildegard«, grüßt Alma. Sie macht uns alle miteinander bekannt. Die Teenager heißen Connor und Chloe und sind ungefähr in Emmis und meinem Alter. Der Mann stellt sich als Herr de Haag vor.

Chloe mustert mich eingehend: Ihr Blick fliegt über meine braunen Haare, auf denen eine Mütze mit kleinen blinkenden Sternen leuchtet, meinen roten Pulli mit einer Elfe in Ringelsocken hinunter zu den Jeans und meinen Füßen, die in roten knöchelhohen Winterstiefeln stecken. Über dem Arm trage ich den gelben Parka. Irgendwas an mir entlockt ihr ein leichtes Lächeln. Dann wandert ihre Aufmerksamkeit weiter zu Jona und Lysander, und sie bekommt Herzchenaugen.

Chloe wendet sich an Jona. »Könntest du mal in meinem Zimmer nachschauen, was dort klackert und scheppert? Es hört sich an, als würde jemand über die Dachrinnen turnen.«

»Das tut mir leid.« Jona runzelt die Stirn. »Vielleicht hat sich eine Schelle von der Regenrinne gelöst oder die Weihnachtsdeko. Es war heute Nacht ziemlich stürmisch. Ich kümmere mich drum. Oder soll ich dir lieber ein anderes Zimmer geben?«

»Nein, nein, das ist nicht nötig. Nur keine Umstände.« Chloe winkt ab.

Ihr Bruder Connor hakt sich bei seinem Vater unter. »Komm, wir sichern uns eine Zimtschnecke, bevor Chloe uns alles wegfuttert.« Die beiden gehen den Flur hinunter.

Chloe verdreht die Augen über Connors Bemerkung, strahlt jedoch gleich darauf wieder Jona an wie eine Glühbirne. »Hast du Zeit, mit uns einen Kaffee zu trinken, Jona? Du wolltest uns doch ein paar Ausflugstipps geben.« Sie klimpert mit den Wimpern.

»Ich komme nach«, sagt er.

»Okay, bis gleich!« Sie tänzelt anmutig winkend den Flur hinunter.

»Also dann, eure Zimmer sind im ersten Stock«, sagt Jona. »Oder wollt ihr erst noch mit den anderen zum Kaffeeklatsch ins Speisezimmer?«

»Nee, danke. Erst mal frischmachen«, erwidert Emmi. »Wir sind seit heute früh um fünf unterwegs. Ich bin todmüde.« Sie gähnt ausgiebig. »Oder was meinst du, Lin?«

»Bin ausnahmsweise mal deiner Meinung«, sage ich, denn nach Gesellschaft steht mir grad nicht der Kopf. Erst einmal muss ich meine Gedanken ordnen.

»In Ordnung, ganz wie ihr wünscht.« Jona grinst. »Abendessen gibt es um halb sieben. Frühstück von acht bis zehn. Das werdet ihr nicht verpassen wollen. Mors Kochkünste sind legendär.«

Ein lautes Scheppern dringt aus der Küche zu uns herüber, dann folgt ein schwedischer Wortschwall.

Lysander hebt eine Augenbraue. »Oh, oh, das klingt nicht gut.« Er schaut zu Jona. »Ylvie hat mindestens zwei Teller zerstört. Oder meinst du, das waren die Waschbären, die hier in der Gegend ihr Unwesen treiben? Wenn sie ins Haus eingedrungen sind, könnte das auch das Geräusch erklären, das Chloe gehört haben will.«

»Waschbären?«, fragt Emmi. »Aber die sind doch total niedlich.«

»Nee.« Lysander schüttelt den Kopf. »Die tun nur so. Sie können echt zur Plage werden. Mein Vater hat auch schon …«

»Quatsch!«, fällt Jona ihm ins Wort. »Ich hab hier keinen einzigen Waschbären gesehen. Mach mal nicht die Hühner scheu. Ylvie ist einfach ein bisschen verpeilt. Vielleicht ist ihr auch Lakritz zwischen die Füße geraten.«

Die beiden fechten ein Blickduell aus, bis Lysander abwehrend die Hände hebt. »Ja, okay. Kann sein. Ich sag ja nur, haltet besser die Augen offen«, erwidert er leichthin.

»Ist notiert. Danke für den Hinweis.« Jona setzt ein Lächeln auf, das jedoch sofort erlischt, als es erneut scheppert und klirrt. »Ich glaub, ich seh besser mal nach, was da los ist. Entschuldigt ihr mich kurz?« Jona wirkt sichtlich nervös.

»Klar«, versichere ich.

Er schaut zu Lysander. »Hilfst du Lin und Emmi mit dem Gepäck?«

»Logo, Kumpel.« Lysander grinst breit. »Ich zeig mich gern von meiner starken Kofferträgerseite.« Er spannt seinen Bizeps an wie Donnergott Thor und zwinkert uns zu.

Emmi verkneift sich ein Lachen, und Jona verdreht die Augen. »Okay, gut. Ich seh euch nachher.« Er umarmt uns noch mal kurz, dann läuft er in Richtung Küche davon.

Besorgt schaue ich ihm hinterher, wobei ich feststelle, dass auch Emmi die Stirn in Falten gelegt hat.

»Unerwartete Schwierigkeiten«, murmelt sie. »Davon stand aber nichts im Glückskeks.« Sie dreht sich zu mir. »Ich hab das Gefühl, dass die Feiertage ziemlich interessant werden könnten«, flüstert sie.

Oh ja, denke ich. *Dieses Gefühl habe ich auch.*

Lin

6
Glückskeksprophezeiungen

22. Dezember, nachmittags, Gefühlsbarometer: keep the spirits up, irgendwas rumpelt

Wir folgen Lysander die Treppe hinauf. Er trägt unsere Koffer mit einer Lässigkeit, als seien sie Handtaschen. Die einzige Schwierigkeit stellt Lakritz dar, die zum Stolperflauschball mutiert. Sie hat beschlossen, uns zu begleiten, und schlüpft immer wieder zwischen unseren Beinen durch.

Lysander öffnet eine Tür am Ende des Ganges und stellt unsere Koffer vor dem Bett ab. »Braucht ihr sonst noch was?«, fragt er.

»Nein, danke«, antworte ich, während ich mich im Zimmer umsehe. Es ist klein, aber gemütlich. Lakritz rollt sich auf dem Doppelbett ein, das den Großteil des Raumes einnimmt. Außerdem gibt es einen Schrank und einen Tisch mit Spiegel. Vom Fenster aus hat man einen wundervollen Blick auf das raue Schärenmeer, das inzwischen ins graugelbe Licht der untergehenden Sonne getaucht ist. Darunter, auf der gepolsterten Bank, könnte ich stundenlang sitzen und den Anblick genießen. Die Möbel sind aus hellem Holz und der Dielenboden wie unten weiß gestrichen. »Oder vielleicht doch …« Unwillkürlich muss ich an Jonas Bemerkung über die unangekündigte Kontrolle und die anonyme Beschwerde denken.

Lysander bleibt stehen und schaut mich abwartend an.

»Wie viele Gästezimmer hat die Pension eigentlich?«, will ich wissen.

»Fünf hier oben, zwei unten, also acht, wenn man die umgebaute Ferienwohnung in der Scheune mit einrechnet. Die steht aber zurzeit leer, weil es dort einen Wasserschaden gab.« Er verzieht das Gesicht.

Oje! Es klingt wirklich so, als hätten Jona und seine Mutter in letzter Zeit ziemlich viel Pech gehabt. »Und um all diese Zimmer und Gäste kümmert ihr euch ganz allein? Also Jonas Mutter, Jona und du? Und dann auch noch um die Tiere?«, hake ich nach. Kein Wunder, dass Jona so gestresst ist. Und das in unserer Lieblingsjahreszeit, wo man eigentlich Zeit zum Ausspannen haben sollte.

»Im Prinzip ja.« Lysander schüttelt den Kopf. »Morgens kommt noch Ylvie, sie hilft in der Küche und beim Reinigen der Zimmer. Um die Tiere und den Stall kümmert sich der alte Anders mit mir, obwohl der längst in Rente ist.« Er spricht es »Andersch« aus.

»Wow, das ist trotzdem noch eine Menge Arbeit«, stelle ich fest.

»Na ja, im Moment seid nur ihr, die de Haags und die Brodersens hier. Allerdings ist es auch wirklich schwierig, zuverlässige Leute zu finden, die noch im Gastgewerbe arbeiten wollen. Ylvie ist nett, aber ein Schussel. Alma tut, was sie kann, nur …« Er knetet die Hände. »Es bleibt ziemlich viel an Jona hängen. Und dann noch die anderen Probleme …«

»Welche Probleme?«, hake ich nach.

»Ach, na ja. Die Kontrolle und so«, windet er sich heraus, als er merkt, dass er sich verplappert hat. »Ich kann bloß in den Semesterferien aushelfen. Ich will Tierarzt werden und teile momentan meine Schicht hier mit einem Praktikum bei meinem Dad. Der hat eine Tierarztpraxis auf dem Nachbarhof.«

»Oh, cool!«, sage ich. »Ich bin im zweiten Ausbildungsjahr als TFA.« *Zumindest noch, wer weiß schon, was die Zukunft bringt.*

»Schick. Dann kennst du dich mit Tieren ja aus.« Lysander tippt sich an die Stirn. »Okay, ich muss los. Wir sehen uns, Myladys, *hej då*«, verabschiedet er sich. Lakritz springt auf und streicht ihm um die Beine. »Ach ja. Falls ihr uns die Arbeit erleichtern wollt, dann hängt den kleinen Beutel an den Türgriff. Das bedeutet, dass ihr keine Zimmerreinigung, frischen Handtücher und so weiter benötigt. Dafür gibt es dann auch eine kleine Belohnung in den Beutel. Also dann, man sieht sich.« Mit diesen Worten verschwindet er im Flur.

»*Tack!*«, rufe ich, was »Danke« bedeutet.

Emmi schaut ihm nach, bis die Tür hinter ihm und Lakritz zufällt. Dann greift sie nach dem kleinen Stoffbeutel, auf dem groß das Logo der *Villa Solvinkel* prangt und in Grün »Eco Hotel Service« mit einem Katzengesicht.

»Was für eine Überraschung bekommen wir wohl?«,

fragt Emmi, nachdem sie den Beutel außen an die Türklinke gehängt hat.

»Keine Ahnung. Vielleicht einen Gutschein für ein Getränk oder eine kleine Leckerei«, sage ich und denke an die kleinen Geschenke und Schokitäfelchen mit Sprüchen, die Jona mir früher immer heimlich zugesteckt hat. Es sieht ihm ähnlich, dass er sich solche Beutel für die Hotelgäste ausgedacht hat.

»Lysander scheint ja wirklich nett zu sein. Vielleicht solltest du dich doch auf einen Urlaubsflirt mit ihm einlassen«, überlegt Emmi. »Apropos flirten: Hast du gesehen, welchen Schmachtblick Chloe auf Jona losgelassen hat?« Sie verdreht die Augen. »Ich glaub, sie findet ihn gut. Stört dich das?« Eindringlich mustert sie mich.

Ich stöhne. »Nein, das juckt mich kein bisschen, Schwesterherz«, sage ich nachdrücklich, obwohl es insgeheim doch ein bisschen an mir nagt. »Und vergiss deine Kuppelversuche mit Lysander. Wir matchen überhaupt nicht!«

»Aber ihr mögt beide Tiere, und die Prophezeiung …«

»Hat sich ein Glückskeksschreiber ausgedacht. Wie die Horoskope im Netz. Das hat nichts mit Schicksal zu tun.« Um mich davon abzuhalten, nach meinem Glücksbringerspruch in der Tasche zu tasten, fange ich an, meinen Koffer auszupacken. Emmi muss ja nicht wissen, dass ich heimlich die Schokotafelsprüche horte, die Jona mir geschenkt hat. »Warum zum Teufel willst du mich unbedingt mit jemandem zusammenbringen?«

»Weil du so mies drauf bist, seit Jona weg ist und sich Fee in Australien rumtreibt. Ich will einfach nur, dass du glücklich bist.«

»Danke, Süße.« Unwillkürlich muss ich lächeln und drücke meine Schwester kurz. »Aber mein Glück hängt nicht von Jona oder irgendwem ab, das schmiede ich mir schon selbst.« Ich lege den Waschbeutel ins Bad. Dort gibt es eine Wanne mit Dusche. Großartig! Ich kehre zurück und erkläre: »Es gab nur in letzter Zeit so viele Veränderungen, und ich vermisse meine Freunde eben. Es ist was anderes, nur zu facetimen oder über Handy zu chatten, als sich persönlich zu sehen. Aber das wird sich ja zum Glück bald wieder ändern.« Ich beiße mir auf die Lippe. Von der bevorstehenden Veränderung und meinem drohenden Ausbildungs-Aus will ich lieber nichts erzählen, um die Weihnachtsstimmung nicht zu verderben. »Aber jetzt sind wir hier und genießen die Zeit.« Es klingt wie ein Befehl. Ich zwinge mich zu einem Lächeln und stelle einen Miniweihnachtsbaum auf die Fensterbank.

»Krass, was hast du denn alles eingepackt?« Fassungslos betrachtet Emmi meinen Kofferinhalt. Außer dem Miniweihnachtsbaum habe ich auch eine Lichterkette, Dekosterne und kleine Wichtelgeschenke für Emmi, Jona und seine Mutter mitgenommen.

»Ich wusste doch nicht, was es alles geben wird. Ich will vorbereitet sein für unser Weihnachtsbattle. Von dem ich schließlich auch noch nicht weiß, was auf mich zukommt.« Ich stelle einen kleinen Adventskranz aus bunten gehäkelten Kugeln auf den Tisch und stecke vier LED-Dekosterne als Lichter hinein.

»Du wusstest nicht, was es alles geben wird? Hallo!« Sie tippt mir an die Stirn. »Jona ist genauso übertrieben weihnachtsverliebt wie du. Es war doch klar, dass er das volle Programm auffahren wird. Obwohl …« Sie wirbelt einmal im Kreis. »Hier im Zimmer sieht es gegen die Deko unten wirklich geradezu spartanisch aus.«

»Eben, ich kann mich voll ausleben.« Ich grinse breit und schnappe mir die Lichterkette, um sie über dem Bettgeländer zu drapieren.

»Oh bitte!« Emmi fällt auf die Knie. »Tu's nicht! Diese Überdosis Weihnachtszuckerguss könnte wirklich gefährlich werden. Wenn du nicht aufpasst, verwechseln die Rentiere des Weihnachtsmanns unser Bett mit der Landebahn für ihren Schlitten.«

Die alberne Bemerkung entlockt mir ein Lachen. »Die Rolle der Dramaqueen beherrschst du wirklich perfekt«, sage ich gespielt gequält. Im Koffer versteckt ist neben der Sammlung an Schokosprüchen auch das Herz, das mir Jona im letzten Jahr nach unserem missglückten Mistelzweigkuss geschenkt hat. Keine Ahnung, warum ich das mitgenommen hab. Vermutlich aus Nostalgie. Zum Glück hat Emmi es nicht entdeckt. Sie würde bloß falsche Schlüsse ziehen.

Emmi schmeißt sich mit Schwung aufs Bett. »Ich glaub, ich mach ein Nickerchen, bis es Abendessen gibt.« Sie schließt die Augen.

»Gute Idee«, stimme ich zu. Ich lege mich neben sie und strecke mich aus. Ratzfatz bin ich eingeschlafen.

Jona

7
Lakritz auf vier Beinen oder: Run, Rudolph, Run

Seufzend kraule ich Lakritz die Ohren und schiebe mir einen weiteren Keks in den Mund. Unsere Katze hat sich schnurrend auf meinem Schoß zusammengekringelt und drückt ihren Kopf gegen meine Hand. Zumindest das Chaos in der Küche ist beseitigt. Vorhin hatte Ylvie einen Schatten gesehen, der übers Fenster nach unten geklettert sei, und vor Schreck mehrere Teller geschrottet. Daher der Lärm. Nachdem ich mit ihr die Scherben beseitigt hatte, habe ich draußen auf der Suche nach dem ominösen Schatten eine umgeworfene Mülltonne entdeckt. Ich vermute, dass das Geschepper, das Chloe gehört haben will, auch daher rührt, dass sich jemand – oder etwas – an den Tonnen zu schaffen macht. Um herauszufinden, wer dahintersteckt, will ich eine Kamera bestellen und hoffe sehr, dass sich keine Waschbären auf dem Dachboden eingenistet haben, die unsere Fassade als Treppe benutzen. Ich klicke auf *Bestellung abschicken*, schiebe die Maus zur Seite und lehne mich zurück. Okay, ich komme wohl nicht drumherum, auf dem Dachboden nachzusehen, ob sich dort irgendwelche Tiere ein kuscheliges Nest gebaut haben, obwohl ich lieber gar nicht wissen will, was mich erwartet. Für einen Tag haben sich doch wohl wirklich genug Probleme angehäuft.

Rasch tippe ich eine Nachricht an Lin, doch ich erhalte keine Antwort. Vermutlich ruht sie sich noch aus.

Es klopft, und ohne meine Antwort abzuwarten, schlendert Lysse herein. »Wenn nichts mehr ist, mach ich mich jetzt mit Tornado auf den Heimweg. Die Tiere sind versorgt. Wir müssen aber bald Futter nachbestellen. Die Vorräte gehen allmählich zur Neige.«

Auch das noch! Als hätte unser Kontostand nicht bereits einen deprimierenden Tiefstand erreicht. »Danke, Lysse.«

Er pflanzt sich mir gegenüber auf den Stuhl. »Hast du mal überlegt, die Tiere abzuschaffen? Ich könnte mit meinem Dad reden, ob er jemanden kennt, der sie übernehmen kann.«

»Nein, auf gar keinen Fall! Das würde Mor nicht wollen.«

»Wenn sie an Holm Johannson verkauft, wird sie die Tiere auch nicht behalten können.« Lysse wippt auf dem Stuhl hin und her.

»Stimmt. Und allein schon deswegen will ich einen Verkauf unbedingt verhindern. Außerdem ist Holms Angebot viel zu niedrig und bildet den wahren Wert unseres Solvinkels nicht mal annähernd ab. Er nutzt Mors Situation schamlos aus.« Ich lehne mich nach vorn und verschränke die Arme auf dem Tisch. »Meinst du, dein Vater kann uns die Tierarztrechnung noch ein Weilchen länger stunden?«

»Ich frag ihn. Macht er aber sicher.« Lysse greift in seine Hosentasche, zieht einen zusammengerollten Prospekt heraus und wirft ihn mir hin. »Das wollte ich dir schon die ganze Zeit zeigen.« Er beugt sich vor und stützt die Hände auf den Tisch. »Vielleicht solltest du dich bewerben.«

Ich lehne mich zurück und lese den Text durch. »Tourismus Newcomer Award?«

»Ja, das Tourismusbüro schreibt den Preis aus. Ich hab dir auch mal eine Übersicht der letzten Gewinner ausgedruckt.« Lysse greift nach meiner Kaffeetasse. »Hast du den gekocht?«

»Nein, Mor.«

»Gut! Dein Kaffee schmeckt scheiße. Wenn man diese Plörre überhaupt so nennen kann. Das ist eher gefärbtes Wasser.« Er trinkt einen Schluck.

»Bitte, bitte, nimm dir ruhig. Ich teile gern!«, sage ich sarkastisch, während ich durch den Prospekt blättere. Sämtliche Preisträger haben ein Konzepthotel – sei es ein Baumwipfelhotel, Übernachten in Fasshäusern, auf Hausbooten oder in Iglus. Man braucht also offenbar eine einzigartige Idee, die zudem möglichst nachhaltig sein sollte. Das Preisgeld könnten wir schon gut gebrauchen, ebenso wie die sechsmonatige Werbeaktion, die damit verbunden ist. Vermutlich würde uns das auch die Aufnahme in die großen Bookingportale erleichtern. »Wir sind nicht neu am Markt«, werfe ich ein.

Lysse deutet auf eine Zeile im Flyer. »Hier steht, dass auch bestehende Hotels mit einem neuen Konzept teilnehmen können, um die Region attraktiver zu machen und den Umweltschutz zu fördern – Stichwort bezahlbarer Ökotourismus und *Nature's Best*. Das komplette Gegenteil von dem, was Holm anbieten will.« Er lehnt sich zurück. »Natürlich musst du dafür die Bestimmungen des Nordic Swan Ecolabels einhalten, aber einiges befolgst du ja bereits.«

»Ja, schon … aber das kostet eine Stange Geld.« Lysses Vorschlag arbeitet in meinem Kopf. Vielleicht, ganz vielleicht, schaffe ich es ja irgendwie, bis zum Abgabetermin am 31. Dezember ein Konzept auszuarbeiten. Allerdings brauche ich dazu eine zündende Idee. Und es gibt noch einen Haken … Wenn ich ein neues Konzept umsetzen will, entscheide ich mich unweigerlich erst mal für ein Leben in Schweden, und das ist eigentlich viel zu weit weg von Lin. »Vielleicht kann Lin helfen. Sie ist ziemlich gut im Planen.«

»Lin?« Lysse kratzt sich am Kinn. »Was läuft eigentlich zwischen euch beiden?«

»Nichts!«, sage ich schnell.

»Der Satz ist nicht vollständig. Du hast das ›Leider‹ vergessen.« Lysse grinst mich an. »Stimmt doch, oder? Du hast einen *soft spot* für sie.«

Ich seufze bloß.

»Okay, und wo ist das Problem? Sie ist hier, also geht da auch was.«

»Das Problem ist, dass es eine Vorgeschichte gibt, und in der hat sie mich ziemlich auflaufen lassen. Außerdem ist sie frisch getrennt.« Zumindest vermute ich das. So ganz hat sie mit der Sprache nicht rausgerückt, was mit Freddy ist. Aber ich bohre nicht nach.

»Okay, das ist in der Tat ein Hindernis. Du willst ja schließlich kein Übergangsmann sein, bei dem sie Trost sucht und dann zu neuen Ufern aufbricht. Aber zum Glück hast du ja mich. Ich stehe dir gern mit Rat und Tat zur Seite.« Er klopft mir aufmunternd auf die Schulter.

»Danke, aber ich bin ein geduldiger Mensch und warte einfach ab, was kommt. Ich will Lin auf keinen Fall bedrängen.«

»Schon klar, aber Geduld ist was für Menschen mit 'nem Schneckengemüt.« Er kippelt auf seinem Stuhl. »Du willst doch keine Schnecke sein, oder? Ich jedenfalls hab dich bisher nicht für so einen Schleimer gehalten, der sich feige in sein Schneckenhäuschen verkriecht, wenn's schwierig wird.«

»Deine Vergleiche sind so was von Banane, Mann«, sage ich. »Komm auf den Punkt.«

»Okay, was ich sagen will: Manchmal muss man dem Glück auf die Sprünge helfen. So viel Zeit hast du ja nicht, wenn sie schon im neuen Jahr wieder abreist. Als dein Freund rate ich dir daher, die Chance nicht verstreichen zu lassen und den Flirt-Turbo einzulegen. Falls ich dir ein Candle-Light-Dinner im Café in Skansen organisieren soll, sag Bescheid.«

Ich runzle die Stirn. »Ernsthaft? Ein Candle-Light-Dinner? Geht's noch kitschiger?«

»Na ja, wenn sie auf Kitsch steht, könntest du ihr auch einen Liebesbrief schreiben.« Er fasst sich an die Brust und macht mit beiden Händen diese typische Schlagersängergeste von einem pochenden Herzen. »Oder noch besser: ihr beim Karaoke-Abend mit einem Song deine unsterbliche Liebe gestehen. Wie die Prinzen in den Disney-Filmen.« Er legt den Kopf schief und mustert mich kritisch. »Okay, an deiner Prinzenausstrahlung müsstest du allerdings noch arbeiten. Ich könnte dir ein Rüschenhemd besorgen.« Er grinst mich an.

Ich verziehe das Gesicht. »Haha, sehr lustig. Hast du 'nen Scherzkeks gegessen?«

»Hej, ich will dir nur helfen.« Er greift nach meiner Kaffeetasse und trinkt sie ganz aus.

»Vielen Dank, falls ich mir meine Chancen ganz vermasseln will, komme ich gerne auf dein Angebot zurück«, erwidere ich und muss jetzt doch ein bisschen grinsen.

Lysse steht auf. »Aber mal im Ernst: Wenn du Lin magst, solltest du es ihr sagen. Und nicht zu lange damit warten.«

Ich nicke. *Wenn das nur so einfach wäre.*

»*Hejdå.* Wir sehen uns morgen.« Die Tür fällt hinter Lysse zu, und ich bin mit meinen wirbelnden Gedanken wieder allein.

Lin

8
Wenn das Murmeltier zweimal schnarcht

22. Dezember, abends, mit Sternenhimmel vor dem Fenster
Gefühlsbarometer: Hunger wie ein Björn (schwedisch für Bär)

Das Vibrieren meines Handys weckt mich. Als ich mich nach Emma umsehe, ist sie weg. Gähnend schiebe ich die Decke zur Seite und stehe auf. Vor dem Fenster ist es inzwischen pechschwarz geworden, obwohl es bestimmt erst sechs Uhr ist. Mein Magen knurrt vernehmlich. Ich knipse die Nachttischlampe an und sehe auf das Display. Drei Nachrichten von Jona.

> Jojo 16:12 h: Hej, Lust auf eine Pensionsführung? Die Ziegen wollen dich kennenlernen.

> Jojo 16:32 h: Ich hab Marzipankartoffeln ... Mhmjamjam ...

Jojo 17:03 h: Also gut, Emmi sagt, du schläfst wie ein versteinertes Murmeltier. Erhol dich. Wir sehen uns später beim Essen.

Mist. Mist. Mist. Da hat er endlich Zeit für mich, und ich hab's verpennt. Wie dusselig kann man sein, Lin? Und wo ist Emmi überhaupt?

Ich gehe ins Bad, klatsche mir eine Ladung Wasser ins Gesicht und bändige meine Haare in einem Pferdeschwanz. Woah, mitten auf meiner Stirn wächst ein knallroter Pickel, als wäre ich ein Einhorn. Na, großartig! Ich tupfe etwas Concealer drauf und kneife die Augen zusammen. Okay, der Einhornpickel ist immer noch deutlich zu erkennen. Was soll's, dann bin ich heute eben ein Fabelwesen. Ich klipse mir noch meine Rentier-Ohrringe an für den weihnachtlichen Touch, verlasse das Zimmer und laufe nach unten, vorbei an blumigen Tapeten und Bildern, die die Pension mit ihren verschiedenen Bewohnern zeigen. Die Fotos bedecken fast die ganze Wand. Es sind Schnappschüsse von der Familie und von Gästen, die lachend mit Ziegen oder Hühnern posieren. Auf mehreren erkenne ich Bo und Hildegard, von ganz jung in den farbenfrohen Klamotten der Siebziger bis zur Gegenwart. Offenbar besuchen sie den Solvinkel regelmäßig. Auf den meisten ist jedoch Jona mit seiner Mutter oder einem älteren Paar abgebildet – vermutlich seine Großeltern. Schon krass, dass ich sie jetzt zum ersten Mal sehe. Fast kommt es mir so vor, als hätte Jona ein Doppelleben geführt. Zu Hause in Deutschland hat er so gut wie nie von seiner schwedischen Familie erzählt, und ich hab nie gefragt, obwohl er regelmäßig in den Sommerferien hergefahren ist.

Ein bisschen komme ich mir schäbig vor, weil ich mich so wenig für sein Leben und seine Familie in Schweden interessiert habe. Aber das lässt sich ja zum Glück ändern.

»Hast du schon das mit dem Schwan entdeckt?«, fragt Jona hinter mir und reißt mich aus meinen Gedanken. Seine Hand fährt an meiner Nase vorbei und deutet auf ein Bild. Darauf ist er ungefähr acht Jahre alt, steckt in einem Froschkostüm und füttert mit eisverschmiertem Gesicht und breitem Grinsen einen Schwan. »Ziemlich peinlich, oder?«

»Och. Also ich find's niedlich. Vor allem die Zahnlücke.« Schmunzelnd drehe ich mich zu Jona um, der mit einer langen Stange mit Haken vor mir steht.

»Mein Opa war ein großer Fan davon, mich möglichst unvorteilhaft abzubilden. Damals hat er darauf gehofft, dass wir auf die Störche treffen, die dort ganz in der Nähe nisteten. Und ich als Frosch … na ja, das war sein Humor. Letztendlich musste er sich mit einem Schwan zufriedengeben.« Jona grinst. »Aber wir hatten immer eine gute Zeit, die Sommer waren traumhaft schön.« Sein Adamsapfel zuckt, als ob er ziemlich schwer schlucken müsste. »Sie fehlen mir.«

»Kann ich mir vorstellen.« Mir schwappen Erinnerungen von Urlauben mit meinen Großeltern in den Kopf, wie wir gemeinsam in den Bergen Kirschen pflücken, Eis essen und baden. Ein Glückskind, wer Großeltern hat. Meine leben noch, und ich kann nachfühlen, wie sehr Jona seine vermisst. »Ich hab dich nie gefragt, was mit ihnen passiert ist.« Die Frage auszusprechen kostet mich all meinen Mut, und ich hoffe, dass ich keine ungeschriebene

Grenze übertrete. Solche ernsten Themen hatten bisher in unserer Freundschaft keinen Raum.

»Oma ist schon früh gestorben, da war ich erst fünf oder so«, sagt er. »An Krebs. Opa starb ganz plötzlich an einem Herzinfarkt. Mama hat danach ihren Beruf aufgegeben und versucht, das B & B am Laufen zu halten. Wir hängen sehr daran, so viele schöne Erinnerungen sind damit verbunden …« Die Wehmut steht ihm ins Gesicht geschrieben, als er mich ansieht. »Ich war beide Male in Deutschland und hatte keine Gelegenheit, mich zu verabschieden.«

»Wie alt warst du?«, frage ich.

»Als mein Opa starb, elf, zwölf«, antwortet er, und ich erinnere mich vage an die Zeit, in der er damals so traurig gewesen war. Klar hatte ich versucht, ihn zu trösten. Ich hatte angefangen, Mutmachtiere zu häkeln und überall auszusetzen, um ihn aufzumuntern. Er wollte allerdings nie viel über seine Trauer sprechen, und ich hab nicht nachgehakt, wenn er mich mal wieder abgeblockt hat. Umso dankbarer bin ich, dass er sich mir jetzt endlich anvertraut hat.

»Bo und Hildegard sind wohl öfter hier?«, frage ich, um ihn abzulenken, und deute auf ein Foto, das die beiden in jüngeren Jahren zeigt.

»Oh ja.« Er streicht über den Rahmen von einem anderen Bild, auf dem sie mit einem zweiten Pärchen in die Kamera strahlen. »Sie waren mit Oma und Opa befreundet und haben hier ihre Flitterwochen verbracht. Seitdem kommen sie jedes Jahr. Im Laufe der Zeit sind sie so etwas wie Bonusgroßeltern für mich geworden.« Er räuspert sich. »Ich weiß noch, wie wir einmal zu dritt auf der Lauer lagen, um den Weihnachtsmann beim Geschenkeverteilen zu erwischen. Ich hatte ihn mit Keksen anlocken wollen, aber ich bin eingeschlafen. Am Morgen waren die Kekse weg, vermutlich, weil Opa und Bo sie aufgefuttert haben, um mich gemeinsam zu veräppeln.« Er grinst.

»Und deshalb spielst du jetzt selbst den Nikolaus?« Ich deute auf seine Hand, in der er einen langen Stab mit gebogenem Haken hält. Wie der Heilige Sankt Nikolaus auf den Bildern. Nur ohne Bart. Und Mantel. Und Kappe.

»Gut geraten.« Er lacht. »Ich muss noch mal auf den Dachboden rauf. Die Stange ist für die Klappe.«

»Prima, wenn ich dir helfen kann, komme ich gern mit. Du hast mir ja ohnehin eine Pensionsführung versprochen.« Erwartungsvoll schaue ich ihn an.

»Also …« Er runzelt die Stirn. »Okay, warum nicht …«

Ich folge ihm die Treppe hinauf und einen Flur hinunter. Ganz am Ende befindet sich eine schmale Stiege. Jona steigt hinauf und schiebt den Haken in einen Ring, um die in die Decke eingelassene Klappe aufzuziehen. Knarzend öffnet sie sich. Eine Leiter kommt zum Vorschein, die er herunter auf die Stufen zieht. Nacheinander klettern wir auf den Speicher. Jona drückt auf einen Schalter, und eine Glühbirne in der Mitte des Raums flammt auf.

»Spuck's aus, was suchen wir?«, frage ich und schaue mich um. Breite Holzbalken erstrecken sich über uns, der Raum ist mit mehreren Kisten vollgestellt. »Brauchst du noch Weihnachtsdeko?« Mir fällt ein, dass der Weihnachtsbaum im Eingangsbereich noch nicht geschmückt ist.

»Das auch, aber hauptsächlich suche ich …« Er hält inne, holt Luft und schaut mich an. »Das muss unbedingt unter uns bleiben«, beschwört er mich.

»Ja klar.« Ich schaue ihn an, doch er schweigt. Also mache ich ein Kreuz über meiner Brust und stoße mit der Faust gegen seine. Unser früherer Schwur. »Also, was ist so schlimm, dass es niemand erfahren darf? Hast du hier einen *Frosty the Snowman* singenden Schneemann versteckt oder noch schlimmer ...« Ich mache eine dramatische Pause. »Steinharte Kekse?«

Er lacht. Ziel erreicht. Zufrieden schaue ich ihn an.

»Du bist unmöglich!«, stellt er fest und fährt sich mit beiden Händen durch die Haare, wodurch sie noch strubbeliger aussehen. Süß! »Also gut. Ich suche nach den Tomtes, die Chloe nicht schlafen lassen und die Ylvie vorhin so erschreckt haben, dass sie einen ganzen Stapel Geschirr fallen ließ.« Er beugt sich zu mir. »Sie hat vorhin einen Schatten vor dem Küchenfenster gesehen. Sie ist schrecklich abergläubisch.«

»Echt jetzt? Und du glaubst, das war ein Kobold? Sollen wir Kekse auslegen?« Ich lache, doch Jona bleibt ernst.

»Hauswichtel. Lass sie bloß nicht hören, dass sie Kobolde sind, wenn dir dein Leben lieb ist.« Er legt einen Finger an die Lippen und schaut sich verschwörerisch um.

»Oo-kay, Hauswichtel. Und die suchen wir?«

Er wackelt mit den Augenbrauen. »Nein, die finden wir nicht. Die verstecken sich zu gut. Ich rede von Ratten oder Waschbären oder vielleicht auch Greifvögeln, die sich hier breitgemacht haben und rumlärmen könnten.«

»Oh!« Ich reiße die Augen auf. »Das wäre sicher nicht so gut.«

»Nein, denn für das Gewerbeaufsichtsamt sind das

Schädlinge, auch wenn das Wort furchtbar ist. Ich will sichergehen, dass sie sich hier kein Nest gebaut haben oder es sonst irgendwelche Spuren oder gar Löcher im Dach gibt, durch die sie eindringen können.«

Ich nicke. »Dann lass uns loslegen. Ich hoffe, wir finden nichts.«

Gemeinsam räumen wir die Kisten zur Seite.

»Oh, die habe ich fast vergessen.« Jona hält inne, als er einen Stapel Briefe zwischen den Kisten entdeckt. Sie sind mit einem blauen Band zusammengeschnürt. Bunte Marken prangen darauf.

»Was ist das?«, frage ich, während er durch die Umschläge blättert.

»Liebesbriefe. Mein Opa hat sie an meine Oma geschrieben. Nach ihrem Tod. Jedes Jahr zu Weihnachten einen.« Er schaut mich an. »Er hat ihr darin erzählt, was inzwischen bei uns so los war, so, als wäre sie nur auf einer langen Reise. Er sagte immer, sie sei sein größter Schatz.«

»Das ist total romantisch«, erwidere ich. »Und auch traurig. Er muss sie sehr geliebt und vermisst haben.«

»Ja, nicht wahr?« Er schaut mich so intensiv an, dass mir die Kiste, die ich noch auf dem Arm halte, wegrutscht.

»Hoppla!« Jona kommt mir zu Hilfe, und unsere Finger berühren sich. Mein Herzschlag beschleunigt sich, und ich ziehe meine Hand erschrocken zurück. Böser Fehler! Die Kiste plumpst zu Boden, und mehrere Weihnachtskugeln rollen heraus.

»Entschuldige!« Verlegen streiche ich mir die Haare aus der Stirn.

»Ist ja nichts passiert.« Jona bückt sich und fängt an, die Kugeln einzusammeln. Schnell helfe ich ihm.

»Die sind wirklich schön«, sage ich und betrachte eine genauer. Sie schillert rot, und in der Mitte ist eine Kirsche aufgemalt, unter der 2013 steht. »Sind die selbst gemacht?«

»Ja.« Jona weicht meinem Blick aus. »Jedes Jahr haben meine Großeltern eine neue mit mir gestaltet. Meist mit einem Symbol für die Sommerferien.« Er zeigt mir eine mit einem Schwan, der an das Foto erinnert, und eine mit einem Fisch und der Zahl 2010. »Das war das Jahr, in dem ich das allererste Mal *Surströmming* gegessen habe. Das ist fermentierter Fisch. Stinkt echt eklig, schmeckt aber ganz gut. Salzig.« Er fährt sich mit der Zunge über die Lippen. »Opa hat beschlossen, dass das eine Mutprobe für mich sein soll, und furchtbar theatralisch die Dose geöffnet. In einem Eimer Wasser. Draußen bei Minusgraden. Mit einer Klammer auf seiner Nase gegen den Geruch.« Er lacht. »Danach haben wir gemeinsam die Kugel bemalt. Ich hab gar nicht mehr daran gedacht«, fährt er fort. »Mor muss die Kiste hier hoch geräumt haben. Zusammen mit den Briefen.«

»Das ist eine tolle Idee mit den Kugeln. Vielleicht sollten wir auch eine gestalten, um uns an diese Ferien zu erinnern«, sage ich.

»Warum nicht?«, antwortet er. »Mal sehen, was das Symbol für deinen Urlaub wird. Ich bin gespannt.«

»Und ich erst.«

Wir suchen die Dachränder nach Durchschlüpfen ab, aber wir finden weder Kot noch Nistmaterial und auch keine angenagten Balken oder Löcher.

»Vielleicht sind die Mülltonnen doch bloß vom Sturm umgefallen«, sagt Jona. »Und Ylvie hat sich mit dem

Schatten getäuscht oder mir bloß eine Ausrede für ihre Tollpatschigkeit aufgetischt.« Er wirkt erleichtert.

»Den Abfall solltest du trotzdem sichern«, rate ich. »Falls sich doch irgendwo Waschbären rumtreiben.«

»Aye, aye, Ma'am.« Er tippt sich an die Stirn. »Im Dorf wurden tatsächlich schon welche gesichtet, hat Lysse erzählt. Das sollen die Gäste aber auf keinen Fall erfahren. Und ich hoffe, wir bleiben davon verschont. Ein Waschbärenproblem könnte ich grad gar nicht gebrauchen. Eher ein kleines Weihnachtswunder.« Er dreht die Fischkugel in seiner Hand.

Ich mustere ihn forschend, doch er schweigt, also hake ich nach. »Was ist los? Kann ich dir helfen?«

Kurz schüttelt er den Kopf, aber dann sagt er: »Die vergangenen Jahre waren schwierig für Alma, es gibt keine Rücklagen mehr. Wirtschaftlich stehen wir kurz vor der Pleite.« Nervös fährt er sich durch die Haare. »Wir haben zwar ein Kaufangebot, aber sie hängt am Solvinkel. Und ich auch. Zumal der Investor hier ein Luxus-Resort hinstellen will.« Er hält inne.

»Das tut mir leid.« Ich greife nach seiner Hand. »Natürlich wollt ihr euer Zuhause nicht aufgeben.«

»Ja.« Er fängt an, die Kisten wieder zurückzuräumen. »Abgesehen davon wäre das eine Katastrophe für die Natur.« Er schnaubt. »Ich würde gern versuchen, das B & B umweltfreundlicher zu gestalten, vielleicht auch Touren anbieten. Öko- und Outdoor-Ferien sind voll im Trend. Wir könnten an einem Tourismuspreis teilnehmen. Die Einreichfrist läuft zwar nur noch bis Silvester, aber das Geld könnten wir gut gebrauchen. Und mit einem tollen Konzept kann ich den Investor vielleicht auch dazu bewegen, umzuplanen, statt abzureißen. Die Chancen dafür sind zwar minimal, aber ich will es wenigstens versuchen.«

»Hey, das klingt doch nach einem guten Plan«, sage ich. »Wer aufgibt, hat schon verloren, behauptest du doch immer.«

Hoffnungsvoll sieht er mich an. »Heißt das, du hilfst mir beim Brainstormen?«

»Klar«, antworte ich. »Gern.« Offenbar brauchen wir beide ein Weihnachtswunder. Hoffentlich lässt uns die Weihnachtsmagie nicht im Stich.

»Okay, du bist dran. Was ist mit Freddy?«, meint er.

»Freddy, puh«, sage ich. »Wir haben uns getrennt.«

»Und wie geht es dir damit?« In seine Augen tritt ein Ausdruck, den ich nicht deuten kann.

»Keine Ahnung … ganz okay? Es ist schon ein paar Monate her, dass er per Chatnachricht Schluss gemacht hat.« Ich senke den Kopf.

»Dieser Vollpfosten!« Jona ballt die Hände zu Fäusten, bis die Knöchel weiß hervortreten. »Entschuldige, ich weiß, du hast ihn geliebt und er dich, auch wenn ich ihn nicht leiden kann.«

»Du hast nie was gesagt«, stelle ich fest.

Er zuckt mit den Schultern. »Das stand mir nicht zu. Er hat dich glücklich gemacht, und das ist es, was zählt.«

»Na ja, ich bin mir inzwischen gar nicht mehr so sicher, ob er mich geliebt hat«, gebe ich zu. »Ich konnte ihn jedenfalls nicht glücklich machen … in Beziehungen bin ich voll die Versagerin.«

»Bist du nicht! Du hast deinen Mr Right nur noch nicht gefunden.« Seine Miene ist undurchdringlich. »Vielleicht ist er ja näher, als du denkst.«

Ich schnaube laut. »Falls du damit auf Lysander anspielst, vergiss es! Von Beziehungen habe ich erst mal die Nase voll.«

»Lysander?« Ein Muskel zuckt in seiner Wange. »Also echt, an ihn hab ich ganz bestimmt nicht gedacht. Sondern an … niemand Besonderen.« Sein kurzes Zögern entgeht mir nicht, doch bevor ich nachfragen kann, spricht er schon weiter. »Und Freddy? Der hat dich gar nicht verdient.« Er greift sich eine Kugel aus einer Kiste und spielt nervös damit. »Und wenn hier einer ein Beziehungsloser ist, dann ja wohl ich. Seit zwei Jahren bin ich jetzt schon locker solo.« Wie gebannt schauen wir uns an.

»Du bist ganz bestimmt kein Loser«, erwidere ich. »Du bist der beste Freund, den man sich nur wünschen kann.« Ich schenke ihm ein Lächeln.

»Und du die beste Freundin.« Er räuspert sich. »Wenn du drüber reden möchtest, was passiert ist, oder dich einfach nur mal ausheulen willst …«, fängt er an.

»Möchte ich nicht«, unterbreche ich ihn und wedele ein paar Staubflocken zur Seite, die vor meiner Nase tanzen. Freddy nimmt ohnehin immer noch viel zu viel Raum in meinen Gedanken ein.

»Okay, aber ich bin für dich da.« Er greift nach meiner Hand, und ich drücke sie leicht.

»Danke! Das Gleiche gilt für dich.«

Er schnappt sich die Kiste mit den Kugeln und legt die in seiner Hand hinein. »Ich glaub, die sollten wir mitnehmen. Womöglich feiern wir dieses Jahr unser letztes Weihnachtsfest hier, da sollten sie noch mal in vollem Glanz erstrahlen.« Dann dreht er sich um und läuft mit dem Karton zur Luke. »Hältst du mal?«

Ich nehme den Karton, und er steigt die Leiter hinunter, dann streckt er sich und greift danach. Wieder berühren sich unsere Finger, und er streift kurz mit dem Daumen über meine Hand. Ein wohliges Kribbeln durchfährt mich. Verwirrt lasse ich die Kiste in seine Arme plumpsen, ehe ich selbst die Leiter hinabsteige.

Mit einem Rums schließt Jona die Klappe zum Dachboden mithilfe der Stange. »Hilfst du mir noch?«, fragt er und deutet auf den Weihnachtsschmuck.

»Unbedingt!«, sage ich lächelnd und fühle mich sehr geehrt, dass er mir diese Deko voller Erinnerungen anvertraut. Gemeinsam gehen wir nach unten und schmücken den Baum im Empfangsbereich. Jona summt dabei leise *You make it feel like Christmas*. Wir albern herum, halten uns die Kugeln an die Ohren, und einmal tut Jona so, als würde er eine fallen lassen. Erschrocken will ich sie auffangen, und wir stoßen zusammen. »Ups! Entschuldigung«, sagt er, doch er lacht dabei verschmitzt, und auch mir tut der kleine Rempler kein bisschen leid. Im Gegenteil. Was hab ich diese kleinen Frotzeleien vermisst.

Schließlich fallen wir gemeinsam in die Sitzecke. Zufrieden betrachte ich unser Werk. »Der Schmetterling fehlt noch«, sage ich.

»Der Schmetterling?«, fragt er verwirrt.

»Du weißt doch – ein Schmetterling im Tannenbaum«, singe ich ziemlich schief.

»Ach ja, richtig. Genau genommen ist das aber eine Fichte.« Er wiederholt die erste Zeile des Kinderliedes, das wir damals in der Grundschule zusammen vorgetragen haben, und ändert dabei die Tanne in einen Fichtenbaum. Ich stimme mit ein, und es klingt einfach fürchterlich, weshalb ich einen Lachflash bekomme und hustend den Kopf an seiner Schulter verberge. Er legt einen Arm um mich und drückt mich an sich. Das fühlt sich gut an und vertraut. Aber auch … irgendwie anders als früher. Verwirrt rücke ich von ihm ab. Trotz der Lücke zwischen uns spüre ich seine Nähe überdeutlich. Als gäbe es ein Band, das uns zusammenzieht.

Ich räuspere mich. »Gut, dass ich vorgesorgt habe.« Aus meiner Tasche hole ich einen kleinen gelben glitzernden Schmetterling. Den Zitronenfalter reiche ich Jona. »Für die Spitze.«

»Sehr schön!« Er steht auf und befestigt den Falter an der Fichte. »Sieht gut aus.«

Ja, das finde ich auch. Mein Blick klebt an seinem Rücken.

»Ich hoffe, das gefällt auch dem Tomte.« Er grinst mich an, und eine Woge der Wärme durchflutet mich.

»Wieso das?«, frage ich überlaut. »Ich dachte, der wohnt in der Küche und erschreckt Ylvie.«

»Oh, sie hat darauf bestanden, ihn zu beschwichtigen, und ich hab ihr den Gefallen getan.« Er deutet auf eine Ecke neben dem Weihnachtsbaum. Dort ist eine Minitür auf die Sockelleiste geklebt, verziert mit einer rot-grünen Girlande. Daneben steht ein puppengroßer Tisch, der mit winzigem Geschirr gedeckt ist. »Das ist für unseren Haus-Tomte«, sagt Jona und grinst. »Schließlich will ich es mir auf gar keinen Fall mit der Wichtelwelt verscherzen und zum Fest Streiche gespielt bekommen.«

»Oh nein, auf gar keinen Fall!«, stimme ich lachend zu und betrachte mir die Deko genauer. »Sehr hübsch!«, sage ich.

»Danke!«, erwidert er. Unsere Blicke verschmelzen, und für einen Moment scheint die Zeit stillzustehen.

»Jona!«, ruft plötzlich jemand, und ich zucke zusammen und löse mich von seinem Anblick.

Alma kommt aus der Küche. »Oh, Lin, hallo.« Sie dreht sich um. »Ah, ihr habt den Baum mit den alten Kugeln geschmückt. Sehr schön.« Ein sehnsüchtiges Lächeln spiegelt sich in ihrem Gesicht, als sie den Blick über die Fichte gleiten lässt. »Sehr festlich.« Sie lächelt mich an. »Entschuldigt, wenn ich störe, aber ich könnte Hilfe beim Abendessen gebrauchen.« Ihr Blick wandert zu Jona. »Ylvie hat einen Anruf von ihrer Mutter bekommen. Sie ist wohl ausgerutscht und musste zum Arzt gefahren werden. Also die Mutter, nicht Ylvie.«

»Ja klar, ich komme, Mor«, antwortet er. Sorgenvoll betrachtet er seine Mutter. Irgendetwas ist da im Busch. Das bekomme ich sicher noch raus.

»Kann ich helfen?«, frage ich.

»Das ist lieb, Lin, aber du bist doch Gast«, sagt Alma. »Das wäre mir unangenehm.« Ihr Blick schwenkt zur Seite, und ich entdecke Chloe, die im Schneckentempo durch den Flur in Richtung Speisezimmer läuft.

»Mir nicht«, sagt Jona und grinst. »Ich überlasse Lin gern das Zwiebelschneiden.«

»Jona!« Die Augenbrauen seiner Mutter schnellen nach oben. »Kommt gar nicht infrage, erst recht nicht an ihrem ersten Tag hier. Du weißt, was Gunnar gesagt hat.« Sie nickt mir zu und verschwindet in der Küche.

»Du hast sie gehört.« Jona zuckt die Schultern. »Tut mir leid. Es ist wegen der Vorschriften.«

»Schon gut, so scharf bin ich jetzt auch nicht drauf,

Zwiebeln zu schnippeln«, erwidere ich lächelnd. »Ich seh dich später.«

»Bis nachher.« Er folgt seiner Mutter, und ich mache mich auf die Suche nach Emmi, während ich noch darüber grüble, was da gerade zwischen ihm und mir passiert ist.

Lin

9
Freund oder Feind, das ist hier die Frage

22. Dezember, abends, keine Lust auf Gesellschaft, aber ich bin ja höflich, Gefühlsbarometer: lost in Erinnerungen

Auf dem Weg durch den Flur ertaste ich in meiner Hosentasche ein Schokoladentäfelchen und muss unwillkürlich grinsen. Jona hat mir wieder einmal ein kleines Geschenk hineingeschmuggelt. Ich ziehe es heraus und wickele das rote Papier ab. *Schokoumarmung – weil ich dich mag* steht darauf. Ich streiche es glatt, stecke es ein und schiebe mir die Schoki in den Mund. Zartbittersüße erfüllt meinen Gaumen. Mmmhm, genau die richtige Mischung.

Im Aufenthaltsraum entdecke ich Emmi, die mit Connor Karten spielt. Chloes Vater sitzt auf dem Sofa und unterhält sich mit Hildegard und Bo, der an einem Schal häkelt. Vor ihnen auf dem Tisch liegt ein angefangenes Puzzle, das eine Winterlandschaft bei Sonnenuntergang zeigt. Chloe lümmelt daneben in einem Sessel und blättert gelangweilt in einem Magazin. Als sie mich entdeckt, leuchtet ihr Gesicht auf, und sie winkt mir zu.

»Hey, Lin, da bist du ja endlich, du Schnarchnase!«, ruft Emmi mich zu sich. Na, vielen Dank auch!

Ich gehe zu ihr hinüber und höre, wie Hildegard von alten Reiseerinnerungen erzählt.

»Und wer gewinnt?«, frage ich, den Blick auf die Karten gerichtet, die auf dem Tisch liegen. »Was ist das überhaupt – kein UNO, oder?«

»Quatsch, wir spielen Cabo«, erklärt Emmi. »Das ist ein bisschen wie Pokern in leicht und mit weniger Karten. Connor hat es echt drauf, aber ich hole allmählich auf.« Sie funkelt ihn verschmitzt an. »Ich zieh dich ab, pass auf.«

»Nur, wenn ich dich gewinnen lasse«, erwidert Connor und strahlt sie an.

Himmel, wie süß! Ich muss unwillkürlich schmunzeln. Und bin echt froh, dass Emmi ihre ambitionierten Verkupplungspläne zumindest für den Augenblick vergessen hat. Ja, in mir keimt sogar die Hoffnung, dass sie sich ihren Urlaubsflirt selbst angelt, statt mich als ihr Romantikprojekt zu betrachten.

Unschlüssig bleibe ich stehen, doch dann spricht Chloe mich an. »Und fühlst du dich jetzt besser?«, fragt sie.

Verwirrt runzele ich die Stirn, worauf sie zu einer weiteren Erklärung ansetzt. »Deine Schwester meint, dir war nach der Reise etwas übel …«

Mein Kopf schwenkt zu Emmi. Was zum Geier … »Nein, alles gut«, beschwichtige ich.

Chloe mustert meine Ohrringe und hebt den Daumen. »Ich mag deinen Style.«

»Danke, deiner ist auch nicht schlecht.« Ich betrachte ihren flauschigen Alpaka-Pullover.

»Bist du zum ersten Mal hier?«, fragt sie.

»Ja, und du?« Ich setze mich neben sie auf den anderen Ohrensessel, der vor dem Kamin steht.

»Ich auch.« Sie zieht die Beine aufs Polster. »Zuerst war ich sauer, weil Papa hier gebucht hat, in einem Dorf, statt in Stockholm oder wenigstens in dem schicken Hotel am Hafen. Eigentlich wollte ich mit Mama nach Portugal fahren wie seit gefühlt ewigen Jahren. Unsere Eltern sind geschieden, und wir verbringen abwechselnd Zeit bei der einen oder dem anderen.«

»Oh, das tut mir leid«, sage ich, weil ich nicht weiß, was man darauf sonst erwidern soll.

»Schon okay. Wir haben uns dran gewöhnt.« Sie zuckt mit den Schultern. »Und ich wollte endlich mal wieder Schnee sehen. Erst dachte ich, boah, wo bleibt der Luxus, die Wellness? Du musst zugeben, das B & B wirkt schon etwas omahaft altmodisch.« Sie lacht. »Aber inzwischen habe ich begriffen, dass das hier ein total cooler Detox-Urlaub ist. Die Landschaft ist zauberschön, und es gibt sogar Ziegenyoga, kostenlos, obwohl das echt trendy ist. Lysander hat erzählt, man kann auch Skilaufen und Bootstouren unternehmen. Hier ist man wirklich sehr nah dran an der Natur. Du wirst sehen, nachts ist es fast so, als würde man im Wald kampieren, so viele Geräusche und Sterne. Der Solvinkel ist der totale Geheimtipp mit Retro-Chic.«

»Ah ja.« In Gedanken notiere ich mir, Jona später für sein Konzept von Chloes Vorschlägen zu berichten.

»Und die Jungs sind auch ganz schnuckelig«, flüstert sie

mir zu. »Das Beste ist, dass wir so gut wie keine Konkurrenz haben.« Sie grinst verschwörerisch.

»Öhm«, mache ich wenig wortgewandt.

Sie mustert mich durchdringend. »Du und Jona – ihr kennt euch schon länger, oder? Seid ihr zusammen?«

Na, das ist mal direkt. »Nein, wir sind nur schon seit Ewigkeiten befreundet.«

Wir unterhalten uns weiter, und ich stelle fest, dass Chloe und ich tatsächlich einiges gemeinsam haben. Wie ich mag sie Actionfilme, liebt Marzipankartoffeln und ist beim Führerschein sympathischerweise auch einmal durchgefallen. Im Gegensatz zu mir singt sie allerdings im Chor. Meine Stimme erinnert eher an einen rostigen Nagel oder eine krächzende Krähe.

»Wie habt ihr euch denn kennengelernt?«, fragt sie.

»Oh, wir haben im selben Haus gewohnt und kamen dann in der Grundschule obendrein in dieselbe Klasse. Er war nett und hatte jede Menge Pokémon-Karten, die wir tauschen konnten.«

»Pokémon?« Sie zieht die Brauen hoch. »Das ist schräg.«

»So richtig dicke Freunde wurden wir, als ich mich damals mit Matti Vollmers anlegte, weil der Jona im Sportunterricht beim Völkerball absichtlich den Ball voll in den Bauch geknallt hat. Ich bekam einen Eintrag, weil ich Matti aus Rache ein Bein gestellt habe, und Jona hat mich als Dankeschön für meinen Einsatz auf ein Eis eingeladen. Mit Eis kriegt man mich immer«, erkläre ich grinsend.

»Aaaaw, das ist so süß«, befindet Chloe. »Und ihr habt wirklich nie ….« Vielsagend zwinkert sie mir zu.

»Nein, nie.« Ich zucke mit den Schultern. »Wäre ja

auch komisch, sich jeden Tag in der Schule gegenüberzusitzen, wenn es schiefgeht.«

»Tja, dieses Problem hättest du jetzt ja nicht mehr«, meint Chloe.

»Nein, wohl nicht.« Nachdenklich beiße ich mir auf die Unterlippe und denke an das wohlige Kribbeln, das mich vorhin auf dem Dachboden und beim Baumschmücken erfasst hat.

Connor gibt ein lautes »Ha!« von sich und rangelt mit Emmi um eine Karte.

Chloe seufzt: »Jüngere Geschwister, so anstrengend. Connor provoziert gern die Typen, für die ich mich interessiere, und stellt ihnen für ihre Reaktion und ihre Date-Originalität Zeugnisse aus. Die meisten kommen nicht so gut weg. Früher musste ich oft auf ihn aufpassen, jetzt will er wohl auf mich aufpassen.«

»Oh ja!«, erwidere ich. »Kenne ich. Emmi will mich ständig verkuppeln. Ich glaube, das ist nicht viel besser.«

Wir lachen in geteiltem Große-Schwestern-Leid.

»Schade, dass der Mistelzweig nicht mehr hängt.« Chloes Blick schwenkt zur Tür. »Da hätte man sich sicher so manchen Kuss abholen können. Der Sage nach so viele, wie Beeren dran hängen.«

»Och, ich finde das gar nicht so schlimm. So hat meine Schwester zumindest keinen Grund, schräge Situationen herbeizuführen. Man soll ja niemanden zu seinem Glück zwingen müssen.« Ich lache, doch selbst in meinen Ohren klingt es gekünstelt, weil ich an die Szene vor einem Jahr auf Danies Tierhof denken muss. Ich hab Jona angesehen, dass es ihm gar nicht recht war, von mir geküsst zu werden, als wir unter diesem Mistelbüschel standen. Daher war ich froh, dass Toffee mich plötzlich angeknabbert hat und ich einen unauffälligen Rückzieher machen konnte.

»Also, ich hätte nichts dagegen, mein Glück bei Lysander zu probieren«, erwidert Chloe grinsend. »Obwohl Jona auch seine Vorzüge hat. Boah, diese Oberarme. Du hast doch nichts dagegen, wenn ich mit ihm flirte?«

»Nein, schon okay«, sage ich automatisch und verspüre dabei ein seltsames Flattern, das ich nicht einordnen kann. Ich blinzele und versuche, die Unterhaltung in unverfänglichere Bahnen zu lenken. »Hast du schon mal was von *Surströmming* gehört? Angeblich soll das eine Delikatesse sein und eine echt harte Nummer …«

Wir sind immer noch mitten ins Gespräch vertieft, als mein Handy vibriert.

»Entschuldige, da muss ich ran«, sage ich. Ich sehe die Gesichter meiner Eltern und bedeute Emmi, zu mir rüberzukommen.

»Hallo, Schätzchen«, grüßt Mama und winkt mit beiden Händen. Dann schiebt sie den Satz hinterher, der im Ranking der überflüssigsten Fragen ever gleich hinter »Schläfst du schon?« steht: »Seid ihr gut angekommen?«

»Ja klar.« Ich winke zurück und komme mir ein bisschen seltsam dabei vor.

»Wo ist Emmi?«, fragt Paps.

Ich drehe den Bildschirm, sodass meine Schwester ins Sichtfeld gerät.

»Hier!«, ruft sie und winkt fröhlich. »Und wie geht's euch so?« Sie beugt sich vor: »Und vor allem, warum trägst du eine Palme auf deinem Kopf?« Sie deutet auf den grünen Federpuschel, der auf Mamas Haaren thront.

»Stellt euch vor, wir haben heute Zwanzigerjahre-

Abend, und es gibt ein Krimidinner. Ich bin schon sehr gespannt, ob wir das Verbrechen aufklären können«, verkündet Mama stolz. »Dafür haben wir uns extra schick gemacht. Es gibt hier einen riesigen Kostümfundus. Ein Traum.« Sie dreht sich vor der Kamera in ihrem goldfarbenen Fransenkleid, in dem sie jeder Weihnachtskugel Konkurrenz machen könnte. »Toll siehst du aus!«, meint sie an meinen Vater gerichtet, der einen Strohhut und einen gestreiften Anzug trägt.

Mein Vater schwenkt den Gehstock. »Vielen Dank, Mylady. Aber du bist es, die toll aussieht.«

»Nein, du …«

»Ihr seht beide toll aus«, unterbreche ich den elterlichen Kindergarten. Diese Motto-Ferien haben sie sich schon so lange gewünscht. Dass sie dabei nun *Downton Abbey* spielen dürfen, ist sozusagen die Kirsche auf der Sahnetorte. Ich freue mich, die beiden so aufgekratzt und glücklich zu sehen.

»Übrigens, habt ihr an das Geschenk für Jonas Mutter gedacht?«, fragt Mama. »Du weißt schon, als kleine Aufmerksamkeit zu Weihnachten.«

»Ja«, sage ich.

»Nein«, erwidert Emmi aus dem Hintergrund.

»Waaas?«, rufe ich erschrocken.

»'tschuldige, das ist mir vorhin runtergefallen und kaputtgegangen.«

Bei Stress bekomme ich gerne mal Pickel, sicher sehe ich schon aus wie ein Streuselkuchen. Die schöne Schneekugel. Böse funkele ich Emmi an, doch sie wirkt so bedröppelt, dass meine Wut im Nu verraucht. »Keine Sorge,

Weihnachten ist ja erst übermorgen«, beruhige ich mich und sie. »Bis dahin können wir noch was besorgen.«

»Und wenn nicht, backt Kekse und singt ein Lied«, sagt Paps und meint das total ernst.

»Nee, lieber nicht. Wir hassen Jonas Mutter ja nicht«, erwidert Emmi sofort.

Da ertönt plötzlich ein lauter Gong, als wäre die Herrenhaus-Idylle nach Schweden hinübergeschwappt. Verwirrt schaue ich mich um. Jona steht in der Tür. »Das Essen ist angerichtet.«

»Okay, wir müssen dann mal los«, sage ich. »Und lasst euch bei eurem Krimidinner nicht umbringen.«

»Ist notiert«, sagt Mama und lacht. »Viel Spaß noch!«

Der Spaß vergeht mir jedoch schnell, denn ich sehe fassungslos zu, wie Chloe wie von einer Wespe gestochen aufspringt und zur Verbindungstür läuft, die Jona aufschiebt. Na, die hat aber Hunger. Jonas Blick findet mich, und er schenkt mir ein Lächeln. Eine junge, blonde Frau steht hinter dem Büfett, an ihrer Bluse steckt ein Namensschild, auf dem *Ylvie* steht. Der lange Tisch ist reich gedeckt.

Chloe hat inzwischen Jona erreicht und spielt mit einer Haarsträhne, während sie auf ihn einredet und dabei heller strahlt als jede Lichterkette. Okay, sie hat ja gesagt, dass sie auf einen Urlaubsflirt aus ist. Jona wirkt erst etwas verunsichert, dann jedoch lächelt er Chloe so charmant an, dass es mir das Herz ein Stück zusammenzieht.

»Was halten wir davon?« Emmi hat sich neben mich gestellt und verschränkt die Arme.

»Hm«, brumme ich. Im Moment bin ich zu keiner anderen Antwort fähig.

Lin

10
Lagom – die Suche nach der goldenen Mitte

23. Dezember – Lilla julafton, kleiner Weihnachtsabend mit Träumen und Schäumen, Gefühlsbarometer: stille Nacht

Ein Kissen knallt mir ins Gesicht, und ich öffne missmutig ein Auge. Ich hatte einen total merkwürdigen Traum, in dem Jona mit mir durch eine Wichteltür gegangen ist und wir in dem Land dahinter gemeinsam Weihnachtskugeln verziert und an Bäume gehängt haben. Als eine Horde Kobolde mich angreifen wollte, hat Jona mich gegen ihre scharfen Zähne beschützt und sah dabei sehr heldenhaft aus. Ein bisschen wie Prinz Kaspian aus Narnia, der mich in seinem weißen Schlitten in Sicherheit bringt. Dabei hab ich es sonst gar nicht so mit Prinzen und gerettet werden.

Gern wäre ich noch ein bisschen länger in dieser Fantasiewelt geblieben, doch dann fliegt mir ein Schneeball ins Gesicht. Wer ihn geworfen hat, kann ich nicht erkennen.

»He!«, brumme ich, als mir schon wieder etwas ins Gesicht flatscht. Unwillig öffne ich die Augen und sehe Emmi, die offenbar die Aufgabe übernommen hat, mich zu wecken. Gestriegelt und geschniegelt steht sie neben dem Bett und wippt mit den Füßen. Der Schneeball entpuppt sich als Kissen, das sie lässig auf mein Gesicht fallen lässt.

»Umpf!« Ich schiebe das Kissen von mir. Gähnend strecke ich mich. »Wie spät ist es?« Mein Blick wandert zum Fenster. Die Jalousie ist aufgezogen, und strahlender Sonnenschein dringt herein, der das Meer in der Ferne mit Glitzerstreifen überzieht.

»Schon halb neun, Schlafmütze! Steh endlich auf.« Sie setzt sich aufs Bett und zieht sich Schuhe an.

»Halb neun! Puh, das ist ja noch mitten in der Nacht. Wir haben Ferien.«

»Die wir in einem Land verbringen, wo es gegen drei oder vier schon wieder dunkel wird«, besserwissert meine Schwester.

»Ist ja schon gut!« Lächelnd werfe ich das Kissen zurück und treffe sie mit einem befriedigenden Plong am Rücken.

»Heee!«, mosert mein Schwesterherz. »Beeil dich. Vor uns liegt ein großartiger Tag, den wir erobern sollten.«

»Erobern? Kannst du noch ein bisschen mehr übertreiben?«, erwidere ich grinsend und rappele mich hoch. Ein Blick auf mein Handy verrät mir, dass Jona mir drei Nachrichten geschrieben hat, zwei gestern Abend und eine heute Morgen. Nach einem ziemlich steifen Abendessen hatte ich den Vorwand genutzt, dass ich Kopfschmerzen hätte, und war aufs Zimmer gegangen. Ich hatte keine Lust, zuzuschauen, wie Chloe sich an Jona ranschmeißt. Offenbar hat er sich Sorgen um mich gemacht, und nun plagt mich das schlechte Gewissen.

Jojo: Alles gut? Was machen die Kopfschmerzen? Bin jetzt fertig mit Küchen- und Gästedienst. Wenn du willst, können wir unseren Filmmarathon schon heute starten.

Jojo: Bist du sauer auf mich oder schläfst du schon wegen der Kopfschmerzen? Falls du sauer auf mich bist: Tut mir wirklich leid, dass ich so wenig Zeit für dich hatte. Ich mach's wieder gut.

Unwillkürlich schnaube ich, als ich die zweite Nachricht lese. Ich und sauer auf ihn – wirklich nicht. Warum auch? Mir war ja klar, dass er wenig Zeit haben würde. Und dennoch … Beim Zuschauen, wie Chloe gestern mit ihm geflirtet hat, hab ich einen seltsamen Stich verspürt. Ich konzentriere mich auf den nächsten Text.

Jojo: Allerdings hoffe ich, dass du nicht sauer auf mich bist und schläfst, um die Kopfschmerzen zu vertreiben. Falls du Bedarf hast, stell ich mich gern zur Verfügung, der Held in deinen REM-Phasen zu sein, solange du mir nicht diesen albernen Schlabberlatz antust, den Thor als Umhang trägt. Oder – noch schlimmer – Prinz Kaspians Schmalzlocke. Egal, Hauptsache, du träumst was Schönes.

Ich verdrehe grinsend die Augen. So albern! Die nächste Nachricht ist von heute früh.

Jojo: Hej, Kokosflocke. Ich hoffe, die Kopfschmerzen haben sich vom Acker gemacht. Falls nicht, hab ich das perfekte Gegenmittel: Dein Frühstück wartet auf dich. Und ich hab eine Überraschung.

Ich muss lächeln. Rasch tippe ich eine Antwort.

Lin: Hej, Fremder, bin auf dem Weg. Und Thors Modegeschmack ist einwandfrei. Du hast nur keine Ahnung von Heldenoutfits. Aber wenn es dir lieber ist, darfst du auch gern den Ruffy für mich machen. 😉

Sofort kommt eine Antwort.

Jojo: Ruffy? Hättest du wenigstens Zoro gesagt, hätte ich mir ein Geschirrtuch um den Kopf gebunden. Jetzt muss ich schauen, wo ich einen Heldenstrohhut herbekomme. Übrigens, das hier ist mein gewöhnliches Alltagsheldenkostüm ...

An den Text angehängt ist ein Foto von Jona in Elfenschürze, auf dem er seinen Bizeps flext und so tut, als küsse er seinen Oberarm. Der Spinner! Ich muss lachen.

Durch das Foto wird mir noch mal richtig bewusst, wie sehr er sich äußerlich verändert hat. Nicht nur die Haare, auch sein Style ist anders, und er wirkt ganz schön durchtrainiert, doch vor allem gefällt mir sein verschmitztes Grinsen. Das hat er mir zu Hause in den letzten Monaten vor seiner Abreise kaum noch gezeigt, wird mir jetzt klar. In meiner Zeit mit Freddy war ich offenbar viel zu sehr mit mir – oder besser gesagt mit Freddy – beschäftigt und hab meinen besten Freund wohl ziemlich vernachlässigt. Und ja, mir haben seine frechen Kommentare gefehlt. Ich mag unsere Wortduelle – wie gestern beim Baumschmücken. Traumlächelnd grüble ich, was ich antworten soll.

Emmi wedelt mir vor der Nase herum. »Huhu, Erde an Lin, komm mal von deiner Wolke runter.« Neugierig beugt sie sich zu mir, und ich verdecke schnell das Handy.

»Boah, wie kann man frühmorgens schon so drängelig und nervig sein«, erwidere ich und verdrehe die Augen.

Meine Schwester lässt nicht locker. »Mit wem hast du so früh schon geschrieben? Du schaust so hingerissen, als ob Kai dir ein Schokoladeneis serviert hätte.«

»Wer ist Kai? Kenn ich nicht«, erwidere ich unschuldig und lege das Handy auf den Nachttisch.

»Du bist so eine Banausin. Er ist Sänger bei *Exo.*«

»Ah, ach so. Wir reden von K-Pop.« Ich grinse und stehe auf.

Emmi bleibt dran. »Also, wer löst bei dir solche schmachtenden Wolke-Sieben-Blicke aus. Jona?«

»Schon mal was von Privatsphäre gehört? Abgesehen davon schaue ich nicht schmachtend.« Ich stehe auf und verschwinde im Bad, um mir die Zähne zu putzen und dieses Gespräch unauffällig zu beenden.

Emmi folgt mir. War ja klar. Sie lehnt sich an den Türrahmen. »Du hast also nichts dagegen, wenn Chloe mit Jona flirtet?«

»Was sollte ich dagegen haben?« Ich spucke Zahnpastaschaum ins Waschbecken. »Chloe ist nett, und Jona trifft seine eigenen Entscheidungen.«

»Och, ich meine nur. Du bist gestern auffallend schnell

verschwunden.« Sie taxiert mich mit ihrem Blick. Ihre Augen funkeln, wie immer, wenn sie was ausheckt.

»Weil ich Kopfschmerzen hatte, du Nase.« Ich wische mir den Mund ab und wedele vor ihrer Nase rum. »Kannst du dich verdrücken, ich muss mal ...«

»Okay.« Emma verdreht die Augen. »Brauchst du noch lange? Ich bin mit Connor zum Frühstück verabredet ...«

»Oho, Connor also. Wird er *dein* Urlaubsflirt?« Ich wackele mit den Augenbrauen.

»Wer weiß.« Meine Schwester grinst frech.

»Also, ich finde ihn süß. Meine Erlaubnis hast du.«

»Als ob ich die bräuchte.« Emmi lacht. »Also, was ist nun? Soll ich auf dich warten?«

»Geh ruhig schon vor. Ich will ja nicht, dass du wegen mir zu spät zu deinem Date kommst.« Nachdrücklich schließe ich die Tür zwischen uns.

❄

Die Dielenbretter knarren unter meinen Füßen, als ich wenig später die Treppe hinunterlaufe. Das Herz flattert mir aufgeregt in der Brust, denn ich bin gespannt auf die Überraschung, die Jona vorbereitet hat.

Unterwegs begegne ich Ylvie, die einen hohen Stapel Handtücher jongliert. An ihren Armen baumeln ein Putzeimer und ein Korb mit hübsch verpackten transparenten, sternverzierten Plätzchenbeuteln und der Aufschrift »Danke«. Sicherlich für die Keine-Reinigung-nötig-Säckchen.

»Guten Morgen«, sagt sie gut gelaunt. »Ich bin Ylvie,

das Hausmädchen. Falls du etwas brauchst, kannst du mir gerne Bescheid geben.«

»Nein, danke«, sage ich. »Bei uns ist alles noch in Ordnung.«

»Oh, das ist gut. Das spart Zeit. Äh … und Wasser natürlich.« Sie räuspert sich, und der Handtuchstapel gerät ins Wanken. Schnell hält sie die oberen fest.

»Soll ich beim Tragen helfen?«, frage ich besorgt.

»Oh, das ist lieb, danke. Ich schaff das schon.« Sie lächelt mir zu. »Einen schönen Tag!« Mit schnellen Schritten hüpft sie die Treppe hinauf.

»Dir auch.« Ich setze meinen Weg nach unten fort.

Das leise Klirren von Porzellan begrüßt mich mit einem melodischen Gewirr aus Stimmen, als ich die Tür zum Esszimmer aufstoße. Die Schiebetür, die den Essbereich vom Kaminzimmer abtrennt, steht offen.

Die Brodersens und de Haags sind bereits da. Offenbar bin ich die Letzte. Uh, wie unangenehm. Verlegen beiße ich mir auf die Lippe.

Mein Blick schweift durchs Zimmer und bleibt kurz an Emmi hängen, die mit Connor und seinem Vater an einem Tisch in der Ecke sitzt und fröhlich smalltalkt. Er wandert ein Stück weiter zu Chloe, die aussieht, als wolle sie gleich über einen Catwalk spazieren, in einem eleganten, weit geschnittenen cremeweißen Pulli und roten Jeans. Die langen Haare hat sie zu einem fluffigen Bubble-Tail gebunden. Verstohlen greife ich mir an den Hinterkopf, wo ich die Haare zu einem praktischen Dutt zusammengeknödelt habe. In meinen ollen Jeans, dem bequemen blauen Pulli mit Alpaka-Motiv und den roten

Winterschuhen komme ich mir plötzlich plump wie ein Kürbis vor.

Jona steht an ihrem Tisch, mitsamt Schürze und Weihnachtsmütze, und reicht ihr gerade eine Tasse. Chloe legt Jona eine Hand auf den Arm, und er lächelt so strahlend, dass ich erneut einen Stich verspüre.

Okay, Lin, ganz cool, rede ich mir zu. *Was ist bloß los mit mir?*

Ich gehe hinüber zu ihnen. »Guten Morgen!«

Herr de Haag lächelt mir kurz zu und nickt, Emmi und Connor bemerken mich nicht, zu sehr sind sie in ihr Gespräch vertieft.

»Hej, Lin«, grüßt Jona. »Ausgeschlafen?« Seine Augen funkeln, und mein Herz schlägt ein wenig schneller.

»Schön wär's! Ich bin von einem Schwestermonster unsanft geweckt worden.« Mein Blick schwenkt zu Emmi, die mich jedoch immer noch gepflegt ignoriert.

»Zum Glück hab ich ein Einzelzimmer«, sagt Chloe und zwinkert mir zu. »Connor schnarcht nämlich, und wenn man nicht aufpasst, bekommt man auch schon mal einen Arm ins Gesicht, weil er sich so unruhig rumwälzt. Das hat Papa nun auszubaden.« Sie lacht.

»Hauptsache, du bist fit für unsere Jolinischen Spiele«, sagt Jona grinsend.

»Jolinische Spiele?« Chloes Blick fliegt neugierig von ihm zu mir.

»Oh, das haben wir vor ein paar Jahren erfunden und nach uns benannt. Inzwischen ist es eine Tradition.« Jojo grinst mich verschwörerisch an, ehe er sich wieder an Chloe wendet. »Jedes Jahr am ersten Feiertag ziehen wir drei jo-lin-sche Disziplinen aus einem Glas, und wer gewinnt, darf sich von dem anderen etwas wünschen.«

»Krass! Ihr habt einen Shippingname wie Brangelina und Bennifer«, sagt Connor feixend. Chloe verschluckt sich an ihrem Kaffee und hustet.

»Kein guter Vergleich«, sagt Jojo und hebt die Augenbrauen. »Die haben sich getrennt. Und wir sind nur befreundet.«

»Genau«, stimme ich zu und setze ein Lächeln auf. Wieder fühle ich diesen Stich, als hätte sich eine Wespe in meinem Herzen eingenistet, die immer wieder zubeißt. Das »nur« tut seltsam weh. So, als wolle er sich vor Chloe für unsere Freundschaft rechtfertigen. *Jetzt hör auf, jedes Wort auf die Goldwaage zu legen,* schimpfe ich mich. *Seit wann bist du so empfindlich?*

»Jedenfalls geht es bei den Spielen um Disziplinen wie Keks-Pong oder Orangenrollen«, erklärt Jona.

»Im letzten Jahr habe ich Jojo im Curling voll abgezogen«, verkünde ich.

»Haha, nur weil du geschummelt hast«, erwidert er. »Darauf falle ich nicht noch mal rein.«

»Das klingt lustig«, sagt Chloe. »Kann ich mitmachen?«

»Cool, ich wäre auch gern dabei«, schließt sich Connor an. Er spießt ein Stück Schinken auf und kaut es genüsslich.

»Sicher«, sagt Jojo zu meinem Entsetzen. »Das könnte witzig werden.«

»Das geht nicht«, werfe ich ein. »Das ist ein Spiel für zwei.« *Lin, was soll das denn?* Mein Verhalten ist mir selbst ein Rätsel.

»Wir könnten doch Jungs gegen Mädchen spielen«, schlägt Emmi vor.

»Oh ja, gute Idee«, springt Chloe ihr bei. Mit ihrem Dackelblick schaut sie Jojo an und ignoriert mich. »Wenn Lysse auch mitmacht, wären wir drei gegen drei. Einverstanden?«

Jojo sieht erwartungsvoll zu mir. »Was meinst du? Oder hast du etwa Angst, dass du dann nicht mehr schummeln kannst?«

»Pah!«, mache ich. Eigentlich habe ich darauf gehofft, mehr Zeit mit Jona allein zu haben, aber ich sehe auch ein, dass er seinen Gästen den Wunsch nicht abschlagen kann. Und womöglich will er ja auch aus anderen Gründen Zeit mit Chloe verbringen. Das will ich ihm nicht vermasseln. Bevor ich es mir anders überlegen kann, stimme ich zu. »Von mir aus. Aber beschwer dich nicht, wenn du wieder verlierst.«

»Oh, kein Problem. Das wird sowieso nicht passieren.« Er blinzelt und strahlt mich an, was merkwürdige Sachen mit meinem Inneren macht.

An seinem Tisch mitten im Raum hebt Bo einen Arm und winkt Jona zu. »Können wir noch eine Kanne koffeinfreien Kaffee haben?«, bittet er. »Du weißt schon, Hildegards Spezialmarke?«

»Aber klar doch! Bin gleich zurück.« Jona verschwindet durch die Tapetentür in der Küche und lässt mich mit den de Haags und Emmi allein.

»Setz dich doch zu uns«, sagt Chloe und schaut mich lächelnd an. »Wir haben für später einen Ausflug geplant, vielleicht habt ihr ja Lust mitzukommen.«

»Danke …« Unschlüssig bleibe ich stehen. »Ich hole

mir nur schnell was zu essen.« Mit raschen Schritten laufe ich zum Büfett. Mein Magen knurrt beim Anblick all der Köstlichkeiten. Gekochte Eier, kleine Muffins mit grüner und roter Sahnehaube, Brötchen, Knäckebrot, lila Porridge, Obst, Marmelade, Wurst, Käse – alles, was das Herz begehrt. Sogar Fisch gibt es. Daneben stehen große Karaffen mit Trauben- und Orangensaft und Thermoskannen, vermutlich mit Kaffee und heißem Wasser.

Ich nehme mir gerade ein Brötchen und Marmelade, als Jona zurückkommt. Der Bommel an der Weihnachtsmütze auf seinem Kopf wackelt lustig hin und her, als er Bo und Hildegard den Kaffee serviert.

»Du willst doch nicht etwa nur ein langweiliges Marmeladenbrötchen essen?«, fragt er und stellt sich neben mich. »Übrigens, hübsch-hässlich dein Pulli.«

»Danke, ich tu, was ich kann. Deine Schürze ist auch ganz nett. Ein prima Alltagsheldenoutfit.« Ich deute auf die Weihnachtswichtel, die den roten Stoff bevölkern.

»Oh, ich bin gern der Held in deinem Leben, weißt du ja. Deshalb hab ich auch extra meine legendären Zimtschnecken für dich gebacken.« Er grinst verschmitzt, und mein Herz schlägt schneller. Wie seltsam ist das denn?

»Wohl eher der Bad Boy oder warum verführst du mich sonst mit diesen Kalorienbomben?«, erwidere ich, um davon abzulenken, dass mir die Hitze in die Wangen schießt.

Er kratzt sich am Kinn. »Sagt die Frau, die unbedingt Marmeladenbrötchen essen will. Abgesehen davon dachte ich, du stehst auf Bad Boys.« Seine Augen blitzen herausfordernd, doch gleich darauf schenkt er mir wieder dieses schiefe Lächeln. »Nein, im Ernst, du solltest vielleicht mal was Neues ausprobieren. Du weißt schon, was Landestypisches. Wenn nicht jetzt, wann dann ist die Zeit, um mit alten Gewohnheiten zu brechen?« Irgendwie bekomme ich das Gefühl, dass wir nicht mehr nur übers Frühstück reden.

»Also gut, was empfiehlst du mir?«

»Wenn du meine Zimtschnecken verschmähst, versuch Almas *Kladdkakas* mit Erdbeer- und Blaubeerhaube oder ihre *Gröt* mit Preiselbeeren. Die habe ich mit Liebe umgerührt.«

»Oh ja, das klingt beides superappetitlich.« Ich lache. »Kröten und Kaka.«

»Hej, das sind Schokomuffins, extra schokoladig, mit Obst fürs gute Gewissen. Und Grütze.« Er deutet auf das lila Porridge. »Wo bleibt dein Abenteuergeist?«

»Okay«, gebe ich nach, worauf er mir den Teller sofort mit einer Zimtschnecke belädt und eine Schüssel mit Almas Porridge füllt. »Wo ist Alma?«, will ich wissen.

»In der Küche. Sie spült. Das entspannt sie, behauptet sie.«

»Habt ihr denn keine Spülmaschine?« Ich nehme den Teller entgegen.

»Spülmaschine, ha!« Er schüttelt den Kopf. »Alma rastet aus, wenn ich ihre gut eingekochten Töpfe und Pfannen in die Spülmaschine gebe. Das ist unter Strafe verboten. Der Vortrag, den sie mir gehalten hat, als ich das mal gewagt habe, klingt mir immer noch in den Ohren, und es gab keinen Nachtisch. Aber keine Sorge, das andere Geschirr muss zum Glück nicht von Hand abgewaschen werden.« Er zieht mich zu einem Zweiertisch in der Nähe der Tapetentür. »Setz dich. Ich hol dir einen Tee. Kirsche?«

Mein Blick schwenkt zum Tisch der de Haags. »Ich

sollte vielleicht zu Emmi gehen. Chloe wollte uns zu einem Ausflug einladen.« Chloe ist abgelenkt, denn Lysander hat gerade den Raum betreten, und sie fängt ihn ab.

Jona schaut ebenfalls in die Richtung. »Ich glaube, die beiden kommen im Moment ganz gut ohne dich zurecht. Und ich würde gern allein mit dir frühstücken, wenn ich dir die Überraschung verrate. Bin gleich zurück.«

Ohne meine Antwort abzuwarten, läuft er zum Büfett und schenkt Wasser in eine Tasse. Dann nimmt er einen Teebeutel aus dem Korb, betrachtet kurz das Etikett und nickt, ehe er ihn in die Tasse hängt. In eine zweite Tasse schenkt er Kaffee. Vorsichtig balanciert er die Tassen zu mir an den Tisch und stellte eine vor mir ab. Neugierig lese ich, was auf dem Etikett steht: *Dein Lächeln ist wie ein Leuchtturm, der die Dunkelheit durchschneidet.* Ein Kribbeln durchläuft mich, und ich lächle ihn an, ehe ich in die Zimtschnecke beiße.

»Hm, die ist wirklich lecker ... zimtig, aber nicht süß. Irgendwie ... genau richtig.«

»In Schweden gibt es ein Wort dafür ... *lagom*«, erklärt Jona. »Das heißt so was wie die goldene Mitte. Nicht zu viel und nicht zu wenig.«

»Also die ist wirklich so was von *lagom*«, sage ich und stopfe mir den Rest in den Mund.

»Du hast da was ... einen Krümel. Darf ich?« Als ich nicke, streift er mir mit dem Daumen über den Mundwinkel. Hitze schießt mir in die Wangen, und Jonas Ohren färben sich rot.

»Danke!« Ich wische mir mit der Serviette über den Mund und spüre noch Jonas Berührung. Da ich den seltsamen Gefühlen in mir besser nicht auf den Grund gehen will, beschließe ich, auf Ablenkung zu setzen. »Also, was ist die Überraschung?« Ich stütze mich auf die Unterarme und beuge mich vor. Jona imitiert meine Pose, sodass sich unsere Nasenspitzen fast berühren.

»Es war echt schade, dass ich dich gestern nicht abholen konnte«, fängt er an. »Deshalb habe ich Mor gebeten, mir heute freizugeben.« Er strahlt wie ein Leuchtturm. »Und hab einen Ausflug für uns geplant. Nach Stockholm. Was sagst du?«

»Klingt prima.« Mein Herz blubbert vor Freude, doch dann denke ich an mein Gespräch mit Chloe. Sie hat einen Ausflug erwähnt. Und dann purzeln auch schon die Worte aus mir heraus. »Kommt Chloe auch mit?« Verstohlen wandert mein Blick zu ihrem Tisch, doch sie ist ins Gespräch mit Emmi und Connor vertieft.

»Wie kommst du denn darauf?«, fragt er verwirrt. »Eigentlich dachte ich nur an uns beide. Ich hab Emmi gefragt, ob sie mitwill, und sie meinte, sie würde lieber mit den de Haags und Lysander in den Freizeitpark nach Gröna Lund. Ich hab schon mit Herrn de Haag geredet, er ist einverstanden. Aber wenn du lieber mit den anderen nach Gröna Lund willst, können wir das gern machen, und ich zeig dir Stockholm ein anderes Mal …«

»Nein, auf keinen Fall.« Verlegen rühre ich in meinem Porridge. »Ich will unbedingt nach Stockholm mit dir.«

»Super.« Er lehnt sich zurück und wirkt erleichtert.

Trotzdem reitet mich ein kleines Teufelchen, und ich stelle die Frage, die mir seit vorhin auf der Zunge brennt. »Mal im Ernst, magst du sie?«

»Chloe? Sie ist nett. Aber sie ist hier Gast. Mit Gästen fange ich nichts an. Wieso – bist du eifersüchtig?«

»Ich? Quatsch! Wie kommst du denn darauf? Wir zwei sind ja kein Paar.«

»Genau, wir sind kein Paar.« Sein Blick verdüstert sich.

»Hier steckt ihr …« Wie aus dem Nichts taucht Lysander hinter uns auf und legt vertraulich einen Arm um Jona. »Wenn er dir einen Kaffee anbietet, lehn ab, sein Gebräu schmeckt unterirdisch.«

»Äh, danke für den Tipp«, sage ich. »Aber ich mag sowieso lieber Tee.«

»Am liebsten Kirsche, mit einem Löffel Zucker, ohne Milch, denn Milch ist eine Sünde«, sagt Jona und grinst. »Und mein Kaffee ist nicht unterirdisch.«

»Tee ohne Milch ist ein Verrat an der britischen Tradition.« Lysander fasst sich theatralisch an die Brust. »Wie kannst du nur? Mir bricht das Herz.«

»Du bist doch bestimmt nicht hier, um über Tee zu reden«, sagt Jona und hebt die Augenbrauen. »Brauchst du was?«

»Ja, den Bootsschlüssel für den Ausflug mit den de Haags. Oder kommt ihr mit?«

»Nein, Lin und ich haben schon was vor«, sagt Jona.

»Oho, wittere ich da ein Date?« Lysander legt den Kopf schräg.

Jona verdreht die Augen. »Nein, wir wollen dir nur nicht die Tour mit Chloe vermasseln.« Er steht auf. »Komm mit. Der Bootsschlüssel ist im Büro.« An mich gewandt meint er: »In einer Stunde vor dem Haus? Und zieh dich besser warm an.«

»In Ordnung«, sage ich voller Vorfreude. »Bis nachher.«

Lin

11
Frauen, die mit Ziegen turnen

23. Dezember, vormittags, Sport in marshmallowdicken Jacken ist Mord, Gefühlsbarometer: außen sonnig, innen stürmisch

Weil's mir in meiner dicken Jacke, den Kuschelsocken, Handschuhen und meiner Lieblingsrentiermütze drinnen zu warm geworden ist, warte ich vor der Tür von Almas *Villa Solvinkel* auf Jona. Chloe schien es nichts auszumachen, dass Jona und ich nicht mit nach Gröna Lund wollten. Als sie vor einer halben Stunde aufgebrochen sind, hat sie schon heftig mit Lysander geflirtet. Seinem Charme kann man wirklich nur schwer widerstehen. Allerdings hat er sich als Plappermaul herausgestellt, denn Emmi hat sich mit einem Zwinkern verabschiedet und mir viel Spaß bei meinem »Date« mit Jona gewünscht.

»Es ist kein Date!«, habe ich Jojos Worte wiederholt.

Und das ist auch gut so, beschließe ich, denn damit wäre

in unserer Freundschaft eine Grenze überschritten, die ich nicht zu übertreten wage. Zu viel steht auf dem Spiel.

Einen Moment bleibe ich stehen und genieße die Aussicht. Es ist tatsächlich zauberhaft hier. Irgendjemand hat Schnee geschippt. Am Geländer der Veranda lehnt eine Schaufel, und ein schmaler Weg führt von dort zum Stall für die Tiere. Im Außengehege stolzieren Hühner umher, und Ziegen drängen sich vor der mit Heu gefüllten Futterraufe aneinander. Vom Meer dringt leise Möwengeschrei zu mir herüber.

Mein Handy vibriert, und ich betrachte die Nachricht, die mir angezeigt wird. Von meinem Chef.

Dr. Mertens: Leider noch keine Neuigkeiten. Ich melde mich, sobald ich mehr weiß. Ich fürchte, du musst davon ausgehen, dass dein Ausbildungsvertrag nicht fortgeführt wird.

Was soll ich nur meinen Eltern sagen, wenn ich plötzlich keinen Job mehr habe? Und wie soll es weitergehen? Wie sieht das im Lebenslauf aus, wenn da eine abgebrochene Lehre drinsteht? Das vermasselt mir doch komplett meine Chancen. Plötzlich komme ich mir wie die größte Loserin vor. Ich zwinge mich, tief durchzuatmen.

Die kalte frische Luft strömt mir in die Lunge, und ich merke, wie ich ruhiger werde, als mein Blick auf ein braun-weißes Huhn fällt, das vor mir durch den Schnee spaziert. Offenbar ist es ausgebüxt.

Langsam nähere ich mich dem Tier und packe dann beherzt zu. Es gackert erschrocken, und ich beeile mich, es in sein Gehege zu setzen. Flatternd gesellt es sich zu den anderen. Eine besonders neugierige Ziege kommt angetrabt, und ich strubble ihr durchs Fell.

»Oh, ist Eileen mal wieder auf Wanderschaft gegangen? Danke, dass du sie zurückgebracht hast.« Alma taucht zwischen den Tieren auf. Ein Huhn sitzt auf ihrer Schulter, als sie sich aufrichtet. Sie trägt eine Mütze und steckt in einem weißen Schneeanzug, weshalb ich sie nicht gleich gesehen habe. Elegant streckt sie die Arme nach oben, lehnt sich nach hinten und lächelt mich an. »Hallo, Lin.«

»Guten Morgen. Was machst du da?«, will ich wissen.

»Tieryoga«, erklärt sie. »Yoga im Schnee. Mit Ziegen und Hühnern. Das ist gut gegen Stress.« Sie mustert mich mit schräg gelegtem Kopf. »Komm, mach mit. Du siehst aus, als hättest du ein bisschen Entspannung dringend nötig. Du wirst sehen, es tut dir gut. Ich spreche aus Erfahrung. Meine Hühner sind echte Wellnessgurus, nicht wahr, Eira?« Sie streichelt das weiß-schwarze Huhn auf ihrem Arm.

Folgsam öffne ich das Gatter und bin sogleich von Ziegen und Hühnern umringt. Jetzt erst sehe ich Lakritz, die Alma um die Füße wuselt.

Alma setzt das Huhn ab. »Darf ich vorstellen: Dotti, Federika, Eira und Kunigunde. Unsere abenteuerlustige Eileen kennst du ja bereits.« Sie deutet nacheinander auf das Federvieh. »Und das hier sind Mokka, Peppermint und Ginger.« Sie krault nacheinander die Ziegen. »Ebenfalls wahre Entspannungsmeister.«

Unwillkürlich frage ich mich, ob irgendetwas sie stresst. »Ich hab gehört, Spülen soll auch sehr entspannend sein«, sage ich.

»Aha, hat Jojo sich drüber beschwert?«, antwortet Alma

schmunzelnd. »Er hasst es, die Pfannen von Hand abzuwaschen, weil er das Fett eklig findet. Aber ich hab sie noch von meiner Mutter, und der Geschirrspüler beschädigt die Beschichtung.«

»Na ja, beschwert nicht gerade, aber er hat über seinen Nachtisch gejammert, den er nicht bekommen hat.«

Alma lacht. »Die kleine Naschkatze. Komm, mach mit.« Ich stelle mich neben Alma, und gemeinsam beugen wir uns in den Sonnengruß. Die Ziegen mustern uns aus dem Augenwinkel und schnuppern an unseren Beinen, doch gleich darauf mampfen sie friedlich weiter ihr Futter aus den Raufen.

»Hast du Stress?«, frage ich. »Ich mein, wegen … der Gäste und so …« Es kommt mir falsch vor, die finanzielle Situation anzusprechen. Vielleicht ist es ihr nicht recht, dass Jojo sich mir anvertraut hat.

»Die Arbeit macht mir nichts aus«, erwidert Alma und beugt sich langsam nach vorn. »Ich hab gern mit Menschen zu tun. Aber ja, es ist in den letzten Jahren nicht einfacher geworden, und ich bin froh, dass Jona mich unterstützt.«

»Mhm«, sage ich. »Offenbar hat er Spaß daran. Die *Villa Solvinkel* liegt ihm sehr am Herzen.«

Alma nickt. »Ja, das stimmt. Uns allen. Aber manchmal tut es nicht gut, an Vergangenem festzuhalten. Ich frage mich, ob es an der Zeit ist, alte Brücken abzubrechen und neue Wege zu gehen, wenn Jona im nächsten Jahr seine Ausbildung beginnt.« Sie richtet sich auf und streckt die Hände nach oben. »Leider habe ich beim Yoga noch keine Antwort darauf gefunden.« Sie lacht. »Und du? Welchen Weg hast du für dich vorgesehen?«

»Ich habe eine Ausbildung bei einem Tierarzt angefangen«, sage ich.

»Macht dir die Arbeit Spaß?« Alma renkt sich zur Seite, und ich tue es ihr nach.

»Oh ja, ich bin gern mit Tieren zusammen. Die haben mich noch nie enttäuscht wie manche Menschen«, gebe ich zu. »Und damit meine ich nicht Jona«, erkläre ich rasch, damit sie keine falschen Schlüsse zieht. »Auf ihn ist immer Verlass.«

Alma nickt. »Das stimmt. Da kommt er ganz nach seinem Großvater. Er vernachlässigt dabei nur manchmal sich und seine Wünsche. Ich bin froh, dass er sich heute mal eine Auszeit nimmt und den Tag mit dir verbringt.«

»Danke! Ich freue mich auch sehr darauf.« Mokka drängt sich an mich, und ich streife ihr übers Ohr. »Ziegen mag ich. Die haben so was Beruhigendes.«

Alma mustert mich, und ich hab das Gefühl, sie schaut mir direkt in den Kopf. »Manchmal ist es gut, wenn man sich anderen anvertraut, und sei es nur einer Ziege«, meint sie lächelnd.

»O-kay«, antworte ich. »Aber keine Sorge, bei mir ist alles in Ordnung.« Ich verziehe das Gesicht. »Bin nur noch ein bisschen müde«, schiebe ich nach, keine Ahnung, warum.

»Gut«, meint Alma lächelnd. »Dann legen wir mal eine Schippe drauf. Ich hab die perfekte Übung dafür.« Sie wackelt mit dem Hintern, wobei sie die Arme schlenkert und herumstolziert wie ihre Wellnesshühner. »Wedeln, wedeln, wedeln. Das ist der Hahnentritt.« Sie dreht sich im Kreis. »Du wirst sehen, das hält fit, macht wach und steigert deine Laune ebenso sehr wie die der Hühner, und dann legen sie auch besser.«

Also gut, den Eiervorrat will ich natürlich nicht schmälern, daher tue ich es ihr nach. Ein Huhn findet das so toll, dass es sich mir auf den Rücken setzt. Ich muss lachen.

Alma schiebt sich die Mütze zurecht, Schweißperlen glänzen auf ihrer Stirn.

»Alles in Ordnung?«, frage ich besorgt.

»Ja, nur diese Mütze ist viel zu warm. Aber ohne geht es auch nicht, dann wird es zu kalt. Ein Dilemma«, sagt sie fröhlich. »Das sollten wir mit dem Urschrei loswerden. Das reinigt die Lunge und ist so befreiend.« Sie brüllt los: »Hohoho!« Die Ziegen meckern, und die Hühner flattern auf das Dach des Unterstands. Auffordernd schaut Alma mich an. »Und jetzt du!«

»Äh … ich will den Hühnern keine Angst machen.« Verlegen senke ich den Kopf.

»Ach was, die kennen das schon«, meint Alma und stemmt die Hände in die Hüften. »Ein Hahn kräht auch nicht leise. Na los, meine Liebe.«

»Hohoho«, sage ich.

»Lauter!«, ruft sie sofort. »Trau dich. Ho-ho-ho!«

»Ho-ho-ho«, stimme ich mit ein, ebenfalls etwas lauter, und komme mir dabei reichlich albern vor.

»Pah, das kitzelt deine Lunge ja nicht mal. Zeig mir, welche Stimmkraft in dir steckt«, fordert Alma mich heraus. »Ho-ho-ho!«

»Ho-ho-ho!«, brülle ich jetzt mit ihr und bekomme dabei einen Lachflash. Alma hat recht. Schreien befreit. Lakritz kommt angeflitzt und klettert mir auf die Schulter.

»Übt ihr fürs Weihnachtsfrau-Casting?«, fragt Jona, der

plötzlich am Gatter steht. Ich habe gar nicht bemerkt, dass er gekommen ist. »Übrigens hast du einen Kater auf der Schulter.«

»Das trägt man jetzt so«, erwidere ich und pflücke mir Lakritz vom Anorak. Als ich ihn auf den Boden setze, maunzt er empört.

»Ah ja, wenn du meinst.« Er lacht. »Bist du startklar?«

»Immer!«, erwidere ich. »Danke, Alma, für diese originelle Sporteinheit.« Ich winke ihr zu und verlasse das Gehege.

»Bringst du die Sachen von der Liste mit?«, wendet sich Alma an Jona. »Und ein paar kleine Jul-Aufmerksamkeiten für die Gäste?«

»Klar, mach ich. Lin kann mir beim Aussuchen helfen.« Er greift nach meiner Hand und zieht mich mit sich. »Bis später!«

Der Schnee knirscht unter unseren Füßen, als wir den Weg hinunter zur Straße gehen. Der ganze Hof ist in eine zarte Zuckerwatteschicht aus Schnee gehüllt.

»Da Lysse mit den Gästen auf unserem Boot unterwegs ist, müssen wir das Wassertaxi nehmen.«

»Kein Problem«, sage ich.

Gemeinsam stiefeln wir bis zu einem Steg am Wasser, der sich nach vorne zu einem Rondell verbreitert. Dort klappt Jona ein weißes rundes Holzschild hoch, das ein bisschen so aussieht wie die Kelle eines Zugschaffners.

»So weiß der Fährenkapitän, dass wir mitfahren wollen«, verkündet er und steckt die Hände in die Taschen seines Parkas. Wir setzen uns auf die Bank am Steg und blicken schweigend aufs Wasser.

»Schön hier«, meine ich nach einer Weile. »Perfekt, um seine Sorgen zu vergessen.«

»Hast du denn Sorgen?«, fragt er.

»Nein«, erwidere ich schnell. »Ich dachte nur an deine Sorgen.« Dass ich Alma meine Job-Misere verschwiegen habe, okay. Aber ich hab echt keine Ahnung, warum ich Jojo nichts davon erzählen kann. »Falls es dich beruhigt, ich hab immer noch keine Waschbären gesehen.«

»Das ist gut. So lässt sich zumindest diese Sache gepflegt ignorieren.« Er weicht meinem Blick aus und verschränkt die Arme vor der Brust.

»Wie kommst du mit deinem neuen Konzept für das B & B voran?«, frage ich.

»Ich hab noch keinen Plan, ehrlich gesagt«, gibt er zu. »Aber lass uns lieber von was anderem reden. Du sollst einen schönen Tag haben und dich nicht mit meinen Problemen rumschlagen müssen.« Er schaut mich eindringlich an, und unsere Blicke verhaken sich. Die hellblaue Beanie auf seinem Kopf betont seine blauen Augen. Gletscherblau strahlen sie mich an. »Danke, dass du vorhin zugestimmt hast, Chloe und die anderen bei unseren Spielen mitmachen zu lassen.« Er hebt die Schultern. »Es wäre schwierig für mich gewesen, das abzulehnen.«

»Kein Ding«, behaupte ich. »Du kannst dir so viel Hilfe an die Seite holen, wie du willst, ich gewinne trotzdem.«

»Träum weiter.« Er grinst, und mein Herz macht einen seltsamen Hüpfer. Ich liebe es, ihn zum Lachen zu bringen.

Ein grünes Boot tuckert auf uns zu und hält am Steg. Wir klettern auf das Wassertaxi, Jona zahlt für uns, dann suchen wir uns einen Platz. Das Wasser glitzert in der blassgelben Sonne wie eine Decke aus Kristallen. Weiße Wolkenfetzen streifen über den Himmel und bauschen sich zu Schwänen, Delfinen oder unförmiger Zuckerwatte.

»Stockholm ist auf vierzehn Inseln erbaut«, erklärt Jojo, als das Boot auf die Stadt zuschippert. »Die meisten kann man mit Fähren oder Wassertaxis erreichen, aber es ist praktisch, ein eigenes Boot zu haben. Der Schärengarten umfasst noch mal gut 30.000 Inseln, die man im Sommer auch mit Kajaks erkunden kann. Und dann ist da noch der Ocean Bus, ein Amphibienfahrzeug für die Touris, mit dem man eine Städtetour über Land und Wasser machen kann.« Er deutet auf einen schwimmenden blauen Bus, der uns in einiger Entfernung entgegenkommt und auf dessen Motorhaube Haifischzähne aufgemalt sind.

»Ist das da drüben der Freizeitpark?«, rufe ich gegen den Wind an. Auf einer Insel ragen mehrere Achterbahnschienen auf.

»Ja, dort sind die anderen gerade.« Er schaut mich von der Seite an. »Bedauerst du es, nicht mitgefahren zu sein?«

»Überhaupt nicht. Du weißt doch, wie gut ich Karussells vertrage.« Ich verziehe das Gesicht.

»Oh ja, ich erinnere mich daran, wie du mir vor drei Jahren nach dem Kettenkarussell die neuen Sneakers vollgespuckt hast.«

»Tja, leider keiner meiner Glanzmomente«, sage ich peinlich berührt.

»Wen juckt's. Niemand ist perfekt.«

»Was? Nicht mal du?«, ziehe ich ihn auf.

»Doch, ich bin nah dran«, erwidert er und verdient sich damit einen Knuff. »Aber ich mag dich mit all deinen Macken«, versichert er.

»Danke, gleichfalls«, entgegne ich lachend.

❄

Nach ungefähr zwanzig Minuten Fahrt legen wir an. Im Gegensatz zu vorhin, wo wir über einen Holzsteg auf das Boot steigen konnten, müssen wir jetzt springen.

»Oi!« Skeptisch beäuge ich den Abstand zwischen Boot und Mauer. Dazwischen befindet sich gut ein halber Meter dunkles Wasser. Im Weitsprung war ich schon immer eine absolute Flöte. »Das schwankt ganz schön ordentlich.«

Jona streckt mir eine Hand hin. »Ich helfe dir.«

Ich lehne mich nach vorn und greife danach, ehe ich mit einem beherzten Sprung nach oben hechte. Und fast hätte es auch geklappt, aber ich bleibe irgendwo hängen. Verflixt!

Entsetzt schreie ich auf, als ich mit dem Fuß abrutsche und ins Leere trete. Ich sehe mich schon im kalten Wasser. Mein Herz hämmert wild gegen die Rippen, und das Blut rauscht mir in den Ohren. Eine Sekunde scheint plötzlich wie eine Ewigkeit. Panisch rudere ich mit den Armen, auf der Suche nach Halt. Tausend Gedanken schießen mir durch den Kopf, die größte Befürchtung ist die, dass unser Ausflug zu Ende ist, bevor er richtig angefangen hat. Im nächsten Moment spüre ich einen kräftigen Ruck und pralle an Jonas Brust.

»Hab dich!«, raunt er mir ins Ohr.

Ich atme erleichtert auf. Es fühlt sich gut an, wieder

festen Boden unter den Füßen zu haben. Bilde ich mir das ein oder hält Jona mich etwas länger fest als nötig?

»Alles gut?« Sorge steht in seinem Gesicht. Er streicht mir eine Haarsträhne hinter die Ohren.

»Ja. Danke«, hauche ich und schaue ihm in die Jack-Frost-blauen Augen, die durch sein blaues Brillengestell noch betont werden. Mein Puls rast, was natürlich nur an dem Beinahe-Sturz liegt, nicht etwa an Jona. Hektisch versuche ich, mich loszumachen, und verhake mich dabei mit dem Handschuh in seinem Reißverschluss. »Oh Mensch, ich bin so peinlich.«

»Quatsch, gar nicht«, sagt er, während er vorsichtig den Wollstoff aus seiner Jacke friemelt.

Mein Gesicht glüht inzwischen, bestimmt bin ich schon so rot wie Santas Mantel. Verlegen mache ich mich von Jona los und bringe mehr Abstand zwischen uns. Das seltsame Kribbeln, das sich bei Jonas Berührung in meinem Bauch breitgemacht hat, bleibt jedoch.

Jona

12
Das Wunder von Stockholm oder: Step into Christmas

Wir laufen weiter zum Weihnachtsmarkt in der *Gamla stan*, der Altstadt von Stockholm. Mir sitzt der Schreck von Lins Beinahe-Sturz noch in den Knochen, doch wenn ich ehrlich bin, habe ich ihre Nähe sehr genossen. Nun hat sie diese Miene aufgesetzt, die sie immer macht, wenn ihr etwas gefällt, während wir vorbei an bunten alten Sandsteinhäusern durch die mit Kopfstein gepflasterten Gassen schlendern. Im Gegensatz zu deutschen Weihnachtsmärkten plärrt uns keine Musik entgegen. Die relative Ruhe vermittelt eine festliche Stimmung. Dennoch ist es in der Stadt sehr viel trubeliger und voller als auf unserer kleinen felsigen Schäreninsel. Menschen schlendern durch die schmalen Gänge auf dem Platz, der Duft nach gebrannten Maronen liegt in der Luft und steigt mir angenehm in die Nase. Ich mag den Kontrast: hier die belebte Stadt und nur eine Viertelstunde entfernt fast ungezähmte Natur, atemberaubend weite Landschaften – und mein neues Zuhause im Dorf am Wasser. Hier bin ich frei, fühle mich geborgen und »angekommen« – ein Gefühl, dass ich in der Kleinstadtenge in Deutschland nie hatte. Außer bei Lin.

Ich greife nach ihrer Hand, um sie im Gedränge nicht zu verlieren. Ihre behandschuhten Finger verflechten sich mit meinen, und eine Woge des Glücks durchströmt mich. Ich bin echt froh, dass sie hier ist. Bei mir. Nicht bei Freddy.

Inmitten der Holzbuden entdecke ich eine Installation aus beleuchteten Elchen, neben denen ein Weihnachtsbaum aufragt. Obwohl es noch früh ist, brennen die Lichterketten bereits.

»Komm, wir machen ein Selfie!«, schlage ich vor.

Wir stellen uns vor die riesigen Lichterelche, und Lin zieht ihr Handy heraus. Grinsend schauen wir in die Kamera, die Köpfe aneinandergelehnt.

»Okay, ich hab dir das Foto weitergeleitet«, sagt sie, und mein Handy piept zustimmend.

Wir schlendern über den Markt und trinken *Glögg*. Irgendwann treffen wir auch auf den Weihnachtsmann. Kinder haben sich um ihn und seinen Schlitten geschart. Ein Stück weiter auf einer Bühne sitzt ein als Engel verkleidetes Mädchen mit Lichterkranz auf dem Kopf. Kinder in Lebkuchen- und Nussknackerkostümen tanzen um sie herum. Die stolzen Eltern im Publikum applaudieren fröhlich.

»Wusstest du, dass Rentierbullen im Winter keine Geweihe tragen, sondern nur die weiblichen Tiere?«, fragt Lin.

»Das heißt ja, Rudolph ist eigentlich eine Rudolphine«, erwidere ich grinsend.

»Genau!«, stimmt sie zu. »Rentiere sind total faszinierend. Sie passen ihre Augenfarbe den Jahreszeiten an, im Sommer goldgrün und im Winter blau. So können sie als eines der wenigen Säugetiere UV-Licht sehen, damit sie im Winter die weißen Flechten besser finden, die sie als Futter brauchen. Übrigens hat ihr Fell Luftpolster, das sie warm hält, wie eine mobile Heizung, und mit ihrer extragroßen Nase wärmen sie die Luft an, die sie einatmen.«

»Oha, Nerd-Alarm!«, ziehe ich sie lachend auf. »Hast du ein Lexikon verschluckt?«

»He!«, erwidert sie und boxt mir gegen die Schulter.

»Autsch!« Ich reibe mir theatralisch über den Arm, obwohl ihr Knuff mir gar nicht wehgetan hat. »Wenn du dich so sehr für Rentiere interessierst, sollten wir unbedingt nach Skansen rüber.«

»Ah ja, und was ist das?«

»Ein Freilichtmuseum mit Wildpark. Dort kannst du Schweden wie vor hundert Jahren erleben. Es gibt Elche, Luchse, Bären … und eine tolle Lichterpromenade.«

»Echt? Klingt großartig!« Sie lächelt bei der Aussicht, all diese faszinierenden Tiere ganz aus der Nähe zu erleben, und mein Herz schlägt einen Salto.

»Oh, schau mal!« Sie zieht mich zu einem Stand. »Schneekugeln.« Lin nimmt eine hoch und schüttelt sie. »Früher hab ich geglaubt, dass die Schneekugeln verzaubert sind und man durch das Schütteln in die Welt der Kugel reisen kann«, erzählt sie. »So wie im Film *Die verzauberte Schneekugel* oder in *Santa Clause – eine schöne Bescherung*.«

»Ja.« Ich drehe mich zu ihr um. »Das kleine Glück im Glas, so hat es meine Oma genannt.«

»Hm, wäre das nicht ein schönes Geschenk für eure Gäste?« Sie zeigt mir eine mit der Skyline von Stockholm.

Ich schüttele den Kopf. »Ich weiß nicht, die bekommst du hier an jeder Ecke.«

»Und wie wär's damit?« Nun zeigt sie mir einen Taschenwärmer in Wichtelform. »Der ist doch niedlich. Er passt zu der Wichteltür in der Eingangshalle. Und mit einem Sticker könnten wir ihn personalisieren.«

»Cool!« Ich greife mir ebenfalls so ein Teil. »Das ist eine schöne Idee. Die Tomtes sollen Glück bringen.« In Gedanken zähle ich schnell unsere Gäste durch, dann lasse ich mir die passende Anzahl einpacken.

Wir klappern die typischen Sehenswürdigkeiten ab: Ich lotse sie vom Heiligen Georg, der mit seinem Drachen die Stadt bewacht, zum Schloss und der kreisrunden Bibliothek. »Wir müssen unbedingt noch zum *Järnpojke*, dem Eisenjungen«, sage ich schließlich. »Angeblich kann er Wünsche erfüllen.«

»Wie praktisch.« Sie grinst mich an. »Damit wärst du vielleicht all deine Sorgen los.«

»Na ja, nicht alle«, schränke ich ein. »Wenn man drei Mal entgegen des Uhrzeigersinns um ihn herumgeht, kehrt man nach Stockholm zurück. Streicht man ihm über den Kopf, kann man sich was wünschen, das vielleicht noch im selben Jahr in Erfüllung geht. Oder man schenkt ihm ein paar Münzen und wird mit Reichtum belohnt.«

»Dann sollten wir ihm vielleicht alle drei Wünsche anvertrauen«, schlägt sie vor. »Wir wünschen uns Reichtum für die Renovierung des Solvinkel und natürlich, dass du den Preis von diesem Wettbewerb gewinnst und die Villa gerettet wird. Und natürlich, dass wir nach Stockholm zurückkehren.«

»Man muss sich schon für eine Sache entscheiden. Gier wird selten belohnt«, erkläre ich.

»Okay. Dann nimm du das mit der Rettung für den Solvinkel, ich nehm den Reichtum. So haben wir zwei Wünsche mit einer Klappe erledigt.« Sie grinst frech, und ich muss lachen.

»Ehrlich, ich weiß nicht, ob das so funktioniert …«, behaupte ich. »Wunschabsprachen verstoßen bestimmt gegen irgendeine kosmische Schicksalsregel.«

»Du bist aber wirklich pingelig. Also gut, für den Fall, dass es nicht wirkt …« Eindringlich mustert sie mich, und ich versinke in ihren schokobraunen Augen. »Solche Touren solltest du unbedingt in dein Konzept aufnehmen. Du bist ein echt guter Stadtführer, und so eine persönliche Tour ist etwas Besonderes.«

»Wir könnten vielleicht verschiedene Touren-Angebote zusammenstellen«, spinne ich den Faden weiter. »Einmal in die Stadt, aber auch raus in die Natur. Hier gibt es echt schöne Flecken.«

»Unbedingt. Eure Lage ist sensationell. Es hat sicher einen Grund, warum dieser Investor sein Wellnesshotel ausgerechnet auf eurem Grundstück bauen will. Er sieht das Potenzial. Chloe hat mir erzählt, dass man für das Yoga, das deine Mutter kostenlos anbietet, woanders jede Menge Geld bezahlt.«

»Kann sein, einen Versuch wäre es wert. Aber das rettet uns vermutlich nicht. Wir müssen trotzdem unbedingt modernisieren. Allerdings gewährt uns die Bank bestimmt keinen weiteren Kredit ohne tragfähiges Konzept …«

»Hey, ein Schritt nach dem anderen. Glaub an dich«, sagt sie und legt mir eine Hand auf den Arm. Die Berührung brennt wie Feuer durch meine Jacke. »Womöglich kannst du an anderer Stelle Kosten senken, indem ihr mit Restaurants im Dorf kooperiert und Essensgutscheine anbietet oder euch das Essen liefern lasst. Das stärkt auch die Gemeinschaft.«

»Stimmt, und es würde Mor entlasten.«

»Genau. Das hilft ihr, auch wenn du wieder weg bist.«

»Ja«, sage ich. »Was das angeht …« Sie lässt mich jedoch nicht ausreden und fährt schon begeistert fort.

»Und wie wär's mit Wasserkochern und kleinen Kühlschränken in den Zimmern, damit sich die Gäste auch mal selbst versorgen können?«

»Klingt gut. Dann müssten wir nur noch fürs Frühstück einkaufen. Hedvig hat ein kleines Restaurant im Dorf und echt gutes Essen. Ich könnte sie mal fragen.« Ich bin kurz davor, Lin zu gestehen, dass ich so schnell nicht wieder nach Deutschland zurückkehren werde, doch jetzt verlässt mich der Mut. Ich will uns nicht die Stimmung verderben und ihre Begeisterung dämpfen, obwohl mir das schlechte Gewissen eine Ladung Felsbrocken im Bauch platziert.

»Siehst du. Und vielleicht solltest du prüfen, ob du auf eurer Website Fotos und Ausflugstipps posten kannst, die man nur bei euch bekommt. Habt ihr schon einen Social-Media-Account? Falls nicht, solltest du einen einrichten, um den Leuten den Mund so richtig wässrig zu machen.«

»Wow, du bist echt großartig. Das sind super Ideen.

Danke!« Ich ziehe sie zu mir und wirbele sie einmal herum.

Inzwischen haben wir die *Järnpojke*-Figur erreicht, die man auch »Mondgucker« nennt.

Davor drängt sich eine stattliche Menschentraube. Der Eisenjunge hat die Arme um die Beine geschlungen und den Kopf in den Nacken gelegt. Jemand hat ihm eine blaue Mütze aufgesetzt und einen grünen Schal um den Hals geschlungen. Die Eisenfigur wird oft den Jahreszeiten entsprechend dekoriert. Manche legen Münzen oder Bonbons auf den Metallsockel, auf dem er sitzt, andere streichen ihm über den Kopf.

»Wow, die ist ja winzig!«, staunt Lin.

»Ja, nur fünfzehn Zentimeter groß.«

»Das ist bestimmt die winzigste Figur, die ich je gesehen habe.«

»In ganz Stockholm gibt es solche Minifiguren, zum Beispiel vor dem Nobelpark einen Mini-Alfred-Nobel. Und in Södermalm einen kleinen Löwen. Der Karlsson auf der Mauer in der Fjällgatan 44 ist vermutlich die kleinste Figur der Stadt«, erklärt Jona.

»Hä, Karlsson, wie der von der schwedischen Kinderbuchautorin?«, frage ich.

»Ja, genau.« Jona lacht. »*Karlsson vom Dach*. Astrid Lindgren hat hier in Stockholm gelebt und gearbeitet.«

»Wusste ich«, behauptet Lin frech, und ich spüre, wie mein Herz schneller schlägt.

Wir reihen uns in die Schlange ein, und als Lin dran ist, streicht sie dem *Järnpojke* drei Mal über den Kopf. Neugierig mustere ich sie.

»Und was hast du dir gewünscht?«, frage ich.

Verschmitzt grinst sie mich an. »Das verrate ich nicht. Womöglich geht es sonst nicht in Erfüllung. Oder verrätst du mir deinen Wunsch etwa?«

»Auf keinen Fall!«, sage ich nachdrücklich. Mein Wunsch ist mir so wichtig, dass ich nichts riskieren möchte, auch wenn ich eigentlich nicht an so was wie Schicksal und Glücksbeschwörungen glaube. Abgesehen davon kann ich ihn vor ihr unmöglich äußern, denn er hat rein gar nichts mit der Rettung des Solvinkel zu tun, sondern eher etwas mit einer gewissen Freundin, einer Nacht und einem Kuss.

»Gut, dann sind wir uns ja einig«, sagt Lin und zieht mich mit sich.

Liu

13
Shazam! Ein Schneeflockengewitter

23. Dezember, in the most wonderful town, Gefühlsbarometer: Die Zeichen stehen auf rätselhaft

Bin ich egoistisch, weil ich meinen Mondguckerwunsch für mich aufgebraucht habe und nicht für Jona? Ich hoffe immer noch, dass meine Jobmisere sich bald klärt. Und mal ehrlich, wie zuverlässig sind solche Sagen? Natürlich werde ich trotzdem alles tun, was in meiner Macht steht, damit Jonas Konzept bei dem Investor durchschlägt und seine Mutter ihre Pension behält. Allerdings vertraue ich mehr auf unseren geballten Einfallsreichtum statt auf Wunschdenken. In dieser Sache kann ich wenigstens aktiv was tun, was meinen Job angeht eher nicht. Da bin ich dem Schicksal mehr oder weniger ausgeliefert und brauche wirklich ein Weihnachtswunder.

Unser Stadtspaziergang lenkt mich jedoch erst einmal von den Problemen ab. Wir zählen die Kronen auf der Brücke nach Skeppsholmen und besichtigen das Vasa-

Museum, das die Geschichte des bei der Jungfernfahrt untergegangenen Schiffes erzählt. Hohe Masten ragen aus dem Museumsbau hervor.

»Die schwedische Titanic des 17. Jahrhunderts«, sagt Jona mit düsterer Stimme. »Da sind sicher Köpfe gerollt, weil die Baumeister versagt haben und so viele Menschen kurz nach dem Stapellauf ertrunken sind.«

Bei dem Gedanken läuft es mir kalt den Rücken herunter.

»Kaum zu glauben, dass sie 333 Jahre im Wasser überdauert hat«, verkünde ich ehrfürchtig.

»Und so krass, dass das Holz erhalten blieb, während die Metallteile verfallen sind«, sagt Jona. »Oi!« Er schaut auf die Uhr an seinem Handgelenk. »Schon so spät. Jetzt müssen wir uns beeilen, sonst verpassen wir es.«

»Was verpassen wir?«

»Hast du Lust, meinen Lieblingsort in der Stadt zu sehen?«

»Unbedingt!« Ich bin total gespannt.

Wir fahren mit der *Tunnelbana*, Stockholms U-Bahn, und ich staune über die kunstvoll gestalteten Bahnstationen mit Gemälden an den Wänden. Es gibt einen Regenbogen, ein malerisches Flammenmeer und sogar ein Pferd, das Tornado total ähnlich sieht. Als wir aussteigen, komme ich mir vor, als stünde ich in einer Tropfsteinhöhle. Grünes Moos und Efeu bedecken die rauen felsigen Wände, Statuen säumen unseren Weg zu den Rolltreppen nach oben.

»Ich muss in der *Saluhall* noch was besorgen«, erklärt Jona. »Wir machen nämlich ein Picknick.«

»Im Winter?«, frage ich erstaunt.

»Die beste Zeit«, meint er. »Dann ist nicht so viel los. Du hast doch Hunger?«

»Ja, schon.« Erst jetzt merke ich, dass mir mein Magen in den Kniekehlen hängt. »Und warum müssen wir uns so beeilen?«, frage ich.

»Wirst du schon sehen.« Er grinst wieder so verschmitzt, und ich schmelze ein wenig. Ich liebe dieses schiefe Lächeln.

Die Markthalle ist riesig und wirkt wie aus einem anderen Jahrhundert. Wir laufen vorbei an kleinen charmanten Ständen, die Köstlichkeiten aus aller Welt präsentieren. Jona erledigt seine Einkäufe, und ich entdecke eine Ziegenfigur, die die Hufe über dem Kopf zu einer Yogaposition verschränkt, und ein buntes Stirnband, auf dem verschiedene Tiere, auch Ziegen und Hühner, Handstand machen.

»Glaubst du, das könnte deiner Mutter gefallen?«, frage ich Jona.

»Sie wird ganz sicher begeistert sein«, antwortet er grinsend. »Vor allem, wo ihr doch jetzt Santa-Yoga-Buddies seid.«

»Haha«, erwidere ich und lasse mir beides einpacken.

»Wir brauchen noch Nachtisch«, sagt Jona. Wenig später betritt er zielstrebig einen kleinen Laden, in dem es aussieht wie in der Weihnachtsbäckerei. In Schalen und Behältern stecken Süßigkeiten in den unterschiedlichsten Formen und Geschmacksrichtungen.

Begeistert sehe ich mich um. Es duftet herrlich nach Zimt, Vanille und anderen Gewürzen, die ich nicht einordnen kann. »Das hier ist der Traum jeder Zuckerfee«, staune ich.

»Und der Albtraum jedes Zahnarztes«, ergänzt Jona lachend.

Mit großen Augen spazieren wir durch die Halle und bestaunen eine Ausstellung von Lebkuchenhäusern in den unterschiedlichsten Größen. Der Mittelpunkt ist das riesige königliche Stockholmer Schloss mit kunstvoll verzierten Zuckergussornamenten und Puderzuckerschnee auf den Dächern. Sogar kleine Tiere aus Marzipan und ein Schneemann stehen im Schlosshof.

»Boah, das ist wunderschön. Wie aufwendig muss es sein, so etwas zu gestalten?« Ich bin hin und weg und mache ein Foto. »Das muss doch Wochen gedauert haben.«

»Wusste ich doch, dass es dir hier gefällt.«

»Ich komme mir vor wie im Paradies«, verkünde ich. Wir schlendern weiter durch die Gänge.

»Das musst du unbedingt probieren.« Er hält mir einen schwarzen Fisch hin, auf dem weiße Streusel glänzen.

Erwartungsvoll beiße ich hinein … und verziehe den Mund. »Igitt, ist das salzig.« Rasch nehme ich mir eine Serviette und spucke das Zeug hinein.

»Ist ja auch geräucherter Hering«, erwidert Jona schmunzelnd.

»Wer denkt sich denn so eine Geschmacksverirrung aus. Das hast du doch gewusst, oder?« Mit verschränkten Armen schaue ich ihn herausfordernd an.

Jona lacht sich schief. »Ja klar. Dein Gesicht verknittert so süß, wenn du was eklig findest.«

»Boah, warte nur. Die Rache wird kommen, wenn du es am wenigsten erwartest.«

»Oje, vielleicht kann ich dich damit besänftigen.« Er hält mir ein anderes Probierstäbchen hin. Kurz zögere ich.

»Ehrlich, das ist lecker.« Er nimmt sich auch eins und kaut genüsslich, ehe er mir das rosa Stäbchen wieder hinhält.

»Okay …« Ich nehme es entgegen und schlecke kostend mit der Zunge drüber. Es schmeckt süß nach Minze und Erdbeeren. »Mmm. Gar nicht so übel«, murmele ich.

»Die Süßigkeit oder mein Versöhnungsversuch?«, fragt er und streicht mir dabei mit dem Daumen über die Hand.

Mein Herz setzt einen Schlag lang aus, und ich fühle mich plötzlich wie unter Strom. Diese Stadt übt wirklich einen magischen Weihnachtszauber auf mich aus.

»Darf ich?«, fragt eine Frau auf Englisch, und wir zucken beide zusammen und machen einen Schritt zur Seite. Verlegen gehe ich zum nächstbesten Regal und fülle eine Tüte mit Bonbons, um sie Emmi mitzubringen.

Nachdem wir uns mit Süßigkeiten eingedeckt haben, verlassen wir die gemütliche Wärme des Ladens. Kalte Luft schlägt uns entgegen, und ich verstecke rasch die Nase in meinem Schal.

»Und wohin jetzt?«, frage ich.

»Zum *Skinnarviksberget.* Das ist der höchste Berg hier in Stockholm, atemberaubende 53 Meter hoch und mit sensationellem Blick auf den Sonnenuntergang. «

»Uh, ich wusste gar nicht, dass du so ein Romantiker bist«, sage ich lachend.

»Tja, ich bin eben immer für eine Überraschung gut.« Er zupft sich die Beanie auf seinem Kopf zurecht und wirkt plötzlich ziemlich aufgeregt.

Wir laufen erst Treppen, dann einen Holzplankenweg entlang, der von bunten kleinen Häuschen gesäumt ist. Auf der anderen Seite hat man einen atemberaubenden Blick aufs Wasser und die Altstadt von Stockholm. Ich kann die Kirche erkennen, an der wir vorhin vorbeigelaufen sind.

»Das ist der Mälarsee«, erklärt Jona. »Im Sommer ist hier die Hölle los, aber ich kenne ein gutes Plätzchen, wo es ruhiger ist.«

Auch jetzt kommen uns immer wieder Leute entgegen oder stehen an der Brüstung, um die Aussicht zu genießen.

Jona ergreift meine Hand und zieht mich weiter mit sich. Schließlich erreichen wir ein felsiges Plateau, das uns ganz allein gehört. Hier oben hört man nichts von dem Trubel der Stadt, nur das Geschrei der Möwen untermalt die Idylle. Wir kommen gerade rechtzeitig an, um zu sehen, wie die Sonne in den riesigen, glitzernden See eintaucht, der so endlos erscheint wie ein Meer.

»Wow, das ist herrlich hier. Das solltest du unbedingt in dein Tourenprogramm mit aufnehmen«, sage ich, den Blick auf den See gerichtet.

»Auf keinen Fall«, erwidert er. »Das hier gehört nur uns.« Er schaut nach vorn, auf die graublau wogenden Wellen. »Meine Großeltern sind immer mit mir hierhergekommen, wenn wir in der Stadt waren. Das war eine Tradition.« Er verzieht den Mund. »Gerade jetzt zu Weihnachten vermisse ich sie besonders. Auch deshalb will ich den Solvinkel unbedingt erhalten.« Er dreht sich zu mir. »Opa hat zu Mor immer gesagt, er würde uns einen Schatz hinterlassen. Eine Weile habe ich geglaubt, dass es diesen Schatz wirklich gibt, und war sogar so bescheuert, dass ich überall danach gesucht habe, in der Hoffnung, das würde uns helfen.« Er streicht sich eine Locke aus der Stirn und verzieht den Mund. »Den halben

Garten habe ich im Sommer umgegraben. Ich weiß nicht, was ich mir vorgestellt habe, vielleicht einen Topf voller Gold am Ende des Regenbogens, aber natürlich hat er den Solvinkel gemeint.« Nachdenklich schwenkt sein Blick zu den Gebäuden auf der gegenüberliegenden Uferseite, aus deren Mitte eine ziegelrote Kirche mit steilem, spitzem Dach herausragt. Vereinzelt schwimmen Eisschollen auf dem Wasser. »Ich hab das Gefühl, wenn ich die Pension aufgebe, verrate ich die beiden und verliere sie endgültig.«

»Deine Erinnerungen an sie kannst du nicht verlieren. Die sind ganz fest hier drin verankert.« Ich tippe mit einem klobigen behandschuhten Finger auf seinen Anorak, dort, wo ich sein Herz vermute.

»Ja, bestimmt hast du recht.« Er streckt seine Hand aus, und ich verschränke meine Finger mit seinen.

»Danke, dass du mir das gezeigt hast.« Schweigend halten wir uns an den Händen und schauen zu, wie die Sonne im Meer versinkt. Die Natur malt ein wahres Kunstwerk an den Himmel, mit Farben, die von rauchigem Pink bis zu zartem Lavendel strahlen. Das Wasser glitzert wie eine mit Diamanten besetzte Decke, und der Anblick raubt mir den Atem. Vielleicht ist es aber auch die Kälte, denn ich hab das Gefühl, dass mir das Gesicht abfriert. Unwillkürlich rücke ich näher an Jona heran, er streckt den Arm aus und zieht mich an sich. Mein Kopf legt sich fast wie von selbst in die Kuhle an seinem Hals, und sofort wird mir wärmer. Tief atme ich ein und spüre, wie er es mir gleichtut, als wären wir zu einer Einheit verschmolzen.

Je tiefer der Feuerball am Himmel fällt, desto trüber wird es jedoch und desto kühler wird die Luft. Wolken ziehen auf, und als würde der Vorhang zu diesem Schauspiel fallen, fängt es an zu schneien. Dicke Flocken schweben vom Himmel, und ich drehe den Kopf nach oben und fange eine mit dem Mund auf.

»Okay, genug Gefühlsduselei«, sagt Jona und löst sich von mir. »Wie es scheint, hast du Hunger, wenn du schon Schnee futterst. Zeit fürs Picknick. Ein Stück weiter unten ist eine Bank.« Skeptisch blickt er in die einsetzende Dämmerung. »Oder wir essen auf der Rückfahrt im Wassertaxi.«

»Prima«, sage ich und wende mich um. Gerade noch rechtzeitig, um Jona zu stützen, der auf den schlüpfrigen Felsen ausrutscht.

»Hoppla! Alles gut?«, frage ich und schaue zu ihm hoch.

»Ja, jetzt sind wir quitt.« Er blinzelt mich an, und im selben Moment landet eine Schneeflocke auf seinem Gesicht.

Ohne darüber nachzudenken, hebe ich die Hand, um sie wegzuwischen. Jona schließt die Augen und lehnt sich in meine Berührung. Wärme durchflutet mich und vertreibt das Frösteln, das ich eben noch gespürt habe. Mein Herz schlägt schneller, und ich bin wie verzaubert. Einen Moment lang setzt mein Hirn aus, und ich trete näher an ihn heran, atme seinen minzigen Duft ein. Unvermittelt öffnet Jona die Lider und schaut mich an. Ich beuge mich vor und sehe die Gefühle, die sich in seinen Augen spiegeln, wie ein Echo meiner Innenwelt. Es ist zu viel, um es klar zu benennen – ein rätselhaftes Verlangen, vorfreudige Hoffnung, aber auch Verwirrung. Der Moment dehnt sich zur Ewigkeit. Wie von einer unsichtbaren Macht getrieben, lehne ich mich vor, fordere das Schicksal heraus. Jona tut es mir nach, näher und näher kommt er, zögert. Gleich küsst er mich, denke ich. Und wünsche mir plötzlich nichts sehnlicher.

Die Zeit scheint plötzlich stillzustehen, und ich schwelge in dem Moment, nehme ihn ganz in mir auf und warte gespannt. Zum ersten Mal wird mir richtig bewusst, wie sehr ich seine Nähe genieße, seine Wärme, und ich fühle mich so geborgen wie noch nie zuvor. Tief in mir drin spüre ich, dass ich mich in all den Jahren genau danach gesehnt habe.

Sanft streicht mir Jona mit den Fingern über das Gesicht, ertastet meine Wangenknochen, meine Schläfen, streicht mir die Haare hinter die Ohren, und ich schließe die Augen. Schon spüre ich seinen Atem auf meiner Haut, hebe erwartungsvoll den Kopf …

Kalter Wind peitscht mir ins Gesicht und weckt damit die Stimme meiner Vernunft.

Was tun wir hier? Was soll das werden? Wild kreisen meine Gedanken umher, wie Karussellpferde, die kein Ziel haben. *Will ich diesen Kuss? Ja. Will er ihn? Vielleicht. Und was passiert, wenn ich mich darauf einlasse, dem Verlangen nachgebe? Ich weiß es nicht. Jedes Handeln hat Konsequenzen, und die kann ich nicht einschätzen.* Mit einem Mal kehren die Zweifel zurück, und ich habe Schwierigkeiten, sie in Schach zu halten. Verflucht!

Wie kannst du nur so leichtsinnig sein, auch nur daran zu denken, eine so wichtige Freundschaft aufs Spiel zu setzen?, schimpfe ich mich selbst. *Was, wenn das wieder schiefgeht – wie mit Freddy? Dann gibt es keine Filmmarathons mehr, keine süßen Handynachrichten. Keine gemeinsame Zeit.* Der

Gedanke schmerzt mich so sehr, als hätte mir jemand eine Faust in den Magen gerammt.

Unwillkürlich spanne ich mich an, unfähig, eine Antwort auf all diese Fragen zu finden. Stimmen wehen zu uns herüber, ein paar Spaziergänger nähern sich eng umschlungen dem Hügel.

Jona zieht sich zurück und lehnt seine Stirn an meine. »Deine Nase ist eiskalt«, flüstert er. »Wir sollten gehen.«

Der Aufprall in der Realität ist hart. Enttäuschung wallt in mir auf, breitet sich aus und überzieht mein Herz mit einer dünnen Eisschicht. Fast wünsche ich mir, dass er mich einfach geküsst hätte, und schnappe gleich darauf zittrig nach Luft. *Was soll das? Seit wann lässt du deine Gefühle über deinen Verstand regieren?*

Diesen Fehler habe ich schon einmal begangen, doch dieses Mal wären die Folgen viel schlimmer. Wenn es schiefgeht, würde ich nicht nur eine Trennung verkraften müssen, sondern auch meinen besten Freund verlieren.

Und deshalb darf es erst gar nicht so weit kommen.

Jona

14
Nightmare before Christmas

Der Schnee wird dichter, und wir beschließen, das Picknick aufs Boot zu verlegen. Zum Glück müssen wir nicht lange am Anleger warten, bis das Wassertaxi auf uns zusteuert. Inzwischen ist es biestig kalt, und ich sehe, wie Lin in ihrem Anorak schlottert. Doch ich wage es nicht, sie noch einmal in den Arm zu nehmen.

Helvete, was ist da oben auf dem Hügel gerade passiert? In mir tobt ein Gewitter, und ich schaue immer wieder zu Lin. Sie hat in den letzten zehn Minuten kein Wort gesagt. Schweigend haben wir im Passagierraum am Tisch unser Picknick verspeist.

Ich hatte das Gefühl, die Umarmung hat ihr gefallen, und ich bin mir ziemlich sicher, dass zwischen uns die Funken gesprüht haben und wir uns fast geküsst hätten. Doch dann ist irgendetwas passiert. Vielleicht lag es nur an den Spaziergängern, die unsere Zweisamkeit gestört haben. Auf jeden Fall wirkte Lin plötzlich total angespannt.

Verdammt! Ich hätte mich nicht dazu verleiten lassen

sollen, sie zu umarmen. Ich hätte auf meine innere Stimme hören müssen. Es ist auch ohne dieses Gefühlschaos schon kompliziert genug. Ich muss eine Pension retten und hab genug damit zu tun, die zahlreichen Steine aus dem Weg zu räumen, die Gunnar und Holm mir in den Weg legen.

Das sanfte Schaukeln des Bootes ist beruhigend, wie immer entfaltet das Meer seine tröstliche Wirkung auf mich. Gedankenverloren betrachte ich das wogende Wasser, das sich bis zum Horizont erstreckt. Die Lichter von Stockholm spiegeln sich darin, als wären die Sterne vom Himmel gefallen.

Ich lehne mich ans Fenster und beobachte Lin, die nachdenklich in die Dunkelheit starrt. Sie hat die Arme fest um ihren Anorak geschlungen. Ich rutsche zu ihr hinüber.

»Hey«, sage ich leise. »Danke für den wundervollen Tag!«

»Ich fand's auch schön«, meint sie und lächelt. Dann holt sie Luft. »Ich glaub, ich sollte dir was sagen …«

»Ja?«, frage ich, plötzlich angespannt. Das Wort kratzt mir in der Kehle.

»Oben auf dem Hügel, die Umarmung …«

»… war schön«, sage ich schnell. Ich möchte nicht hören, dass sie es bereut oder sich dafür entschuldigt. Ich bereue es kein bisschen, aber ich spüre, dass sie sich unwohl damit fühlt. Meine Wangen glühen inzwischen bestimmt wie 'ne ganze Lichterkette. Ich strecke die Hand nach ihr aus, und sie ergreift sie. »Ich hoffe, es hat dir auch gefallen?«

»Ja, hat es.« Sie beißt sich auf die Lippe. Hoffnung

keimt in mir auf, die sie jedoch gleich wieder zunichtemacht. »Aber …«

»Aber …«, komme ich ihr zuvor. Ich will nicht, dass die Stimmung zwischen uns seltsam wird. Ich will nicht, dass sie sich wegen mir mies fühlt. Deshalb spreche ich aus, was sie mir sicher sagen wollte. »Ich muss dir was beichten. Versteh mich nicht falsch. Du bist mir unglaublich wichtig. Bloß …« Ich hole tief Luft und senke den Blick, weil ich sie nicht anschauen kann. Dennoch bleibt mir keine andere Wahl, als die Karten endlich offen auf den Tisch zu legen, weil mich die Schuldgefühle sonst innerlich auffressen. »Ich werde eine Weile nicht nach Deutschland zurückkommen. Mor braucht mich hier. Zumindest bis die Sache mit dem Solvinkel geklärt ist.« *Himmel, Jona, wie masochistisch kann man sein?!* Im Chancenvermasseln bin ich erste Sahne. Es ist wirklich nicht leicht für mich, diese Sache zwischen uns zu beenden, noch bevor sie überhaupt richtig anfangen konnte. »Das heißt, ich bleibe mindestens ein weiteres Jahr hier, wahrscheinlich länger. Und ich hoffe, das ändert nichts an unserer Freundschaft.« Das letzte Wort betone ich nachdrücklich. Ich kann ihr nicht gestehen, dass ich mir mehr wünsche. Ich will nicht, dass sie sich unter Druck gesetzt fühlt. Und ganz vielleicht hab ich auch ein bisschen Angst davor, dass sie mir einen Korb gibt. Erneut!

»Oh«, sagt sie und nickt. In ihren Augen steht ein verräterischer Glanz. »Gut.« Sie fährt sich über die Lippe, und mein Blick heftet sich auf ihren Mund.

»Lin, ich …«

»Nein, schon gut. Ich verstehe das. Ich würde für meine

Familie dasselbe tun.« Sie senkt den Kopf. »Ich will auch nicht, dass sich irgendetwas zwischen uns verändert.«

»Hey.« Ich greife nach ihrer Hand. »Dann sind wir uns also einig? Nur Freunde? Zwischen uns ist alles gut, oder?«

»Ja«, sagt sie. »Alles gut.«

Und doch ist es das nicht. Zwischen uns hat sich alles geändert.

Sie schenkt mir ein wackeliges Lächeln. »Wenn wir uns demnächst wieder monatelang nicht sehen, sollten wir die Zeit bis zu meiner Abreise umso mehr genießen.«

»Unbedingt!«, stimme ich zu. Innerlich blutet mir das Herz. Ich hasse es, ihr wehzutun, aber es bleibt mir nichts anderes übrig.

Wenig später legt das Boot an, und wir spazieren zum Solvinkel zurück.

»Lin …«, beginne ich erneut, doch sie lässt mich nicht ausreden.

»Ich glaub, ich brauche dringend eine warme Dusche«, sagt sie. »Ich bin völlig durchgefroren.«

»Okay, bis später.« Ich sehe ihr nach, wie sie die Treppe hochgeht, bis sie aus meinem Sichtfeld verschwindet. Mein Herz zieht sich zusammen. Und wieder habe ich ihr nicht gesagt, was mir schon so lange auf der Seele brennt.

Jona, du bist so ein Feigling!

❄

»Hej, Mor«, grüße ich, als ich unser privates Wohnzimmer betrete. Es ist schon nach zehn. Ich habe Ylvie nach dem Abendessen noch in der Küche geholfen und alles Nötige fürs Frühstück vorbereitet. Lin hat noch eine Weile mit Chloe, Emmi und Connor im Kaminzimmer verbracht und ein Brettspiel gespielt. Bis ich meine Arbeit erledigt hatte, war sie jedoch schon nach oben gegangen. Mit einer Handynachricht hat sie mir eine gute Nacht und süße Träume gewünscht, und ich kam mir wie der größte Vollpfosten vor, weil ich die Chance, die sich mir auf dem Hügel geboten hat, nicht genutzt habe. *Du hast bloß ihren Wunsch respektiert*, sagt mir meine innere Stimme. *Ein Kuss wäre ein Fehler gewesen.*

Meine Mutter hat es sich in ihrem Lieblingssessel bequem gemacht, Lakritz auf dem Schoß. Im Fernsehen läuft eine Musiksendung. Auf dem Tisch vor ihr sind Aktenordner aufgeschlagen. Auf der Fensterbank blüht ein ganzer Minigarten voller Kakteen, die mein Opa gezüchtet hat und die ich inzwischen mit meinen eigenen stacheligen Schönheiten ergänzt habe. Im Schrank hinter ihr stehen mehrere kleine Porzellanpuppen aus Omas Sammlung. Früher fand ich sie ein wenig gruselig, inzwischen hab ich mich daran gewöhnt.

»Hey, mein Lieber. Hattest du einen schönen Tag?«

»Ja, entschuldige, dass ich zu spät gekommen bin.« Ich lasse mich ihr gegenüber in den Sessel plumpsen.

»Ach was. Ylvie und ich sind ganz gut zurechtgekommen. Du sollst die Zeit mit deiner Freundin genießen. Ihr seid jung, und ich mag sie. Du solltest sie mal zum Essen ausführen, ich kenne da ein hübsches Restaurant, in dem ich öfter mit deinem Vater war.« Ein wehmütiges Lächeln zeichnet sich in ihrem Gesicht ab, und sie nimmt einen Schluck von ihrem Tee. Meine Eltern sind schon seit über zwölf Jahren getrennt. Damals bin ich mit Paps nach

Deutschland gezogen, weil Alma beruflich sehr viel unterwegs war.

»Wir hatten kein Date. Wir haben Besorgungen für dich erledigt, schon vergessen?«

»Natürlich nicht. Aber vielleicht lädst du sie ja mal auf ein Date ein.« Sie tätschelt mir die Hand. »Wie gefällt ihr Stockholm?«

»Ich glaube, ganz gut.«

»Das ist schön.« Sie schenkt mir ein warmherziges Lächeln.

»Wie geht's dir heute?« Ich versuche, einen Blick auf den Brief zu erhaschen, den sie hastig vor mir versteckt hat. Ich ahne jedoch, dass es wieder mal eine Mahnung ist.

»Nur ein bisschen müde. Der Tag war lang.«

»Ja.« Das schlechte Gewissen packt mich, doch ich bin froh, dass sie sich einigermaßen wohlfühlt.

»Ylvie ist besorgt, weil wir so wenig Gäste haben.« Mor schaut mich über den Rand ihrer Tasse hinweg an.

»Na, wunderbar. Vor ihr kann man auch gar nichts geheim halten«, scherze ich.

»Sie fürchtet, sie verliert ihren Job.« Mor faltet die Hände im Schoß. »Und Gunnar hat diese Vermutung wohl noch bekräftigt. Sie ist mit ihm befreundet, und er hat wohl gestern Abend, als sie zusammen essen waren, so eine Andeutung fallen lassen.«

»Echt jetzt? Der Arschkeks. Ylvie hat die Ferienwohnung unter Wasser gesetzt und ist immer noch hier. Ganz zu schweigen von den vielen Tellern, die sie schon geschrottet hat. Ich finde, sie könnte ein bisschen mehr Loyalität und Vertrauen zu uns haben.« Ich lege den Kopf schief. »Abgesehen davon bekommt sie mit ihren Verbindungen doch bestimmt eine Stelle als Zimmermädchen in Holms neuem Hotel. Oder ist sie für all die reichen Säcke nicht fein genug?«

Das bringt mir einen strengen Blick ein. »Sei nicht so zynisch. Es ist doch verständlich, dass sie sich Sorgen macht. Sie bekommt ja auch mit, dass es nicht besonders gut läuft. Wir sollten ihr allmählich sagen, dass wir einen Verkauf in Erwägung ziehen.« Sie wedelt mit einem Zettel vor meiner Nase herum. »Holm hat sein Angebot übrigens noch mal erhöht.«

»Schön für ihn. Aber darauf willst du doch nicht wirklich eingehen, oder?« Fassungslos schaue ich sie an.

»Vielleicht ja doch«, erwidert Mor sanft. »Zeiten ändern sich. Manchmal muss man alte Brücken abreißen und neue Wege gehen. Holms Angebot scheint mir gut zu sein. Und ich will nicht, dass du wegen mir hier festsitzt.« Sie ergreift meine Hände. Ihre sind kalt und zierlich, sie wirkt in diesem Moment so zerbrechlich wie eine von Omas Porzellanpuppen. »Du arbeitest zu viel und zu hart. Du solltest dein Leben genießen. Reisen. Nicht wegen mir alles aufgeben. Was ist aus deinem Plan geworden, Physiotherapeut zu werden?«

»Aber ich liebe es hier!« Und das stimmt wirklich. Der Ort erdet mich. Die Aussicht, alles zu verlieren und damit auch sämtliche schönen Erinnerungen, die ich hier erlebt habe, ist so, als würde man mich mit glühenden Kohlen foltern. »Man kann neue Pläne schmieden. Meine Ausbildung kann ich auch noch ein Jahr verschieben oder hier machen. Wir brauchen bloß ein bisschen Unterstützung, und die bekomme ich schon irgendwie«, beharre ich.

Mor faltet die Hände im Schoß. »Dennoch sollten wir alle Möglichkeiten in Betracht ziehen.«

»In Ordnung«, sage ich. »Aber lass mich wenigstens nach einer Alternative suchen. Es gibt da diesen Newcomer Award, an dem ich teilnehmen möchte. Vielleicht kann ich Holm überzeugen, in unser neues Konzept zu investieren statt in seinen Luxus-Wellness-Hoteltempel, der hier überhaupt nicht hinpasst.«

»Ach, Jona«, meint Mor. »Das ist doch wie Lotteriespielen. Man hat keinen Einfluss drauf.«

»Doch«, sage ich. »Wenn mein Konzept überzeugt, dann schon.« *Bisher hatte ich sowieso mehr Glück im Spiel als in der Liebe*, schießt es mir frustriert durch den Kopf. Dass ich noch gar kein Konzept habe, sondern nur Ideen, muss sie ja nicht wissen.

Mor nickt bedächtig. »Also gut. Holm hat mir eine Frist bis zum Ende des Jahres gegeben. Vielleicht kannst du vorher noch mal mit ihm reden und ihm deine Ideen vorstellen. Dann sehen wir weiter.«

»Mach ich. Kann ich dir noch was helfen?«, lenke ich ab.

»Nein, danke. Ich bereite nur die Unterlagen für den Steuerberater vor.«

»In Ordnung. Dann gehe ich hoch. Gute Nacht, Mor.« Ich stehe auf und drücke ihr einen Kuss auf die Wange.

»Mach das, Schatz. Schlaf gut.«

Statt in mein Zimmer steuere ich jedoch die Speisekammer an und schnappe mir dort eine Flasche Julmust-Hopfenlimo. Damit verziehe ich mich in die Küche und schenke mir einen großzügigen Schluck ein. Es schmeckt so bittersüß nach Hopfen und Karamell, wie mir zumute ist.

Die Tür klappt auf, und mein Herz macht einen Satz. Halb hoffe ich, dass es Lin ist, die hereinkommt. Meine Hoffnung erstirbt jedoch sogleich.

Lysse dreht sich einen Stuhl am Tisch um, pflanzt sich drauf und legt die Arme über die Lehne. Erwartungsvoll schaut er mich an. »Ich hab auf dich gewartet.«

»Was willst du?«, frage ich genervt, denn eigentlich weiß ich es schon.

Er nimmt mein Glas und schnüffelt daran. »Wissen, wie es gelaufen ist. Wie war euer Tag?«

»Schön.« Ich nehme ein weiteres Glas und schenke ihm ebenfalls etwas ein, bevor er sich wieder an meinem Glas vergreifen kann. Er achtet gar nicht darauf.

»Und weiter?«, fragt er.

»Nix und weiter. Wir hatten einen schönen Tag in Stockholm.«

Er runzelt die Stirn. »Du hast deine Chance echt nicht genutzt? Das gibt's doch nicht. Dir muss man echt mal auf die Sprünge helfen. Du wirkst etwas aus der Übung. Aber zum Glück hast du ja mich.«

»Haha«, brumme ich. »Ich kann mein Glück kaum fassen.«

Der leise Spott trifft ihn jedoch nicht. Ungerührt plappert er weiter. »Also, wenn du Lin umgarnen willst, solltest du das wirklich geschickter machen und dir nicht mit Alkohol das Hirn vernebeln.« Er verzieht das Gesicht zu einem Grinsen. »Aber keine Sorge, mein Freund, ich habe einen Plan.«

»Umgarnen? Aus welchem Historienfilm bist du denn

gefallen?« Ich schnaube verächtlich. »Und nein, ich will sie nicht umgarnen. Abgesehen davon ist das Julmost alkoholfrei!«

»Ah, wir sind ein bisschen angepisst. Das heißt, so ganz kalt lässt sie dich auch nicht.«

»Wir sind befreundet, du Klugscheißer.«

Nun grinst der Mistkerl ziemlich süffisant. »Okay, ich spüre leichte Spannungen zwischen uns. Was ist passiert?«

Meine Gedanken schweifen zu dem Moment auf dem Hügel, und ich schweige. Lysses Gesicht hellt sich auf.

»Ah, also doch. Ihr seid euch nähergekommen«, stellt er fest. »Hast du sie geküsst?«

»Was? Nein!« Ich räuspere mich, weil sein Blick mich durchbohrt und er nun fragend eine Augenbraue hebt.

»Ich glaub dir nicht«, sagt er und kippelt mit seinem Stuhl, die Arme vor der Brust verschränkt. »Dein Leugnen kam zu schnell.«

Ich seufze. »Okay, du Nervensäge. Wir hätten uns fast geküsst.« Ich drehe mein Glas in den Händen.

»Ach, deshalb.« Sein Grinsen wird breiter, und ich bin versucht, es ihm aus dem Gesicht zu wischen. »Nur fast.«

»Und dann haben wir uns umarmt, und ich hab ihr gesagt, dass wir nur Freunde bleiben sollten.«

Lysse kippt fast vom Stuhl. »Du hast was gemacht? Warum zum Teufel stellst du dir denn selbst ein Bein?«

Hilflos hebe ich die Schultern. »Damit sie mir nicht sagt, wir sollen nur Freunde bleiben? Sie war echt kurz davor.«

»Du hast Angst«, stellt er messerscharf fest und klingt dabei total verständnislos. »Wieso?«

Ich seufze. »Weil sie mir so unglaublich viel bedeutet.

Was, wenn es schiefgeht? Sie wird mich hassen, wenn ich es vermassele.«

»Ja, und Brokkoli hasst sie womöglich auch. Du wirst es nicht herausfinden, wenn du nicht fragst. Vielleicht hat sie ja darauf gewartet, dass du sie küsst.«

»Sie liebt Brokkoli«, sage ich automatisch. »Was Gemüse angeht, ist sie echt schräg. Sie isst auch gern Rosenkohl.«

Lysse verdreht die Augen. »Das ist nicht der Punkt. Du wirst nur herausfinden, wie sie zu alldem steht, wenn du sie fragst. Und verdammt noch mal ehrlich zu ihr bist. Woher soll sie denn wissen, dass du sie liebst, wenn du es ihr nicht sagst?«

»Du hast leicht reden. Das letzte Mal, als ich mich ihr auf dem Silbertablett präsentiert habe, hat mein Ego 'ne ordentliche Beule abbekommen. Sie hat mich ziemlich nachdrücklich in die Freundesecke verwiesen.« Ich denke an den Beinahe-Kuss im letzten Jahr und dass sie mich gleich danach für Freddy hat stehen lassen. Und an ihr »Aber …« auf dem Boot. »Das brauche ich definitiv nicht noch mal.«

»Ey, und deshalb hast du beschlossen, ihr zuvorzukommen und sie in die Friendzone zu schieben? Cooler Plan!«

»Sagt ausgerechnet der Typ, der nicht einschätzen kann, wenn er es bei einem Mädchen verkackt hat.«

»He, ich hab es bei Chloe nicht verkackt. Wir hatten einen tollen Tag. Sie hat mir einen Abschiedskuss gegeben. Das heißt: Sie mag mich, oder?«

»Wer sagt, dass ich von Chloe rede …?« Ich grinse, weil ich sehe, dass ich ihn zum ersten Mal so richtig verunsichert habe.

Doch lange hält dieser Zustand nicht an. Schon beginnt er freudestrahlend von seinem Plan zu erzählen, wie ich Lin erobern könnte. Und dieser Plan ist von vorne bis hinten total bescheuert …

»Also pass auf, Romeo«, sagt mein angeblich bester Freund mit einem teuflischen Grinsen. »Lin und du, ihr kennt euch schon zu lange. Deshalb musst du ihr Interesse wecken, damit sie ein Date mit dir will.« Er legt den Kopf schräg. »Du musst dafür sorgen, dass es von ihr ausgeht. Und dann verdammt noch mal die Klappe halten und ihr nicht wieder was von Freunde bleiben erzählen wie ein Schnittlauch …« Er wedelt mit einem Finger vor meiner Nase herum. »Du musst sie überraschen. Sie muss neue Seiten an dir entdecken.«

»Okay …« Ich nicke nachdenklich. »Und wie soll das gehen?«

Lysse grinst breit. »Keine Sorge. Ich hab da schon eine Idee. Wir machen das ganz auf alte Schule.«

»Oh, lieber Himmel, rette mich!«, stöhne ich. Lysses Plan ist so was von peinlich, und dennoch hoffe ich, dass er funktioniert.

Lin

15
Es ist ein Waschbär entsprungen

24. Dezember, Julafton, rocking around the Christmas tree mit Gurkenmaske, Gefühlsbarometer: Es ist kompliziert …

Am nächsten Morgen wache ich schon vor dem Wecker auf. Weihnachten – juchhu! Für mich einer der schönsten Tage im Jahr. Ich liebe alles daran – die festliche Stimmung, das besondere Essen, den Duft, aber vor allem die Zeit mit den Menschen, die man am liebsten hat. Okay, dieses Mal ist es etwas anders, aber ich hoffe, dass es genauso schön wird wie immer.

Mein Handy vibriert.

Jojo: Hast du gut geschlafen? Bin heute etwas im Stress wegen der Weihnachtsvorbereitungen für die Gäste, aber wir sehen uns nachher zum Julafton-Dinner, und heute Abend steht unser Filmmarathon auf dem Programm, abgemacht?

Lächelnd tippe ich meine Antwort:

Lin: Einverstanden, aber denk dran: *Frozen* ohne Losen!

Jojo: Boah, ich muss in Hypnose gewesen sein, als ich dieser Bedingung zugestimmt habe. Bring mir Ohrstöpsel für das Geträller mit. Allmählich glaube ich, du hast 'nen Crush auf den Prinzen.

Lin: Prinzen werden überbewertet. Meine wahre Liebe gehört dem Schneemann. Ich mag Karotten und Eis.

Dafür ernte ich ein Tränen-Lach-Emoji. Ich nutze die Gelegenheit und schreibe Fee noch eine Nachricht.

Lin: Frohe Weihnachten an den Strand. Schmilzt du schon? Ich schicke dir einen Schneeball zur Abkühlung.

Daran hänge ich das Foto von mir, das ich gestern vor der Veranda aufgenommen habe. Kurz darauf kommt ihre Antwort.

Fee: Dir auch fröhliche Plätzchenfuttertage! Lass nichts anbrennen 😊. Hier ist der Heiligabend schon fast rum.

Auf ihrem Foto sitzt sie am Strand und blickt in den Sonnenuntergang. Erinnerungen an den gestrigen Tag werden wach, und ich schiebe sie schnell beiseite. Er will nur befreundet sein. Und das ist genau das, was ich auch will, oder? Warum nur macht es mir dann so viel aus?

Da Emmi noch schläft, stehe ich leise auf und kippe das Fenster, um frische Luft reinzulassen. Über Nacht hat es geschneit, und die Bäume tragen schwer an ihrer weißen Last. Im frischen, pulvrigen Schnee unter dem Fenster entdecke ich ein paar Tierspuren. Wer da wohl herumgeschlichen ist? Vermutlich Lakritz, die ihr Revier abgesteckt hat.

Gut gelaunt gehe ich ins Bad und drehe die Dusche auf volle Pulle. Okay, was in der *Villa Solvinkel* volle Pulle bedeutet.

Der warme Strahl plätschert wohltuend auf meine Schultern, und ich betrachte, wie das Wasser im Ausfluss verschwindet.

Ein Rascheln reißt mich aus meinen Gedanken. Ich stelle das Wasser ab und lausche. Da – schon wieder.

Ich rubbele mich trocken und ziehe mir Jogginghose und ein T-Shirt über. Dann binde ich mir ein Handtuch um die nassen Haare und lege mir ein Gesichtsmaskentuch zur Entspannung auf. Erschrocken fahre ich zusammen, als es wieder raschelt. »Emmi?«, rufe ich.

Keine Antwort.

Vorsichtig öffne ich die Badezimmertür einen Spalt. Auch in Schweden gibt es Einbrecher. Aber hier?

Ich spähe durch die Tür. »Emmi?«

»Mhm?« Verschlafen richtet sich meine Schwester auf.

Oh, oh, da, bei meinem Koffer, sitzt was Graues und hält mein Lebkuchenherz in den Pfoten.

»Nicht bewegen!«, rufe ich Emmi zu.

»Was? Wieso?« Da entdeckt sie es auch, und ihre Augen werden groß. Sie presst sich die Decke vor den Mund, um nicht laut zu schreien.

»Ganz ruhig!«, sage ich und laufe langsam zum Fenster, damit der Waschbär abhauen kann. Dann öffne ich auch noch die Tür weit, um ihm mehrere Möglichkeiten zu lassen.

Aus schwarzen Murmelaugen schaut er mich an. Ich schnappe nach der Decke, um sie über ihn zu werfen, und schaffe es tatsächlich, ihn zu treffen. Leider ist der Waschbär ziemlich schnell und rast mit der Decke durchs Zimmer. Ich trete drauf, was den Effekt hat, dass er darunter hervorhuschen kann – mitsamt meinem Herz.

»Oh nein! Du kleiner Dieb!«

Emmi liegt wie erstarrt im Bett, als ich barfuß nach draußen laufe. Unten am Treppenabsatz fliege ich Jona praktisch in die Arme. Zum Glück ist es noch früh und außer uns niemand in der Eingangshalle.

»Woah, ey!«, ruft er, als der Waschbär an ihm vorbeistürmt und Schutz unter dem Tannenbaum sucht. »Ist es das, was ich glaube?« Er lässt meine Arme los und läuft hinüber.

Der kleine graue Bär faucht ihn an.

»Ho-ho-ho, meeerry christmas«, singt der Julbock am Eingang, denn genau in dem Moment kommt Lysander herein. Der Waschbär nutzt den Moment und flitzt los.

»Tür zu!«, rufe ich. »Der Dieb hat Jonas Herz.«

Lysander reagiert jedoch zu spät, das Tier rennt durch seine Beine nach draußen. »War das ein Waschbär?«, fragt er verwundert. »Hey, nettes Outfit, vielleicht ein bisschen aliengrün!« Sein Blick gleitet von meinem Gesicht hinunter über meine Kleidung. Erst da wird mir bewusst, dass ich vor lauter Hektik nur in Shirt und Jogger dastehe. Allerdings sind die grau-rot kariert. Ob Lysander farbenblind ist?

»Du bist so ein Vollpfosten!« Jona verpasst seinem Freund eine Kopfnuss.

»Was denn?« Lysander reibt sich den Kopf.

Inzwischen ist auch Emmi bei uns. »Alles okay?« Sie hält mir meine Pinguin-Flauscheschlappen hin.

»Ja, danke.« Rasch schlüpfe ich hinein. »Nur mein Herz ist weg. Vom Waschbären geklaut.«

Das löst bei Emmi einen Lachanfall aus, und nach kurzer Zeit stimme ich mit ein. Die Situation ist aber auch absurd.

Lysanders Blick schwenkt zwischen uns hin und her. »Wusstet ihr, dass Waschbären eigentlich nachtaktiv sind?«

»Sag das dem Raubtier mit dem gestörten Biorhythmus. Vielleicht kannst du es ja in den Schlaf singen«, erwidert Jona. »Wir haben jetzt echt ganz andere Probleme.«

»Ja, wir müssen mein Herz wiederfinden!«, verkünde ich. »Schokolade ist gar nicht gut für Tiere.« Allmählich wird mir kalt. Im Eingang ist es ziemlich zugig.

»Hier!« Jona sieht, wie ich mir über die nackten Arme reibe, und reicht mir einen Anorak von der Garderobe. Ich stelle fest, dass es seiner ist, als ich ihn mir überstreife. Sein minziger Geruch hängt noch im Stoff. Verstohlen drücke ich meine Nase gegen den Kragen, um ihn einzuatmen.

»Von welchem Herz redest du denn die ganze Zeit?«, fragt Jona nun.

»Das Lebkuchenherz«, erkläre ich verlegen. »Vom letzten Weihnachtsmarkt im Tierheim.«

»Das hast du noch?« Jonas Augenbrauen wandern fast bis zu seinem Haaransatz, und ich spüre, wie mir heiß vor Scham wird.

»Ja, natürlich«, sage ich. »Du hast es mir geschenkt.«

»Und du hast es mitgenommen«, meint er verwundert.

Irgendwie bekommt das jetzt mehr Bedeutung, als es sollte, daher lenke ich ab. »Ich wollte es dir als Trostpreis überreichen, wenn du bei den Jolinischen Spielen verlierst.«

»Und da hast du ausgerechnet an ein hartes, kaputtes Lebkuchenherz gedacht statt an Marzipankartoffeln?« Forschend blickt er mich an.

»Na ja, jetzt hat es ja sowieso der Waschbär in die Pfoten bekommen, daher fällt das flach …«, brabbele ich.

»Okay«, springt Emmi mir bei. Offenbar merkt sie, dass ich mich gerade um Kopf und Kragen rede. »Wenn du dein Herz wiederhaben willst, sollten wir es besser zügig finden. In einer halben Stunde haben wir unseren Familiencall, und wenn dann ein Waschbär mittelefoniert, rastet Mama garantiert aus.«

Entschlossen läuft sie zur Tür, und wir folgen ihr. Draußen gehen wir den kleinen Tapsen im Schnee nach, bis wir an der Hausecke die Mülltonnen erreichen. Der kleine Waschbär sitzt völlig verängstigt dahinter, den Lebkuchen in den Pfoten. Als er uns entdeckt, lässt er das Herz fallen und klettert auf das Dach des Unterstands und von dort in den nächsten Baum. Ein Rascheln, dann ist er verschwunden.

»Na, super! Bis eben hab ich noch gehofft, wir hätten

bloß eine streunende Katze erwischt. Aber das ist tatsächlich ein Waschbär. Verflucht!« Jona fährt sich durch die Haare. »Wenn Gunnar das rausbekommt, schließt er uns bestimmt die Pension. Der wartet doch nur drauf. Das spielt Holm bloß in die Karten.«

»Hey, das kriegen wir schon hin. Bisher wissen ja nur Emmi und ich Bescheid«, beschwichtige ich. »Und wir halten dicht, nicht wahr, Emmi?« Meine Schwester nickt. Ich wende mich an Jona. »Danie hat im Tierheim ein ähnliches Problem gehabt und es gelöst bekommen. Wir sollten versuchen, die Waschbären zu vergrämen. Für den Anfang könntest du die Mülltonnen und Klettermöglichkeiten sichern.« Mein Blick schwenkt zu den Regenrinnen. Eine Erinnerung ploppt in meinem Gedächtnis auf. »Mottenkugeln und Chili!«, verkünde ich triumphierend.

»Schmeckt nicht«, sagt Lysander trocken. »Ich empfehle Schokopralinen und Lakritzschnecken. Oder sollte das ein Fluch sein?«

»Quatsch, damit könnt ihr die Waschbären vielleicht vertreiben. Den Geruch können sie nicht leiden.« Brrr, allmählich wird mir richtig kalt.

Jona zieht mich zu sich und rubbelt mir die Arme warm. »Okay, wir kümmern uns drum. Du solltest reingehen, Lin.« Er streicht dabei mit dem Daumen noch einmal über meine Hand. Das fühlt sich ungewohnt zärtlich an und bringt mich kurz aus der Fassung. Ich spüre, wie mir wärmer wird. Rasch löse ich meine Hand und fische das Herz aus dem Schnee. Es ist total aufgeweicht, und eine Ecke fehlt. Hoffentlich bekommt der Waschbär keine Bauchschmerzen.

»Ich besorge Mottenkugeln und Chili, damit wir einen

Gewürzbannkreis ums Haus ziehen können«, meint Lysander. »Hilfst du mir, Jojo?«

»Klar!« Er dreht sich zu mir. »Filmmarathon heute Abend?«, fragt er leise.

Ich nicke automatisch.

Jojo und Lysander schlendern in Richtung Schuppen davon.

Emmi hakt sich bei mir unter, und gemeinsam kehren wir zum Haus zurück. »Was war das denn?«

»Was war was?« Ich stelle mich unwissend. »Ein Waschbär hat mir das Herz geklaut.«

»Wohl eher Jona.« Emmi mustert mich forschend. »Da läuft doch was zwischen dir und ihm.« Sie lässt mich los und öffnet die Tür.

»Wie kommst du darauf?«, erwidere ich, um Zeit zu schinden, während wir die Treppe hinauflaufen.

»Der komische Blick eben. Dieses Fingergefummel. Das olle Herz, das du Tausende Kilometer weit mitnimmst. Glaubst du, ich merke gar nichts? Ihr seid längst nicht mehr nur Freunde, stimmt's?« Kichernd stößt sie die Tür zu unserem Zimmer auf.

Zum Glück muss ich darauf nicht antworten, denn Emmi redet schon weiter. »An deiner Stelle würde ich übrigens diese grüne Pampe aus dem Gesicht entfernen. Du siehst aus, als wärst du eingeschlafen und mit dem Kopf in einem Teller Spinat gelandet. Jona muss wirklich total in dich verschossen sein, denn obwohl du aussiehst wie ein Alien, hat er dich mit diesen Herzchenaugen angeblickt.«

»Och nö!«, rufe ich entsetzt und stürme ins Bad. »Warum hast du denn nicht eher was gesagt?« Tatsächlich hängt meine Gesichtsmaske wie ein schlechter Scherz in meinem Gesicht. Die traurigen Reste sind angetrocknet. Wie peinlich kann man sein?! Das hatte ich über den Waschbären völlig vergessen. Kein Wunder, dass Lysander sich köstlich amüsiert und mein Outfit als aliengrün bezeichnet hat. Jona hingegen hat kein Wort darüber verloren, was ich ihm hoch anrechne. Und seit wann ist es mir eigentlich nicht mehr egal, wie ich vor Jona aussehe?

Ich nehme den Waschlappen und rubbele mir das Gesicht mit warmem Wasser sauber. Gerade noch rechtzeitig. Mein Handy vibriert, und gleich darauf tauchen die Gesichter unserer Eltern auf dem Display auf.

»Hallo, meine Süßen!« Mama winkt. Sie trägt eine weiße Lockenperücke und ein rotes Kleid, als wäre sie direkt aus einem Märchen entstiegen. »Frohe Weihnachten!«

»Frohe Weihnachten!«, rufen wir zurück.

»Es ist so merkwürdig, ohne euch zu feiern«, sagt Paps.

»Jaa«, stimme ich zu. »Wir vermissen euch!«

»Wir euch auch«, sagt Mama. »Geht's euch denn gut?«

»Ja klar«, antworte ich und werfe Emmi einen warnenden Blick zu.

»Warum bist du denn so rot, Lin?«, fragt Mama besorgt. Sie beugt sich ganz nah an den Bildschirm ran. Stünde sie jetzt vor mir, würde sie mir garantiert über die Wange streichen. »Hast du einen Sonnenbrand? Ihr wisst doch, auch im Winter muss man sich eincremen. Ihr wollt doch keinen Hautkrebs.«

»Nein, das ist kein Sonnenbrand. Nur Lins Gurkengesichtsmaske, die sie etwas zu lang draufgelassen hat, weil sie …«, fängt Emmi an zu erklären.

»Ist doch egal«, sage ich. »Es ist alles in Ordnung. Mir geht's gut.«

»Ah, gut. So geht ihr aber nicht zum Frühstück, oder?«, hakt Mama nach. Kritisch mustert sie nun mein Outfit. »Jogginghosen heißen aus gutem Grund Jogginghosen, deshalb sollte …«

»… man sie nur zum Sport tragen«, sagen Emmi und ich einstimmig.

»Wir wollten uns gerade anziehen«, erkläre ich. »Ihr habt euch ja schon schick gemacht. Was soll der Pudel auf deinem Kopf?«

»Heute ist Regency-Abend«, verkündet Mama. Das erklärt die engen Kniehosen, die Schnallenschuhe, das rosa Krawattentuch und den Frack von Paps. Er sieht aus wie Mr Darcy aus *Stolz und Vorurteil.* Garantiert hat Mama ihm dieses Kostüm aufgeschwatzt. Den Kommentar, dass ihre Perücke ungefähr ein Jahrhundert zu spät dran ist, verkneife ich mir.

»Grandios«, erwidere ich. »Ihr beide.«

Paps fährt sich durch den Rüschenkragen. »Ja, nur dieses Gebamsel nervt etwas. Kein Wunder, dass das Vatermörder heißt.«

»Oh, bitte.« Mama wedelt mit ihrem Fächer. »Als Frau hat man es mit den Kleidern ja wohl viel schwerer. Nur eine winzige Tasche hat das Teil, und schwer ist das mit den ganzen Röcken. Aber das Korsett ist erstaunlich bequem.«

»Du siehst aus wie meine Königin«, sagt Paps und gibt Mama einen Kuss.

Mama kichert wie ein Teenager. »Entschuldigt.« Sie räuspert sich. »Habt ihr schon eure Geschenke ausgepackt? Ausnahmsweise können wir das ja mal zum Frühstück machen, oder? Wer weiß, ob wir später Zeit dazu haben.«

»Ja klar!«, rufen wir.

Die nächsten Minuten raschelt Papier. Schon länger schenken wir uns nur Kleinigkeiten. Die anderen drei suchen jeweils für den Vierten in der Familie eine Überraschung aus. Für Mama ist es dieses Jahr ein Parfüm geworden. Paps blättert begeistert durch das neue Kochbuch, das wir für ihn ausgesucht haben, Emmi ist schon in die Anleitung von dem Brettspiel vertieft, das sie bekommen hat, und ich freue mich über einen Froschanhänger für mein Bettelarmband.

Kurz bringen wir uns gegenseitig auf den neuesten Stand, wobei Emmi von Connor und der Umgebung schwärmt und ich von unserem Ausflug nach Stockholm erzähle. Den Waschbären verschweige ich. Zum Glück hält auch Emmi die Klappe. Ohnehin sind meine Eltern so begeistert von ihrem Urlaub, dass sie förmlich überschäumen. Sie erzählen ohne Punkt und Komma von tollen Sonnenuntergängen, den Shows, die sie schon gesehen haben – *Cats* und *Mamma Mia* –, dem genialen Krimidinner, bei dem sogar ein Schuss in die Luft fiel, und ihrer Vorfreude auf die heutige Kostümparty und den Tanzabend. Anschließend singen wir noch sehr schief ein Weihnachtslied, sodass es fast so ist wie immer, obwohl wir getrennt sind. Nur die Umarmungen und Küsschen fehlen.

»Also dann, meine Zauberhaften«, sagt Paps. »Habt einen schönen Tag, und amüsiert euch gut. Macht nichts, was wir nicht auch tun würden.« Er zwinkert uns zu.

»Bis bald, meine Süßen. Fallt in keine Schneewehe!«

Wir winken und sehen zu, wie Mama nach dem Knopf für »Konferenz verlassen« sucht.

»Das war hier, oder? Nein, ich glaub hier.« Sie drückt auf Winke-Emojis, Handheben und schließlich erbarme ich mich und gehe auf den kleinen Hörer, wodurch die beiden vom Bildschirm verschwinden.

»Okay, ich geh duschen«, sagt Emmi.

Ich nicke und laufe zum Kleiderschrank, um mich anzuziehen. Ich streife Jonas Mantel ab, und sein Duft weht mir in die Nase. Es ist schon seltsam, aber plötzlich verspüre ich eine Sehnsucht, die mich rätseln lässt, ob Emmi womöglich recht hat und ich doch mehr von Jona will als nur Freundschaft.

Lin

16
Schokolade zum Frühstück

24. Dezember, Weihnachten, oh Santa, gib mir Geduld und Kekse, Gefühlsbarometer: in der Zwickmühle

»Ich bin gespannt auf die Überraschung.« Emmi bleibt in der Tür stehen, und ich knalle von hinten in sie hinein.

»Umph«, brumme ich, während sie den Danke-Beutel von der Türklinke zupft und hineinlugt.

»Oh prima, Kekse.« Sie holt ein kleines durchsichtiges Beutelchen heraus, auf dem ihr Name klebt. Darin sind selbst gebackene Minilebkuchensterne. »Oh, da ist noch was«, sagt Emmi begeistert. Sie fischt weiter in dem Beutel herum.

»Eine Socke für dich«, sagt sie erstaunt und reicht mir das Teil. Es ist mit einer grünen Schleife zugebunden, an der ein Sternanhänger mit meinem Namen hängt. Rentiere laufen über den roten Strickstoff. Eine Erinnerung regt sich in der hintersten Ecke meines Gedächtnisses, und ich denke an die Tombola auf Danies Tierhof im letzten Jahr, als ich gescherzt habe, dass Jona für mich Socken gewinnen soll, die er mit Schokolade füllen könnte. Unwillkürlich muss ich lächeln. Damals bin ich wegen Freddy überstürzt gegangen, weshalb wir keine Lose gekauft haben. Dass Jona es nicht vergessen hat, wärmt mir das Herz.

»Willst du die Socke nicht aufmachen und nachsehen, was drin ist?«, fragt die Neugiernase.

Ich gebe mich geschlagen und gehe zurück ins Zimmer. Dort ziehe ich die Schleife ab und staune, als ich den Inhalt aufs Bett schüttele. Bunte Schokoladentäfelchen mit Sprüchen kommen zum Vorschein. Dazwischen liegen ein Zettel, eine kleine goldene Weihnachtskugel und ein Minilebkuchenherz.

»Oh, wie süß!«, ruft Emmi begeistert. Sie schnappt sich ein Täfelchen und liest vor: »Ich mag dich, weil du mir Sonne schenkst, auch wenn es bewölkt ist. Aaaawww!« Sie bekommt einen verträumten Blick.

»Ja, sehr schmalzig.« Ich verdrehe die Augen, um mir meine Gefühle nicht anmerken zu lassen. Ich schnappe mir den Zettel und lese:

Zwar nicht per Los gewonnen, aber ich hoffe, das zählt trotzdem.
Sockige Weihnachten und alles Liebe!
Jojo
P.S. Da dein Herz zerbrochen ist, schenk ich dir meines, es ist zwar kleiner, aber auf die Größe kommt es ja nicht an, oder? Zerbrösel es nicht. 😊
P.P.S. Ich hab die Weihnachtskugel besorgt, du entscheidest das Motiv.

Ich bin total gerührt. Er hat sich Gedanken gemacht, worüber ich mich freuen könnte, und sich gemerkt, was ich gesagt habe. Das wäre Freddy im Traum nicht eingefallen. Er hat niemals meine Vorlieben berücksichtigt. Ich erinnere mich noch zu gut, wie er mir zu meinem letzten Geburtstag eine Fahrt im Riesenrad geschenkt hat und beleidigt war, weil ich wegen meiner Karussellphobie abgelehnt habe. Oder auch, als er mich »zur Überraschung« an unserem Jahrestag ins Fußballstadion geschleppt hat, weil dort ein »wichtiges Spiel« lief, obwohl ich mich überhaupt nicht für Fußball interessiere und wir eigentlich schön essen gehen wollten. Daraus wurde dann eine Stadionbratwurst mit Pommes, obwohl ich das gar nicht mag. Und auch sonst merke ich, dass er eigentlich immer sein Ding durchgezogen hat, ohne Rücksicht auf mich. Womöglich war nicht ich das Problem, sondern vielleicht Freddy, weil er sich und seine Bedürfnisse immer wichtiger nahm als mich.

Emmi bricht in Lachen aus.

»Was ist so lustig?«, frage ich irritiert.

»Dein Gesicht. Du siehst so verwirrt aus, als wärst du einem Einhorn begegnet.«

»Jaja«, murmele ich. »Lass uns frühstücken. Allmählich bekomme ich Hunger.«

»Oho, wirst du liebeshungrig?«, fragt Emmi grinsend.

»Gaaaanz schlechtes Wortspiel!« Ich hake mich bei ihr unter und ziehe sie mit mir.

Der Weihnachtsbaum in der Eingangshalle glänzt in voller Pracht. Die Lichterketten brennen und werfen ihr buntes Licht auf die selbst gestalteten Kugeln. Ein Lächeln stiehlt sich auf mein Gesicht. Ich freue mich schon darauf, mit Jona eine Kugel zu bemalen. Mein Blick bleibt an dem Platz für den Kobold hängen. Vor der Wichteltür steht ein kleiner gedeckter Tisch, auf einem Teller liegt ein Keks.

Im Esszimmer läuft dezent Weihnachtsmusik, und ich summe unwillkürlich mit. Die Tische sind mit Zweigen, Sternendecken und LED-Kerzen geschmückt. Bo und Hildegard unterhalten sich leise. Instinktiv suche ich das Esszimmer nach Jona ab. Er ist jedoch nirgendwo zu sehen. Das Büfett ist verwaist, auch von Ylvie keine Spur. Auch Chloe und ihre Familie sind noch nicht da – oder schon wieder weg.

Ich lade mir meinen Teller voll, denn die unfreiwillige morgendliche Waschbärsporteinheit hat mich hungrig gemacht. Nachdenklich gehe ich zu Emmi, die sich an einen Tisch gesetzt hat und schon in ihrem Kakao rührt. Auf dem Weg dorthin grüße ich Bo und Hildegard am Nebentisch.

Schweigend sind wir in unsere Gedanken vertieft, bis Chloe sich mit einer Tasse und einem Teller zu uns setzt.

»Guten Morgen, Mädels, frohe Weihnachten! Habt ihr gut geschlafen? Was machen wir heute? Ich mein, außer Geschenkauspacken.« Sie lacht. »Habt ihr schon einen Plan? Der Tag gestern war toll. Da hat Jona uns echt einen super Tipp gegeben.« Sie schiebt sich einen Löffel Porridge in den Mund und beendet damit ihren Redeschwall.

»Eine Natursauna steht noch auf meiner Liste«, verkündet Emmi. Vertraulich beugt sie sich zu Chloe. »Ich will Lin dazu bringen, mal ihre Komfortzone zu verlassen. Sie braucht ein bisschen mehr Abenteuer in ihrem Leben.«

»Ehrlich, du klingst wie Oma Pelzig«, sage ich, verdrehe die Augen und widme mich meinem Tee.

»Oh, aber die Idee ist nicht schlecht«, sagt Chloe. »Sauna ist total gesund. Vielleicht gibt es so was ja in der Nähe.« Ihre Augen funkeln.

Ich beschließe, gar nicht drauf einzugehen, vielleicht vergessen die beiden diese echt bescheuerte Idee wieder.

»Wir könnten die Jungs bitten mitzukommen. Ich bin sicher, das wird heiß.« Chloe fächelt sich kichernd Luft zu, und Emmi stößt ein lang gezogenes »Uuuuh!« aus.

»Was meinst du, Lin?« Sie schaut mich an.

»Ich kann mir nicht vorstellen, dass Jona heute dafür Zeit hat«, erwidere ich.

»Es muss ja nicht heute sein«, sagt Chloe.

»Wo ist Connor eigentlich?«, fragt Emmi gar nicht auffällig.

»Das Faultier schläft bestimmt noch«, antwortet Chloe.

»Guten Morgen, *snyggings!*« Lysander tritt zu uns an den Tisch, er hat Connor im Schlepptau. Eine Weihnachtsmütze sitzt ihm lässig schief auf dem Kopf. Die Hände krallt er um die Lehne eines Stuhls. »Lust auf eine Kutschfahrt ins Dorf? Tornado braucht seinen Auslauf, und ich muss noch ein paar Besorgungen machen. Chili und Mottenkugeln.« Sein Blick bleibt an mir hängen, und ich senke den Kopf.

»Oh ja!« Chloe klatscht begeistert in die Hände. Auch Emmi ist sofort Feuer und Flamme, als Connor ihr zulächelt. »Ich hole nur schnell meine Jacke!«, ruft Chloe. »Sag Dad Bescheid, was wir vorhaben, Connor.«

Ihr Bruder nickt und geht zum Tisch von Herrn de Haag, der in seinen Laptop vertieft ist. Sie unterhalten sich kurz.

»Kommst du mit, Lin?«, fragt mich Emmi.

»Ich glaube, ich bleibe lieber hier. Die Kutschfahrt hab ich ja schon abgehakt.«

Emmi grinst vielsagend. »Wie du willst. Bis später!« Winkend verabschiedet sie sich.

»Bis später und viel Spaß!«, rufe ich ihr hinterher.

Lysander beugt sich zu mir. »Falls du Jona suchst, du findest ihn in der Küche!«, sagt er leise.

Ich spüre, wie ich rot anlaufe. »Wie kommst du darauf, dass ich ihn suche?« Ich gerate ins Stottern, worauf mich Lysander wissend angrinst.

»War nur so ein Gedanke. Man sieht sich.« Er zwinkert mir zu und stiefelt davon.

Jona

17
Santa Baby

24. Dezember – Julafton, Heiligabend

»Okay, ganz ruhig. So schwer kann es ja nicht sein, so ein Julbord herzurichten«, rede ich mir gut zu. Natürlich ist Ylvie ausgerechnet heute krank geworden, und Mor geht es nicht gut. Aber Jammern hilft nichts.

Ich mache mich ans Werk, und wenig später raucht die Pfanne, weil mir das Fett angebrannt ist. *Helvete!* Der Rauchmelder geht los, und ich steige auf einen Stuhl, um ihn schnell wieder auszuschalten. Mit dem Geschirrtuch wedele ich den Rauch aus dem Fenster.

Plötzlich steht Lin in der Tür. »Was wird das – eine Feuerwehrübung? Brauchst du jemanden zum Löschen, oder soll das ein Lied werden: Piep, piep, piep, ich hab dich lieb, gespielt auf dem Rauchmelder?«

»Dein Spott trifft mich nicht!« Ich stecke das Geschirrtuch in die hintere Hosentasche. »Aber danke für die Liebeserklärung. Ich hab dich auch lieb«, erkläre ich, worauf sie zuckerwatterosa anläuft. Sehr niedlich. »Wenn du fertig bist, dich über mich lustig zu machen, hätte ich nichts gegen Hilfe einzuwenden.« Ich strecke die Hand nach ihr aus.

»Schicke Schürze«, sagt sie. Auf meinem Bauch tanzt ein Weihnachtself mit Keksen. »Macht sich gut mit dem Geschirrtuch auf deinem Kopf. Damit siehst du aus wie ein Pirat.« Sie piekst mir mit einem Finger in den Bauch. »Du hast offenbar eine ganze Sammlung davon.«

»Ja, Mor liebt sie.« Ich spüle die Pfanne aus. »Und das ist kein Geschirrtuch, sondern ein echtes und sehr elegantes Küchenbandana.« Ich drehe mich zu ihr um. »Ernsthaft, ich könnte deine Mary-Poppins-Fähigkeiten gut gebrauchen. Wir haben noch genau …«, ich schaue auf die Uhr, »… fünf Stunden, um ein episches Julbord für zwölf Personen herzurichten. Und nein, das macht mich gar nicht nervös.« Meine Hände sind schwitzig, doch ich raufe mir dennoch damit durch die Haare.

»Du bist ja völlig bemehlt«, sagt Lin grinsend und zupft mir durch den Pony, der unter dem Bandana herauslugt. Am liebsten würde ich sie jetzt einfach in die Arme ziehen, aber ich halte mich tapfer zurück. »Das trägt man jetzt so.«

»Ich helfe dir gern, aber du weißt, dass die Küche mein Kryptonit ist«, wendet sie ein. »Wo ist Alma?«

»Ihr geht's nicht gut. Und Ylvie hat mir auch gerade abgesagt, weil sie krank ist. Ich bin total allein und hilflos.« Ich blinzele und setze meinen besten Dackelblick auf, was sie zum Seufzen bringt. Ich liebe diesen Laut. »Kommst du in meine Piratencrew?« Ich gehe zum Schrank und halte ihr ein Bandana hin. »Du kannst ganz toll Sandwiches schmieren«, sage ich. »Und genau die bräuchten wir. Für die *Smörgåstårta.*«

»Ihr macht eine Torte aus Brot?«, fragt sie. »Ihr seid seltsam, ihr Schweden.« Sie nimmt das Bandana und bindet es sich um.

»Sagte die Frau, die Marmorkuchen mit Senf isst«, widerspreche ich. »Brottorte ist total lecker. Mit Ei und Käse.« Ich reiche ihr schon mal den Tortenring zum Schichten und eine Packung Toastbrot, was sie skeptisch beäugt.

»Aye, aye, Käpten! Solange ich keine Plätzchen backen muss.« Lin legt beides vor sich auf die Theke.

»Das würde ich dir niemals zumuten«, erwidere ich, während ich Kartoffeln für *Janssons frestelse*, also das Gratin, schäle. »Und unseren Gästen auch nicht.« Ich grinse.

»He! Keine Frechheiten, wenn du Hilfe willst. Ich konnte schließlich nicht ahnen, dass Backen nach Rezept seine Tücken hat«, erwidert sie. Nun lehnt sie neben mir an der Theke, und ihr vertrauter Kokosduft steigt mir in die Nase, was ganz schön ablenkend ist, als sie sich auch noch so niedlich auf die Lippe beißt.

»Å fan!«, fluche ich, während Blut aus meinem Daumen quillt. Ich stecke ihn in den Mund und sauge daran, um den Blutfluss zu stoppen.

»Oje, hast du ein Pflaster?«

»Da drüben!« Ich deute zu dem Kasten an der Wand und gehe zum Wasserhahn, um die Wunde auszuspülen.

Lin kommt mit einem rosa Einhornpflaster und Desinfektionsspray zu mir. »Es gibt nur die«, sagt sie entschuldigend.

Boah, Lysse!, denke ich genervt und mache mir eine

Gedankennotiz, den Einkaufszettel demnächst eindeutiger zu verfassen. »Egal!« Ich schenke ihr ein Lächeln.

»Zeig mal!« Sie begutachtet den Schnitt, desinfiziert ihn und klebt das Pflaster drauf. »So, erledigt!« Sie pustet leicht auf den Finger, und ich bin plötzlich wie hypnotisiert. »Bis Silvester ist das wieder gut.«

Sie schaut mich an, und unsere Blicke versinken ineinander.

»Äh, ja.« Sie lässt meine Hand los und packt Toastbrotscheiben aus. »Am besten verschaffst du mir erst mal einen Überblick. Was ist zu tun?«

»Wenn du die Sandwiches machst, kümmere ich mich ums Gratin und anschließend um die *Pepparkakor.*« Für die *Kanelbullar* wird mir die Zeit zu knapp, daher muss ich jetzt eben auf die nächstbeste Lösung ausweichen.

Rasch liste ich die weiteren Aufgaben auf, die noch zu erledigen sind. Lin setzt ihre Superkraft ein und bastelt uns einen Ablaufplan, mit dem wir die Aufgaben in eine sinnvolle Reihenfolge bringen. »Okay, jetzt kann's losgehen!« Sie tippt auf ihrem Handy herum und lässt ihre Weihnachts-Playlist laufen. Sie ist wie der Fels in der Brandung, und ihre Ruhe wirkt sich sofort auch auf mich aus.

Schweigend arbeiten wir nebeneinander, und mit *You make it feel like Christmas* von Gwen Stefani und Blake Shelton kehrt allmählich die Weihnachtsstimmung zurück. Ich merke, wie meine Füße im Takt mitwippen, und einmal ziehe ich Lin kurz in eine gewagte Drehung, was sie zum Lachen bringt.

»Übrigens, danke für dein Geschenk«, sagt Lin unvermittelt. »Der Socken ist großartig.«

»Und der Inhalt auch?«, frage ich und senke den Blick auf die Kartoffeln vor mir. Ich habe mir große Mühe gegeben, die richtigen Sprüche auf den Schokitäfelchen auszuwählen. Nicht zu direkt, aber trotzdem auch nicht nur freundschaftlich.

»Ja, vor allem der Inhalt.« Sie schichtet das Toastbrot übereinander. »Ich freue mich schon darauf, die Weihnachtskugel mit dir zu verzieren.«

»Hast du dir schon ein Motiv ausgedacht?«, hake ich nach und schaue sie an. Mein Herz schlägt ein wenig schneller.

»Vielleicht sollten wir einen Schneemann nehmen, wie in unserem Lieblingsfilm«, schlägt sie vor.

»*Frozen* ist dein Lieblingsfilm«, erwidere ich und verziehe das Gesicht. »Aber von mir aus.« Dennoch spüre ich einen Stich der Enttäuschung. Irgendwie habe ich etwas anderes erwartet, auch wenn ich nicht genau greifen kann, was.

»Weißt du, was ich mich schon die ganze Zeit frage?«, meint Lin unvermittelt.

»Warum wir keinen Zauberstab haben wie Elsa?«

»Ja, das wäre echt praktisch, aber nein.« Sie lacht, doch gleich darauf wird sie ernst. »Wieso hast du mir eigentlich nicht eher erzählt, dass der Solvinkel finanzielle Probleme hat? Das muss dir doch ziemlich zu schaffen gemacht haben.«

»Oh Mann! Und wie.« Ich seufze. »Es hat sich einfach nicht ergeben. Ich wollte dich in unseren Calls nicht mit meinen Problemen belasten.«

Sie bestreicht Toastbrot mit der Frischkäse-Quark-Mischung. »Du kannst mir immer alles sagen. Wir sind doch Freunde.«

»Okay. Danke!« *Freunde! Dabei wäre ich so gern mehr. Aber ich hab es ja selbst so gewollt.* Sorgfältig schichte ich die Kartoffeln in die Form. »Ich hab deine Ideen notiert und versuche, einen Businessplan zu erstellen.« Ich hole eine Schüssel und gebe mehrere Becher Schmand hinein.

»Ich drücke dir so die Daumen, dass du den Investor überzeugen kannst.«

»Danke!«

Schweigend arbeiten wir weiter, um unser Pensum zu schaffen. Es tut wirklich gut, Lins Nähe zu spüren. Das habe ich sehr vermisst. Wenn ich mich nur dazu überwinden könnte, ihr endlich meine wahren Gefühle zu gestehen. Keine Ahnung, warum mir das so schwerfällt. Vermutlich, weil zu viel auf dem Spiel steht. Schon in ein paar Tagen wird sie wieder abreisen, und außerdem ist sie frisch getrennt. Dennoch, der Ausflug gestern war unglaublich schön.

»Tadaaa, ich hab eine echte Torte gemacht«, jubelt Lin wenig später und reißt mich aus meinen Gedanken. Ihre Haare sind verstrubbelt, und sie deutet triumphierend auf den Brotkuchen, der vor ihr steht. Sie hat aus dem Schinken und Käse Sterne ausgestochen und dazu einen Möhrenmond arrangiert, die über Radieschen-, Tomaten- und Gurkenblumen schweben. Der Frischkäse ist wie eine Buttercreme am Rand ordentlich verstrichen.

»Das sieht so genial aus«, lobe ich sie. »Fehlen nur noch die Getränke.«

Während der Teig für die Plätzchen ruht, setzen wir den Glögg an und schnippeln Rote Bete für den Salat. Der

Schinken ist zum Glück schon durchgegart, weil Mor ihn gestern schon gebacken hat, und der Fisch kann kalt serviert werden. Wir müssen ihn nur ansprechend aufrollen und kühlen. Der Kühlschrank ist auf jeden Fall voll. Jetzt fehlen nur noch der Nachtisch und die Deko im Esszimmer.

»Wie wär's, wenn du die Kekse verzierst?«, schlage ich vor.

»Klingt machbar«, sagt sie und lächelt. Damit geht definitiv die Sonne in der Küche auf, und ich vergesse, dass meine Füße schmerzen und mir total heiß ist. Natürlich von der Hitze im Raum, nicht von Lins Nähe.

Völlig konzentriert, mit den Zähnen auf der Unterlippe, verziert sie mit der Spritztülle die *Pepperkakor*-Sterne, Tannen und Kugeln. Der Duft, der sich in der Küche ausbreitet, ist herrlich. So richtig weihnachtlich. Blech um Blech schiebe ich in den Ofen und hole es wieder heraus. Fünf Dosen Kekse wollen schließlich gefüllt werden. Gut gelaunt schlage ich Butter, Zucker, Vanille und Schokolade mit dem Schneebesen auf. Mor nimmt immer Schokolade statt Kakao, damit die Schokoladenkugeln einen schönen Glanz bekommen.

»Was wird das?«, fragt Lin. Neugierig beäugt sie meine Backversuche.

»*Chokladbollar*«, antworte ich und schütte Orangensaft, einen Schluck Kaffee und Haferflocken in die Mischung. »Die dürfen auf keinen Fall fehlen. Als Gegengewicht zu dem ganzen Zimt und Kardamom und Safran.« Ich grinse sie an. »Du wirst sie lieben. Wir bestreuseln sie mit Kokosflocken.«

Ich tauche den Finger in die Mischung und beschließe, sie ist fest genug. »Willst du probieren?«

Sie nickt, und ich rolle ein Bällchen und wälze es in der Zuckermischung, bis es aussieht wie ein kleiner Schneeball. »Okay, Augen zu, damit du den gesamten Geschmack würdigen kannst.«

Sie tut es, öffnet dann aber gleich wieder die Augen. »Du legst mich jetzt aber nicht rein und steckst mir statt der Schokoladenkugel ein Stück Fisch in den Mund?«

»Hallo? Dass du so was von mir denkst, bricht mir das Herz.« Ich gebe mich empört und muss mir mühsam ein Lachen verkneifen. »Als würde ich so was tun. Dein mangelndes Vertrauen verletzt mich.«

»Darf ich dich daran erinnern, dass du mir erst gestern eine versalzene Süßigkeit untergejubelt hast? Nicht nett.« Sie gibt mir spielerisch einen Klaps auf den Arm.

»Hej, das ist meine Lieblingssalzigkeit, und immerhin magst du ja auch Chips und Salzstangen.« Ich hebe abwehrend die Hände. »Also, willst du jetzt probieren oder nicht?«

»Okay.« Sie schließt die Augen und lehnt sich an die Theke, als ob sie sich abstützen müsste.

Ich beuge mich zu ihr und atme ihren Kokosduft ein. »Mach den Mund auf«, sage ich leise.

Zögernd öffnet sie die Lippen, und ich schiebe die Kugel hinein. Der Moment hat etwas so Sinnliches, dass mein Herz unwillkürlich schneller schlägt.

»Mmmm«, seufzt sie. »Total lecker. Wer hätte gedacht, dass ein Stück Butter mit Haferflocken so fabelhaft schmecken kann.« Sie öffnet die Augen und schaut mich an. »Du bist ein wahrer Magier.«

»Also bitte, das ist nicht nur Butter mit Haferflocken«, erwidere ich. »Das ist Backkunst.«

»Ja, du hast alles sehr kunstvoll verrührt«, sagt sie. Frech! »Kann ich noch ein Stück haben? Natürlich vor allem, um diese Kunst zu würdigen.« Erwartungsvoll schließt sie die Augen.

Ich gebe ihr eine weitere Kugel, dieses Mal in Kokosflocken gerollt, und sie zieht die Nase kraus. Dann breitet sich ein himmlisches Lächeln auf ihrem Gesicht aus. »Wer behauptet, Schokolade ist essbares Glück, hat voll recht.« Sie seufzt vor Wonne, und ich kann mich nicht mehr beherrschen. Scheiß auf alte Schule. Wie sagt Lysse immer: Lebe den Moment.

»Lin?«

»Mhm?«

»Du hast da was …« Sanft streiche ich ihr über die Wange, um den Schokoladenklecks wegzuwischen.

Meine Hand verweilt viel zu lange, und ich merke, wie ich mich, wie von unsichtbaren Fäden gezogen, zu ihr beuge. Der Wunsch, sie zu küssen, wird übermächtig. Obwohl ich weiß, dass sie wieder abreisen wird. Obwohl sie mir schon mal das Herz gebrochen hat. Scheiß drauf! No risk, no happiness.

Behutsam streiche ich ihr mit dem Daumen über die Lippen, und sie lehnt sich in die Berührung, als ob sie warten würde …

»Hier ist kein Mistelzweig«, sage ich, plötzlich nervös. Ein Prickeln kribbelt in mir hoch.

»Wer braucht schon Mistelzweige?«, antwortet sie leise.

Ich lege die andere Hand um ihren Nacken und streiche sanft über ihren Hals, lasse meine Finger hochwandern zu ihren Ohren und betrachte sie nachdenklich. Das widerspricht allem, was wir erst gestern beschlossen haben. Soll ich es wagen? Kann ich mir trauen?

Lin kommt näher, und unsere Nasen berühren sich. Genießerisch atme ich ihren süßen Duft ein. Ihre Augen suchen meinen Blick, und ihre Arme schlingen sich um meinen Nacken, ziehen mich näher. Kurz bevor sich unsere Lippen treffen, hält sie inne.

»Ist … Ist das okay für dich?« Ihre Wangen färben sich rosa, und ich bin hingerissen. »Gestern hast du gesagt …«

»Mehr als okay«, antworte ich rau. Offenbar hat mein Gehirn eine Fehlfunktion, und mein Herz hat komplett die Führung übernommen. »Und du, willst du das wirklich?«

Statt einer Antwort lehnt sie sich vor und zieht mich an den Schürzenträgern zu sich. Bereitwillig komme ich ihr entgegen, bis unsere Lippen verschmelzen. Sie schmeckt nach Zimt und Kokos – einfach wunderbar. Ich vertiefe den Kuss, während sie die Finger in meinen Haaren vergräbt und mir eine wohlige Gänsehaut beschert. Der Kuss ist sanft, behutsam, zärtlich und schmeckt nach mehr.

Außer Atem löse ich mich schließlich von ihr und lege die Stirn an ihre.

»Das wollte ich schon gestern tun«, raunt sie mir ins Ohr.

»Süß! Ich denke seit über einem Jahr an nichts anderes«, erwidere ich.

»Warum hast du nie was gesagt?« Verwundert mustert sie mich.

Ich fahre mir nervös durch die Haare und spüre, wie ich rot werde. »Ich hab das selbst eine ganze Weile nicht wahrhaben wollen. Ich musste mir erst über meine Gefühle klar werden und dachte, Abstand hilft dabei. Aber als ich aus dem Urlaub zurückkam, warst du schon mit Freddy zusammen.« Ein Kloß kratzt mir im Hals. »Mich hast du nie so angesehen wie ihn, daher hab ich die Klappe gehalten. Mir war nur wichtig, dass du glücklich bist.«

Sie nickt. »Es tut mir leid!«

»Wieso? Bereust du es etwa?« Ein Felsbrocken legt sich schwer auf mein Herz. »Unseren Kuss?«

»Was?! Nein, auf keinen Fall. Du?«

»Nein.« Erneut ziehe ich sie an mich. Zärtlich knabbert sie an meiner Unterlippe, und ich muss mich arg zusammenreißen, um nicht die Fassung zu verlieren. Plötzlich verspannt sie sich in meinen Armen.

»Aber ist das nicht seltsam, wenn wir auf einmal …«

»Wieso? Wir sind doch Freunde. Waren es schon immer und werden es auch immer bleiben.«

Ein rätselhafter Ausdruck stiehlt sich in ihr Gesicht. »Versprichst du das?«

»Was?« Gedankenverloren habe ich die Hand auf ihre Schulter gelegt und streiche mit dem Daumen über ihre Wange, wie um dieses Rätsel zu ergründen.

»Dass wir immer Freunde bleiben?« Sie schaut mich ernst an. »Egal, was passiert?«

»Natürlich. Aber was soll schon passieren? Ich wünsche mir das schon so lange.« Tief blicke ich ihr in die Augen.

Sie bleibt mir die Antwort schuldig. Der Ziegenbock an der Eingangstür singt »Meeerry Christmas«, und Lin geht auf Abstand. Sie schenkt mir jedoch ein total zärtliches Lächeln. Unwillkürlich lecke ich mir über die Lippen, um ihrem Geschmack nachzuspüren.

Lin streicht sich die Haare aus der Stirn, ihr Gesicht ist gerötet, und sie fängt hektisch an, Kekse in Dosen zu räumen. Dabei merkt sie offenbar nicht, dass sie auch unverzierte Kekse mit einpackt.

Gleich darauf steht Lysse in der Küche. Er hätte echt keinen mieseren Moment wählen können. Mit Schwung knallt er mehrere Tüten auf den Tresen. »So, das dürfte für uns und die Waschbären über Weihnachten reichen«, sagt er. Sein Blick fliegt vielsagend zwischen uns hin und her. Natürlich entgeht ihm Lins Verlegenheit nicht. Wie ein Jagdhund nimmt er die Spur auf. »Stör ich?« Er greift nach einem Plätzchen, aber ich haue ihm auf die Finger.

»Quatsch!« Ich schiebe mich ein wenig von Lin weg, die nun anfängt, die *Bollar* in den Kokosflocken zu wälzen.

Der Moment ist jedoch vorbei. Lin zupft sich das Geschirrtuch aus meiner Hose und wischt sich die Hände ab. »Danke!«, sagt sie lächelnd zu mir und verlässt die Küche.

Liu

18
Die Geister, die ich rief

Immer noch Heiligabend, früher Abend, auf Wolke sieben scheint vielleicht noch die Sonne, Gefühlsbarometer: Zweiflerspinne frisst Glühwürmchen

Ich glühe. Als wäre ich ein Glühwürmchen. Ich hab das Gefühl, innerlich zu strahlen. Wie ferngesteuert laufe ich auf unser Zimmer. Wir haben eine unsichtbare Grenze überschritten. Ich hab Jona geküsst. Jona hat mich geküsst.

Oh. Mein. Gott! Es hat sich so gut angefühlt. So richtig. Wie kann es da falsch sein? Ich bin total verwirrt. Unzählige Fragen sprudeln in mir hoch. Was bedeutet das jetzt? Was macht das mit unserer Freundschaft?

Was, wenn ich Jona nicht geben kann, was er sich von mir wünscht? Worauf eine Beziehung irgendwann immer hinausläuft? Daran bin ich schon einmal gescheitert. Nein, das wird nicht passieren, oder? Jona ist anders als Freddy. Er hat es mir versprochen.

Ich seufze tief und streiche mir über die Lippen. Es fühlt sich an, als könnte ich Jonas Kuss noch spüren.

Und dennoch: Wie soll eine Paarbeziehung funktionieren, wenn er hier in Schweden bleibt?

Ach ja, und vermutlich sollte ich ihm die Sache mit meiner Ausbildungsstelle erzählen.

Mit Schwung reiße ich die Tür zu unserem Zimmer auf. Emmi ist nicht da. Zum Glück. Sie hätte mir dieses Glühen sofort angesehen. Und meine Unsicherheit.

Erneut lese ich die Sprüche auf den Schokoladentäfelchen, dieses Mal mit anderen Augen, doch sofort machen sich die Bedenken wieder bemerkbar und spuken mir durch den Kopf wie Geister aus der Vergangenheit. Darin steckt so viel Liebe, aber auch so viele verborgene Erwartungen. Ich weiß nicht, ob ich die erfüllen kann.

Ich brauche einen Plan, wie ich mit dieser völlig veränderten Gesamtsituation umgehen soll. Wenn man einmal den Kopf ausschaltet – verflixt, jetzt haben wir den Kladderadatsch!

So viele Fragen und so wenige Antworten. Aber noch hab ich Zeit.

Mein Handy vibriert, und ich sehe eine Nachricht von meinem Chef. Er wünscht mir frohe Weihnachten, und ich schreibe kurz zurück. Neuigkeiten wegen meiner Ausbildung gibt es nicht. Dieses In-der-Luft-Hängen ist jetzt auch nicht unbedingt förderlich für meine Nerven. Ob es Alma inzwischen besser geht? Die Ziegen-Hühner-Yogasession hat mir echt gutgetan.

»Hohoho!«, rufe ich, doch die Wirkung bleibt aus. Ich bin irgendwie zu aufgeladen, stehe zu sehr unter Strom.

Um mich abzulenken, beschließe ich, spazieren zu gehen. Der Schnee knirscht unter meinen Füßen. Wie von selbst führen mich meine Schritte zu den Ziegen.

»Kann das gut gehen?«, frage ich Ginger. Die kleine Ziege drückt ihren Kopf gegen meine Hand und meckert. Ich sehe ein paar Möhren in der Raufe, fische eine heraus und gebe sie ihr. Sie mampft sie knackend.

»Ja, okay. Eine schlechte Erfahrung heißt nicht, dass es immer so laufen wird. Aber Jona ist so weit weg, wenn ich erst wieder in Deutschland bin …«

Die Tür schwingt auf, und Emmi stürmt wie ein Wirbelwind herein. »Hier bist du. Ich hab dich schon überall gesucht.«

»Ja klar«, sage ich. »Wie war dein Ausflug?«

»Super! Im Dorf gibt es ein süßes Café und einen coolen Tante-Emma-Laden, wo man alles Mögliche bekommt. Wir waren Schlittschuhlaufen am See. Daneben ist auch eine Curlingbahn.«

»Schlittschuhlaufen? Und es gab keine Verletzten?«, frage ich grinsend. Meine Schwester neigt dazu, sich den Weg freizurempeln, wenn sie nicht mehr bremsen kann, oder sich einfach auf den Hintern plumpsen zu lassen.

»Natürlich nicht! Wir haben uns gegenseitig gestützt«, sagt sie zufrieden. »Es war sehr romantisch. Und bei dir? Warum strahlst du wie ein Knicklicht?«

»Ich strahle nicht«, erwidere ich. »Das ist mein natürlicher Glanz.«

»Oder ein Hauch von ›Hoppla, ich bin verliebt‹? Lysander hat erwähnt, er habe dich und Jona zusammen in der Küche erwischt. Gibt's da etwa was zu erzählen?« Herausfordernd legt sie den Kopf schräg.

»Erwischt? Pff, das ist ja wohl ziemlich übertrieben. Ich

hab Jona beim Vorbereiten geholfen, weil Ylvie krank geworden ist und seine Mutter sich nicht wohlfühlt, und …«

»Und?«, hakt meine Schwester nach.

»Das ist alles«, behaupte ich und stehe auf.

»Niemals!«, erwidert Emmi. »Du schaust mich nicht an und bekommst rote Ohrspitzen, das heißt, du schwindelst. Also, was ist noch passiert?«

Ich hole tief Luft, doch die Wahrheit sprudelt schon aus mir heraus: »Wir haben uns geküsst.«

»Ha! Ich wusste es!«, ruft Emmi triumphierend. »Und wie war's?«

»Schön … irgendwie.« Ich stecke meine Hände in die Jackentaschen und laufe aufs Haus zu. Emmi heftet sich mir an die Fersen.

»Irgendwie? Komm schon, ich will Einzelheiten hören. War Zunge im Spiel, wer hat zuerst aufgehört, wie hat es sich angefühlt?« Sie schaut mich eindringlich an, und ich weiß, sie wird nicht lockerlassen, bis ich ihr alles erzählt habe.

Ich seufze tief und drehe mich zu ihr um. »Es war …« *Atemberaubend, unglaublich, magisch, episch* … »… schön«, wiederhole ich und komme mir vor wie ein Papagei. Ich möchte dieses Erlebnis am liebsten hüten wie einen Schatz und so wenig wie möglich davon teilen.

»Uh, er hat dich also sprachlos gemacht, dieser Kuss«, erklärt Emmi wissend.

»Es ist schon eine Weile her, dass ich geküsst worden bin«, verkünde ich. »Freddy war nicht unbedingt der Kuscheltyp.«

»Freddy ist ein Mistkerl«, sagt Emmi nachdrücklich.

»Das kannst du nicht vergleichen. Ihn hat es immer gestört, wenn er nicht an erster Stelle kam.«

Da ist was dran. Freddy ist schnell sauer geworden, wenn ich Zeit mit Emmi oder meinen Freunden verbringen wollte. Ich hab nie verstanden, warum ihn das so störte. Vor allem, wenn ich mit Jona zusammen war, den er ständig mit irgendwelchen abfälligen Schimpfwörtern bedacht hat.

»Du weißt schon, dass du niemanden um Erlaubnis fragen musst, wenn du Zeit mit Jona verbringen willst, oder?«, sagt Emmi. »Freddy ist Geschichte.«

»Das weiß ich, aber ...« Ich hole tief Luft. »Ich bin unsicher, was das mit unserer Freundschaft macht. Irgendwie ist das doch schräg, wenn wir jetzt zusammen sind.«

»Ihr seid schon seit gefühlt hundert Jahren zusammen«, erwidert Emmi. »Es wurde Zeit, dass ihr euch endlich mal küsst. Und du darfst das schön finden. Was spricht dagegen?«

»Aber wir sind ja nicht richtig zusammen. In spätestens einer Woche reisen wir wieder ab.« Ich kratze mich an der Nase.

»Puh, du denkst viel zu viel und zerdenkst dabei einfach alles«, meint mein Schwesterherz. »Warum genießt du es nicht, solange es dauert, und wartest ab, was kommt? So wie bei mir und Connor? Ich glaub fast, du hast Angst, wenn mal jemand nett zu dir ist, weil du dir einredest, du hättest das nicht verdient.«

Ist das mein Problem? Ich weiß es nicht. Ja, womöglich hab ich Angst vor Nettigkeiten, aber viel mehr ist es die Angst vor den Erwartungen, die an gewisse Zärtlichkeiten geknüpft sind. Ich hab Angst davor, dass sich unsere Beziehung trotz Jonas Beschwörungen verändert, dass Jona sich verändert, wenn wir erst mal richtig zusammen sind. So wie Freddy damals. Oder Nick. Das war bisher immer so. Wieso sollte es bei Jona anders sein?

Aber ich brauche meinen Kumpel, meinen Vertrauten, dem ich alles erzählen kann, so albern es auch scheinen mag. Okay, in letzter Zeit habe ich ihm nicht alles erzählt, die Zeit in unseren Chats war einfach zu kostbar, um sie mit Problemen zu trüben. Doch die Angst bleibt: Wenn Jona mich verlässt, wie Freddy, wäre das nicht nur das Aus für unsere Beziehung, sondern auch für unsere Freundschaft.

»Jona ist schon seit einer Ewigkeit in dich verliebt, und ich finde es stark, dass er endlich den Mut hatte, es dir zu zeigen.«

»Ist er das?«, frage ich, obwohl er mir das selbst versichert hat. Ich kann einfach nicht aus meiner Haut. Einerseits freue ich mich, dass Jona mir endlich seine Gefühle gestanden hat, aber andererseits ist da die Angst, dass ich wieder alles vermassele. Meine Gefühle sind ein einziges Durcheinander. Irgendwie geht das alles zu schnell …

»Klar ist er das«, antwortet Emmi mit Nachdruck. »Letztes Weihnachten, die Tombola im Tierheim. Der Mistelzweig. Erinnerst du dich?«

Natürlich erinnere ich mich. Damals hat Jona das Lebkuchenherz für mich gewonnen. Und mir ziemlich deutlich gemacht, dass es ihm unangenehm ist, mich zu küssen. Obwohl das heute nicht so gewirkt hat.

»Den Zweig hatte ich extra organisiert, um euch auf die Sprünge zu helfen. Oma Pelzig hat ihn mir besorgt. Aber Freddy war dir wichtiger, der miese Vollpfosten. Jona hat an dem Tag, als du gegangen bist, ganz schön gelitten, auch wenn er es sich nicht anmerken lassen wollte. Und dann ist er hierher nach Schweden.«

»Wirklich?« Ich kann es kaum fassen. Wieso habe ich das nicht bemerkt? *Weil du mal wieder zu sehr mit dir beschäftigt warst und Freddy alles recht machen wolltest*, gibt mir mein Verstand die Antwort. *Und was hat es gebracht? Nichts! Nur Selbstzweifel und Kummer.*

Emmi greift nach meiner Hand. »Weißt du, Lin, manchmal muss man all-in gehen und alles auf eine Karte setzen. Jona hat das getan. Vielleicht solltest du das auch endlich mal versuchen. Man kann in einer Beziehung befreundet und verliebt sein«, behauptet sie. »Manchmal kann die Entfernung die Leidenschaft sogar befeuern.«

»Uff, du klingst wie die Heldin in einer dieser viktorianischen Liebesschnulzen, wo sie immer fünf Tagesreisen brauchen, um zu ihrem Lover zu gelangen«, sage ich. »Komm, lass uns reingehen. Wir müssen uns noch fürs Dinner umziehen.« Ich setze ein Lächeln auf, doch es kann die Zweifel, die plötzlich in mir aufflammen und sich um mein Herz schlingen, nicht vertreiben.

Jona

19
Merry Magic Christmas

Heiligabend, Julafton

Das Esszimmer ist festlich geschmückt. Lysse und ich haben ganze Arbeit geleistet. Sogar der Tomte hat ein Weihnachtsgedeck vor seiner Tür bekommen. Blaue und rosa Hyazinthen zieren die zu einer langen Tafel zusammengeschobenen Tische. Auf dem Büfett locken Schinken, Heringssalat, Stockfisch, das Gratin, der Rote-Bete-Salat, Veggie-Bällchen, Bratwürstchen, die *Smörgåstårta* und der traditionelle Milchreis mit Himbeermarmelade. Natürlich auch die Kekse, die Schokokugeln und Mors *Knäck*-Sahnebonbons, die sie schon vor ein paar Tagen gemacht hat. Als Getränke haben wir den Glögg, Wasser und alkoholfreie Julmust-Hopfenlimo. Und natürlich steht auch der Kaffeevollautomat bereit für die *fika* später. Lakritz schleicht mir um die Füße. Er linst immer wieder zum Fisch, doch er hält sich zurück. Mein Blick flattert über die Schildchen an den Speisen, und ich hoffe, dass alle Zutaten, Allergene und was sonst noch wichtig ist, aufgelistet sind und ich nichts vergessen habe, worüber sich jemand beschweren könnte.

Durch die Schiebetür gehe ich in den Gemeinschaftsraum, wo die anderen sich versammelt haben. In kleinen Grüppchen sitzen sie zusammen und unterhalten sich.

Alle haben sich schick gemacht, selbst ich hab mich von Mor immerhin zu einem Hemd und einer schwarzen Jeans überreden lassen. Zum Glück geht es Mor wieder etwas besser, und sie kann am Julbord teilnehmen. Mein Blick schwenkt zu Lin; sie sieht einfach toll aus in ihrem rot karierten Rock und dem grünen Pulli. Wie gern würde ich sie jetzt einfach in den Arm nehmen und küssen, aber das käme bei ihr sicher nicht gut an. Sie war noch nie ein Mensch, der gern vor aller Augen Zärtlichkeiten austauscht, wenn man mal von Händchenhalten absieht. Ich hoffe sehr, dass ich es vorhin mit dem Kuss nicht vermasselt habe. Ich bin unschlüssig, wie ich mich jetzt verhalten soll. Ein bisschen bin ich neidisch auf Lysse, der wieder mal seine rote Weihnachtsmannmütze zu einem schicken Anzug trägt und den Arm wie selbstverständlich um Chloe gelegt hat. »Das Leben ist zu kurz für Bedenken«, hat er mir vorhin beim Tischdecken erklärt. Natürlich hat er sofort kapiert, was zwischen Lin und mir passiert ist, und mir anerkennend auf den Rücken geklopft und behauptet, ich hätte das Richtige getan. Aber stimmt das auch? Unsere Freundschaft gelangt damit auf eine neue Ebene, die wir erst noch ausloten müssen.

Der Gong ertönt, und alle drehen sich zu meiner Mutter.

»Jona, bitte!«, ruft sie. Ich nicke, gehe im Zimmer herum und verteile die Gläser mit Glögg und Julmost, die wir vorbereitet haben. Als ich Lin das Glas reiche, legen sich ihre Finger kurz auf meine, und mein Herz macht einen kleinen Hüpfer.

»Wir freuen uns, dass ihr uns an Weihnachten Gesellschaft leistet«, sagt Mor. Sie setzt ein Lächeln auf, doch es reicht nicht ganz bis zu ihren Augen. »Es ist uns eine Ehre, euch an unseren Bräuchen teilhaben zu lassen. Aus diesem Grund haben wir auch ein traditionelles Julbord vorbereitet, das ich nun eröffnen möchte. *God Jul och smakeling maltit. Skål*«, wünscht sie und hebt ihr Glas. Die anderen prosten sich ebenfalls zu. Nach dem ersten Schluck stimmt Lysander ein Lied an. *»Helan går, sjung hopp, faderallan lallan lej …«*

Mor fällt mit ein, und ich schließe mich an. Auch Chloe singt mit. Sie hat eine wirklich schöne, klare Stimme. Zum Schluss rufen alle: *»Skål!«*, und heben die Gläser.

»Woher kennst du das Lied?«, will ich von Chloe wissen.

»Wir machen öfter in Schweden Urlaub«, sagt sie. »Und *fallera lala* ist ja auch nicht so schwer zu merken.«

Auch wenn ich manche Speisen aus Zeitgründen weglassen musste, ist die Auswahl immer noch groß genug, um jede Menge »Ahs« und »Ohs« bei den Gästen zu ernten. »Singen wir jetzt jedes Mal, wenn wir was trinken?«, fragt Emmi, während wir eine Schlange am Büfett bilden.

Lin stößt ihre Schwester an. »Emmi!«

»Wenn du ein echt schwedisches Weihnachtsfest erleben willst«, erwidere ich, »dann ja.«

»Und in dem Fall solltet ihr auch die Julklapp-Reime

für die Geschenke nicht vergessen«, mischt Lysander sich ein.

»Julklapp-Reime?«, fragt Lin. Es sieht wirklich niedlich aus, wie sie die Nase kraust.

»Ja, witzige Gedichte, die eventuell einen Hinweis auf das Geschenk oder den Schenkenden geben.« Er grinst breit. »Jonas Geschenk ist das mit den Sternen, es soll dich auch in kalten Nächten wärmen«, verkündet er und zwinkert Lin zu. »Das würde zum Beispiel für einen Taschenwärmer passen. Oder warme Socken.«

Ich verdrehe die Augen über die Anspielung auf mein Geschenk für Lin, doch Lin läuft rot an. Zeit für mich dazwischenzugehen, bevor Lysse sie noch mehr in Verlegenheit bringt. Er zieht zu gern andere Leute auf, vor allem mich.

»Apropos Geschenke, kannst du mir kurz helfen, sie an den Plätzen zu verteilen?«

»Klar, ich bin dein höchstpersönlicher Weihnachtswichtel, Boss.« Grinsend folgt er mir.

Nachdem wir die kleinen Taschenwärmer verteilt haben, bedienen wir uns am Büfett und setzen uns an den Tisch.

»Dieses Weihnachtsfestessen mit Familienanschluss solltet ihr euch eigentlich extra bezahlen lassen«, sagt Lin nachdenklich. »Immerhin opfert ihr eure Freizeit dafür. Man könnte es vielleicht ins Konzept aufnehmen. Ich hab gestern Abend schon mal was ausgearbeitet, mit den Ideen, die wir in Stockholm gesammelt haben.«

»Natürlich hast du das«, erwidere ich grinsend. »Ich bin gespannt.«

»Oh, ihr wart in Stockholm? Wie hat es dir gefallen,

Lin?«, fragt Hildegard von schräg gegenüber. »Das Schloss ist so prächtig, nicht wahr?«

»Eine wunderschöne Stadt«, antwortet Lin. »Aber nichts im Vergleich zu dieser Insel. Es ist einfach zauberhaft hier.« Ihr Blick fliegt kurz zu mir, und wir lächeln uns an.

Ich schaue ihr tief in die Augen. »Ich bin echt froh, dass du hier bist.«

Lin schluckt schwer. »Danke«, sagt sie leise. »Ich auch.«

»Oh ja, man verliebt sich auf Anhieb in den Ort. Das ist uns auch so ergangen, nicht wahr, Bo?«, sagt Hildegard und holt uns damit von unserer ganz persönlichen Insel.

»Ja, meine Liebe, und nicht nur in den Ort.« Er schaut sie vielsagend an und greift nach ihrer Hand.

»Und eure Eltern kommen noch nach, um mit euch Weihnachten zu feiern?«, fragt Bo.

»Nein«, antwortet Emmi. »Sie sind in den zweiten Flitterwochen zu ihrem fünfundzwanzigsten Hochzeitstag. Deshalb verbringen wir die Festtage zum ersten Mal getrennt. Was komisch ist, aber irgendwie auch gut.«

»Ach, so wie wir«, sagt Hildegard. »Kinder waren uns leider nicht vergönnt, aber wir haben heute unseren fünfzigsten Hochzeitstag, und den verbringen wir jedes Jahr gerne hier.«

»Krasser Scheiß«, sagt Lysse. Er hebt sein Glas. »Auf Hildegard und Bo! *Skål!*«

»*Skål!* Auf Hildegard und Bo!« Alle prosten sich zu, und Lysse stimmt wieder das Trinklied an.

Mir schießt durch den Kopf, dass das womöglich unser letztes Weihnachtsfest im Solvinkel ist, doch ich verdränge den Gedanken rasch. Zeit für ein bisschen Spaß. »Welche

Kategorien wollen wir eigentlich dieses Mal für die Jolinischen Spiele auswählen?«, frage ich.

»Steht euer Angebot noch? Dürfen wir mitmachen?« Chloe spießt ein Stück Sandwichtorte auf.

»Klar doch«, sagt Lin. Ihr Blick fliegt kurz zu mir, und ich hebe lächelnd leicht die Schultern. Danke, forme ich tonlos. Am liebsten hätte ich sie umarmt.

»Wir könnten in zwei Teams spielen, Jungs gegen Mädchen«, schlägt Lysse vor.

»Hervorragende Idee«, verkündet Emmi. »Dann können wir euch so was von abziehen. Die Verlierer müssen den Gewinnern einen Wunsch erfüllen. Freu dich schon mal drauf, mir die Füße zu küssen, Connor.« Sie rempelt ihn an.

Chloes Bruder gibt einen undefinierbaren Laut von sich, weil er den Mund voll hat.

»Einverstanden, Lin?«, frage ich. Immerhin sind es unsere Spiele.

»Klingt gut.« Lin schiebt sich anmutig eine Kartoffel in den Mund.

»Also schön.« Ich gehe zum Kamin und hole einen Strumpf, der dort hängt. »Wir werfen alle sechs unsere Kategoriewünsche hier rein. Drei werden gezogen, und wer dann zwei von drei gewinnt – Jungs oder Mädchen –, bestimmt, was das Verliererteam machen muss. Deal?« Ich strecke meine Hand in die Mitte.

»Deal!« Die anderen legen ihre Hände auf meine.

Auf dem Weg zurück zum Tisch schenkt mir Lin ein herausforderndes Lächeln. »Du wirst trotzdem nicht gewinnen, ganz egal, wen du dir in dein Team holst.«

»Das werden wir ja noch sehen. Und dann hab ich einen Wunsch frei«, erwidere ich grinsend.

Ein rätselhafter Ausdruck huscht über ihr Gesicht, doch er ist gleich darauf verschwunden, und ihr Lächeln wärmt mich wieder ohne Schatten. Rasch verdränge ich den aufkeimenden Gedanken, dass unser neu gefundenes Glück mit einem Ablaufdatum versehen sein könnte. Schon in einer Woche reist Lin wieder ab, und ich bleibe hier.

Jona

20
Mein Schatz, meine Familie und ich

Nach dem Essen sitzen wir im Gemeinschaftszimmer zusammen und packen Geschenke aus. Im Hintergrund läuft leise Musik.

»Das Essen war wirklich vorzüglich, Alma«, meint Hildegard. Sie schaut von ihrem Puzzle auf, in dem gar nicht mehr so viele Teile fehlen.

»Das haben wir meinem Sohn zu verdanken«, verkündet meine Mutter stolz und streicht mir wie einem kleinen Kind über die Haare.

»Und Lin«, sage ich rasch, während ich angestrengt überlege, wie ich sie für unseren Filmmarathon in mein Zimmer lotsen kann.

»Oh, das ist ja zauberhaft!«, ruft Mor begeistert, als sie Lins Päckchen öffnet, und fährt vorsichtig mit den Fingern über das Stirnband.

»Ich dachte, weil dir eine Mütze zu warm ist. So sind beim Yoga wenigstens deine Ohren geschützt«, erklärt Lin verlegen. »Das ist von uns beiden, von Emmi und mir.«

»Das ist so lieb von euch.« Mor umarmt erst sie, dann Emmi und setzt sich das Stirnband gleich auf.

Gespannt mustert mich Lin, als ich ihr Geschenk öffne. Darin ist ein Topf mit Marzipankartoffeln und buntem Lakritz und ein furchtbar kitschiges Shirt mit einem tanzenden Schneemann.

»Kein Topf Gold, aber immerhin ein Acker süße Kartoffeln, wie du es dir gewünscht hast. Und ein weiteres Teil für deine Sammlung hässlicher Weihnachtspullis«, sagt sie. »Damit du schon mal für unseren Filmmarathon in Stimmung kommst.« Sie grinst mich frech an.

»Danke! Die vernichten wir nachher gemeinsam.« Ich umarme sie und atme ihren Kokosflockenduft ein. Ich genieße es, sie zu spüren, doch sie rückt viel zu schnell wieder von mir ab. Vermutlich, weil Lysse, dieser Esel, leise durch die Zähne pfeift. Unauffällig streiche ich mit dem Daumen über Lins Hand. »Dein Geschenk hast du ja schon.«

»Ja, und es ist wirklich total süß.« Ihre Wangen färben sich rot.

Die anderen freuen sich über die Wichtel, die Lysse und ich gestern noch mit Stickern verziert haben.

»Wie wär's mit einer Runde Wahrheit oder Pflicht?«, fragt Emmi und strapaziert damit ordentlich mein ohnehin angespanntes Nervenkostüm. Mor, Hildegard, Bo und Herr de Haag haben sich an den Tisch zurückgezogen und plaudern bei einer Tasse Kaffee.

»Oh ja, gute Idee«, stimmt Lysse ihr sofort zu. »In der Weihnachtsedition.« Er holt die Schachtel aus dem Regal. Eine Drehscheibe, auf der abwechselnd rote und grüne Tortenspalten abgebildet sind, entscheidet über die Kategorie, die man wählen muss. Karten teilen die Aufgaben zu. Emmi schaut sich ein paar davon an und grinst, während sie sie anschließend verdeckt wie beim Memory auf dem Tisch verteilt.

Wider Erwarten macht das Spiel tatsächlich Spaß. Chloe verrät, dass sie Angst vor Schmetterlingen hat, Emmi muss Connor als Weihnachtsbaum dekorieren, Connor gibt zu, dass er beim Chatten schon mal gegen eine Laterne gelaufen ist, und Lysse darf einen Weihnachtssong zum Besten geben, worauf er mit voller Inbrunst *Last Christmas* schmettert und dabei vor Chloe niederkniet.

»Okay, du bist dran«, sagt Lysse schließlich zu Lin und grinst. »Wahrheit oder Pflicht?«

Lin dreht die Scheibe, und der Zeiger bleibt bei Wahrheit stehen. Zögernd greift sie nach einer Karte. Ein Stempel mit den Worten *Top Secret* ist darauf abgebildet.

Lysse beugt sich mit verschränkten Armen vor. »Cool, ein Geheimnis. Verrat uns etwas, das niemand über dich weiß, nicht mal Jona.« Er wackelt mit den Augenbrauen.

»Oi, das wird schwierig«, erklärt Emmi und greift nach einem Keks. »Die beiden kennen sich ja schon seit einer Ewigkeit und kleben zusammen wie Kaugummi am Stuhl.«

»Und eure Freunde oder Freundinnen haben nie was dagegen gehabt?«, mischt sich Chloe ein.

»Hm …«, macht Lin. »Jonas Ex-Freundin Elif konnte mich nicht leiden.«

»Das lag aber eher daran, dass du im Kino ihren Lieblingskaschmirpulli mit Cola begossen hast.«

»Was ein Versehen war«, verteidigt sich Lin.

»Ja klar«, erwidere ich gutmütig. »Wir sind eh quitt, denn Freddy hätte mich am liebsten erdolcht.«

»Das lag nur daran, dass du ständig deine Shirts bei mir hast liegen lassen, absichtlich.«

»Freddy, pah«, grätscht Emmi dazwischen. »Gut, dass der Lin endlich gekorbt hat.«

»Emmi, das interessiert doch wirklich niemanden hier«, sagt Lin und wird knallrot.

»Das heißt, ihr mögt euch wirklich sehr, wenn ihr es länger miteinander ausgehalten habt als so manches Paar«, stellt Lysse fest, während er eine Marzipankartoffel aus meinem Eimer klaut. »Aber«, verkündet er mit vollem Mund. »Das liegt so offen auf der Hand wie ein Buch. Wir wollen ein echtes Geheimnis hören.«

Stille kehrt ein, und alle Augen richten sich auf Lin. Nervös streicht sie sich eine Haarsträhne aus dem Gesicht. Ihr Blick schwenkt kurz zu mir, und ich denke schon, sie will von dem Kuss erzählen, doch sie schweigt und runzelt nachdenklich die Stirn. »Ihr wollt ein echt geheimes Geheimnis hören, das ich noch niemandem erzählt habe? Also gut, ich hab was.« Sie holt tief Luft, und ich halte unwillkürlich den Atem an. »Mein Ausbildungsvertrag ist gekündigt worden«, platzt es aus ihr heraus.

»Was?!« Entgeistert schaue ich sie an. »Wieso?« Sicher macht ihr das große Sorgen. Lin mag keine Überraschungen und schon gar keine unvorhergesehenen Änderungen in ihrem ausgeklügelten Plan.

»Mein Chef wandert aus, deshalb.« Sie senkt den Kopf, und Emmi greift nach ihrer Hand.

»Was hast du denn beruflich gemacht?«, will Chloe wissen.

»Ich wollte Tierarzthelferin werden.«

»Geht irgendwo eine Tür zu, geht eine andere auf«, sagt Lysse pathetisch. »Du könntest deine Möglichkeiten neu ausloten. Hast du schon mal an eine Zeit im Ausland gedacht?« Er lehnt sich vor. »Ich könnte meinen Vater fragen.«

»Danke, das ist nett, aber noch ist ja nichts mit meinem Chef geklärt. Er sagt, er findet für mich schon noch einen anderen Ausbildungsbetrieb«, sagt Lin tapfer.

Die Hoffnung, die kurz in mir aufgekeimt ist, dass Lin womöglich ein Auslandjahr in Schweden ins Auge fasst, erlischt wie eine Kerze im Wind.

»Falls du es dir anders überlegst, gib mir Bescheid«, sagt Lysse. »Es gibt auch Stipendien, zum Beispiel das Erasmus-Programm, das dir erlaubt, einen Teil deiner Ausbildung im Ausland zu machen.«

»Ach wirklich?«, fragt Chloe nun. »Das ist ja interessant. Vielleicht studiere ich dann in Schweden.« Sie schenkt Lysse und mir ein strahlendes Lächeln. »Dann könnten wir mehr Zeit miteinander verbringen. Das wär doch lustig, wenn du auch hier wärst, Lin«, sagt sie.

»Danke, aber das kann ich nicht allein entscheiden«, wiegelt sie ab. »Das muss ich mit meinem Chef abklären.«

Nachdenklich schaue ich sie an, während Lysses Vorschlag sich wie ein Angelhaken in meinem Kopf festsetzt. Vielleicht kann ich Lin ja doch davon überzeugen, ihre Ausbildung hier fortzusetzen. Sollte sie das wollen. Gerade kommt sie mir vor wie ein Reh im Scheinwerferlicht. Ich merke, wie unangenehm ihr das Gespräch ist, und beschließe, ein Ablenkungsmanöver zu starten. Emmi kommt mir jedoch zuvor.

»Okay, Jojo ist dran. Was wählst du?«

»Äh, Pflicht«, lese ich, als der Zeiger der Drehscheibe stehen bleibt.

»Prima«, ruft Emmi. »Ich zieh für dich, ja?«

»Okay!« Kaum, dass ich zugestimmt habe, bereue ich es auch schon, denn Emmis Augen funkeln verräterisch.

Zielstrebig greift sie nach einer Karte und dreht sie um. Ein goldener Mistelzweig mit weißen herzförmigen Beeren ist darauf abgebildet. »Wie wär's mit einem weihnachtlichen Kuss?«

»Ähem.« Ich verschlucke mich fast an meiner Hopfenlimo und schnappe hustend nach Luft, während Emmi nach einer kleinen theatralischen Pause fortfährt: »Von Lin.«

»Emmi!«, zischt Lin. »Das war garantiert geschummelt.«

»Niemals!«, erwidert die kleine raffinierte Kupplerin und hat den Anstand, ein ganz kleines bisschen zu erröten. »Außerdem ist doch nichts dabei.« Herausfordernd schaut sie ihre Schwester an. »Oder steckst du in deiner Komfortzone fest?«

Alle Blicke sind plötzlich erwartungsvoll auf uns gerichtet. Ich überlege fieberhaft, wie ich Lin die Sperenzchen ihrer Schwester ersparen und uns elegant aus der Nummer retten kann, obwohl ich gegen einen Kuss nichts einzuwenden hätte.

Fragend wende ich mich Lin zu. Sie spielt lächelnd mit einer Haarsträhne. Mein Hals wird eng, und ich räuspere mich. Bevor ich etwas sagen kann, beugt Lin sich vor.

»Also gut, ziehen wir es durch. Darf ich?«, sagt sie leise, und ich nicke kaum merklich. Näher und näher kommen wir uns, und ich hole zittrig Luft. Geschieht das hier gerade wirklich? Kurz bevor unsere Lippen miteinander verschmelzen können, macht Lin mit ihrem Kopf jedoch einen Schlenker zur Seite. Ihr Atem trifft mein Ohrläppchen.

»Entschuldige«, flüstert sie. »Ich kann das nicht in aller Öffentlichkeit.« Dann haucht sie mir einen raschen Kuss auf die Wange, der gar kein Vergleich zu dem feurigen Kuss ist, den wir am Vormittag in der Küche getauscht haben. Dennoch genieße ich die Nähe und ihren Mund auf meiner Haut.

»So, erledigt«, sagt sie laut. Ihr Gesicht leuchtet in einem niedlichen Pinkton. Sie senkt den Kopf und nimmt schnell einen Schluck von ihrer Limo.

»Echt jetzt? Das war schon alles?«, fragt Emmi und zieht einen Flunsch. »Das kannst du doch sicher besser.«

Oh ja!, denke ich, doch ich bleibe stumm wie ein Fisch.

»Ehrlich, du bist so unromantisch«, schimpft Emmi weiter. »Da schämt sich ja jeder Mistelzweig in Grund und Boden.«

Aus dem Augenwinkel bemerke ich, wie Chloe sich ein Lachen verkneift und Connor so wirkt, als würde er am liebsten im Erdboden versinken. Lysse hat dieses gewisse Grinsen im Gesicht und amüsiert sich anscheinend ebenfalls köstlich über Emmis gescheiterten Plan.

Lin beißt sich auf die Lippe und hebt die Schultern. »Was hast du denn erwartet? Du kennst mich doch.«

»Okay. Jetzt waren alle dran.« Wie benebelt stehe ich auf, um den Schwesterstreit zu unterbrechen. »Wie wär's mit einem Filmmarathon?«

»Gute Idee«, sagt Lysse, der offenbar auch merkt, dass

wir einen Themenwechsel brauchen, damit die Stimmung nicht kippt. »Holst du Chips, während ich uns was raussuche, Jojo?«

»*Frozen* steht schon auf der Playlist«, sage ich. »Den wollten wir schauen.«

»*Frozen!*« Lysse schaut mich entgeistert an. »Hast du eine Wette verloren?«

»Könnte man so sagen«, erwidere ich und tausche einen verschwörerischen Blick mit Lin, die mich mit einem Lächeln belohnt.

Während die anderen es sich schon einmal auf dem Sofa gemütlich machen, räume ich das Geschirr in die Küche. Ich will gerade mit ein paar Tüten Chips ins Gemeinschaftszimmer zurückkehren, da passt Bo mich ab.

»Kann ich kurz mit dir reden, Jona?«

»Ja, was gibt's denn? Kann ich was für dich tun?«

»Ich würde gern mit Hildegard nach Skansen rüber. Dort haben wir unseren ersten Hochzeitstag verbracht. Würdest du uns hinbringen?«

»Ja, sicher«, sage ich zögernd. »Wann denn?«

»Am achtundzwanzigsten wäre gut. Das ist unser Jahrestag.«

Ich nicke. »Gerne.«

»Und noch was …«, spricht er weiter und kratzt sich am Kinn. »Es geht mich ja eigentlich nichts an, aber Lin hat vorhin etwas von einem Konzept erzählt, und Ylvie hat gestern auch so eine Bemerkung fallen lassen …« Er mustert mich durchdringend. »Stimmt es, dass deine Mor verkaufen will? An diesen gelackten Angeber von dem Hotel am Hafen?«

»Das steht noch nicht fest, aber die vergangenen Jahre waren leider nicht einfach.«

»Mhm.« Bo reibt sich das bärtige Kinn. »Ihr habt also vor allem Geldsorgen?«

»Das auch«, sage ich vage. »Wie du vielleicht mitbekommen hast, ist Mor gesundheitlich etwas angeschlagen. Ich würde deshalb dem Solvinkel am liebsten eine etwas andere Ausrichtung geben und ein neues Konzept umsetzen, aber es gibt gewisse Auflagen …«

»Wir sind immer gern hierhergekommen«, sagt Bo. »Seit fünfzig Jahren. Es wäre uns sehr wichtig, unsere Urlaube weiter hier zu verbringen. Ihr seid für uns inzwischen Familie.«

»Das verstehe ich, und wir mögen euch auch sehr, aber wer weiß schon, was die Zukunft bringt.« Ich wende mich zum Gehen, das Gespräch ist mir unangenehm.

»Du würdest die Pension also weiterführen wollen, wenn das möglich wäre?«, hakt er nach und hält mich am Arm fest.

»Ja, schon«, sage ich, obwohl ich nicht weiß, wie ich das überhaupt bewerkstelligen soll.

»Gut«, sagt Bo. »Wenn du willst, schaue ich mir das Konzept beziehungsweise deinen Businessplan mal an.« Er legt mir eine Hand auf die Schulter. »Du weißt ja, ich war früher Unternehmensberater. Und ich habe noch ein paar Beziehungen, die ich aktivieren könnte.«

Perplex schaue ich ihn an und kann mein Glück kaum fassen. »Das wäre wirklich großartig. Danke!«

»Gerne, Junge. Gerne.« Damit lässt er mich stehen.

Hoffnung keimt in mir auf, als ich zu den anderen ins

Gemeinschaftszimmer zurückkehre. Vielleicht ist der Solvinkel doch noch nicht verloren.

Liu

21
Battle unterm Tannenbaum

25. Dezember, Julhelgen, Frühstück und die Feststellung, ich bin definitiv keine Nachtigall, die frühmorgens gerne Würmer fängt, Gefühlsbarometer: Es bleibt kompliziert

»Sauna. Ernsthaft?« Ich schaue zu Emmi und unterdrücke ein Gähnen. »Das kommt doch sicher wieder von dir.« Wir sitzen im Frühstücksraum gemeinsam mit Jojo, Lysse, Chloe und Connor am Tisch und ziehen die Kategorien, in denen unser diesjähriges Weihnachtsbattle stattfinden soll. Herr de Haag hat sich zu einem Spaziergang verabschiedet, Bo und Hildegard sitzen drüben im Kaminzimmer an ihrem Puzzle, und Alma räumt mit Ylvie die Küche auf. Wir sind also allein, und ich kann gar nicht fassen, dass alle außer mir so putzmunter zu sein scheinen. Gestern ist es reichlich spät geworden, ich hab viel zu kurz geschlafen und bin dementsprechend angemessen knatschig.

Nach dem Essen und dem Austauschen von kleinen Geschenken haben wir den Tag mit einem Filmmarathon beendet, der mit *Kalle Anka*, also Donald Duck, begann, weil das in Schweden Tradition ist. Zumindest, wenn man Lysse glaubt. Emmi war anfangs noch sauer, weil ich ihre kleine Intrige beim Wahrheit-oder-Pflicht-Spiel nicht mitgemacht habe, doch sie ist nicht nachtragend und hat sich schnell mit mir versöhnt. Nachdem Jona ganz tapfer *Frozen* ertrug, durfte er sich einen Film wünschen, weshalb wir anschließend *Charade* mit Audrey Hepburn schauten, den Lieblingsoldie seines Opas. Chloe wollte danach unbedingt den Film *Last Christmas* sehen, weil Lysse ihr das Lied geschmettert hatte. Danach hatten wir alle Tränen in den Augen, obwohl Lysse behauptete, es läge an den Zwiebelringen, die er beim Bingen futterte. Ich war froh, dass wir den Marathon auf Connors Wunsch mit dem Actionthriller *Shazam!* beendeten, der wieder jede Menge Lacher bereithielt.

Den letzten Teil habe ich allerdings kaum noch mitbekommen, da ich an Jojos Seite, den Kopf an seiner Halskuhle, immer wieder eingenickt bin. Zuerst hat sein Arm auf der Lehne des Sofas hinter mir gelegen und ist unauffällig immer ein Stückchen weiter nach unten gerutscht, bis er den Arm locker um meine Schulter schlang, was sich sehr gut angefühlt hat.

Ich genieße Jonas Nähe viel zu sehr, rede mir aber gleichzeitig ein, dass ich ihn auf Abstand halten muss, weil ich für eine Beziehung nicht tauge. So aneinandergekuschelt wie gestern haben wir jedoch schon öfter Fernsehabende miteinander verbracht. Alles völlig harmlos. Allerdings gehen mir Emmis Worte nicht aus dem Sinn: warum der Sache nicht eine Chance geben und es genießen, solange es dauert? Unser Glück ist zeitlich begrenzt.

Wenn ich abreise, werden wir sowieso automatisch zu einer Freundschaft zurückkehren müssen. Ohne Küsse, ohne Berührungen. Besser, ich gewöhne mich daher erst gar nicht dran.

Unwillkürlich vergleiche ich das neue, aufregende Gefühl, das ich in Jonas Nähe verspüre, mit den Abenden mit Freddy, der von meiner kleinen Schwester mehr als genervt gewesen wäre, und ich merke, dass ich schon lange nicht mehr so ein Kribbeln im Bauch gehabt habe wie jetzt. Das ist echt ungewohnt. Wie ist das möglich, dass sich meine Empfindungen für Jona so plötzlich so stark verändert haben? So anders sind. Mir den Atem rauben. Und prickeln wie Brausebonbons. Und gleichzeitig jagt mir diese Veränderung auch Angst ein, denn meine bisherigen Beziehungen sind unweigerlich in die Katastrophe geschliddert, besonders, wenn es irgendwann um mehr als nur ums Kuscheln ging. Auch ein Grund, warum mir die Sauna-Idee unangenehm ist. Das erscheint mir viel zu intim.

Emmi lächelt wie der größte Unschuldsengel. »Das Sauna-Erlebnis steht noch auf meiner Liste. Erinnerst du dich? Und Schweden und Sauna gehören doch irgendwie zusammen.«

»Finnland und Sauna gehören zusammen, deshalb heißt es finnische Sauna«, doziere ich. »Wie soll denn so ein Wettbewerb mit Sauna überhaupt aussehen? Wer am meisten schwitzt?«

Chloe wackelt mit dem Kopf und wirft einen schmachtenden Blick auf Lysander. »Also, ich finde die Idee gar nicht schlecht. Wir könnten doch danach gehen, wer es am längsten aushält. Was meint ihr?«

»Nicht so gut«, wirft Jona ein. »Länger als eine Viertelstunde sollte man das nicht machen, wenn man es nicht gewohnt ist.« Er klaut sich eine Weintraube von meinem Teller.

»Oder wir könnten testen, wer am längsten im See bleibt«, wirft Lysander ein. Gut gelaunt schiebt er sich einen Löffel mit rosa Porridge in den Mund. »Nach der Sauna gehört ein Tauchbad dazu.«

»Jetzt? Im Winter?« Ich bin fassungslos. »Nicht euer Ernst! Das wird ja immer übler!« Hilfesuchend schaue ich zu Jona. Unmerklich streckt er die Hand aus, und unsere Finger berühren sich kurz. »Ganz bestimmt springe ich im Winter nicht in irgendeinen frostigen See, ich bin doch kein Eisbär.«

»Na gut, da der Vorschlag von mir kam, darf ich auch eine andere Kategorie vorschlagen«, sagt meine teuflische Schwester nun. »Wie wär's mit Karaokesingen?« Zuckersüß grinst sie mich an. »Lin hat die einmaligste Stimme überhaupt.«

»Ja, einmalig schräg«, erwidere ich, während ich in meinem Obstsalat rumstochere. Wenn ich müde bin, habe ich nie Appetit.

»Ach, jeder kann singen«, behauptet Chloe. »Du sicher auch. Bei Karaoke bin ich voll dabei.« Sie trällert *Jingle Bells*, und mir wird sofort klar, dass ich diese Kategorie den anderen unbedingt ausreden muss. Neben Chloe kann ich mich nur blamieren.

Emmi lacht, als sie mein erschrockenes Gesicht sieht. »Ich glaub, Lin zieht doch die Sauna vor.«

Jona zuckt mit den Schultern. »Vielleicht sollten wir abstimmen? Wer ist für die Sauna?«

Sofort schießen vier Hände in die Höhe, nur Jojo und ich halten uns zurück.

Jona schaut mich aufmunternd an. »Sieh es als Test für das neue Hotelkonzept. Wir könnten Sauna-Sessions mit aufnehmen.«

»Oh, na schön«, gebe ich schmollend nach und suche Trost in einem Schluck Kirschtee. »Aber nur, wenn wir keinen Wettbewerb draus machen.«

»Okay«, stimmt Chloe zu. »Aber dann brauchen wir noch eine Ersatzkategorie.« Auffordernd schaut sie Jona an und wickelt sich dabei ihren blonden Pferdeschwanz spielerisch um den Finger.

Jona greift noch mal in das Glas und zieht einen Zettel raus. Seine Stirn legt sich in Falten, als er ihn laut vorliest. »Keks-Pong-Quiz.«

»Cool!«, freut sich Lysander. »Das ist mal ein Wettbewerb nach meinem Geschmack.« Er hat sein Porridge inzwischen aufgegessen und schlürft geräuschvoll seinen Kakao durch einen Strohhalm.

»Keks-Pong-Quiz und Rentier-Ringwurf haben wir. Fehlt noch eine dritte«, konstatiert Connor und schaufelt sich Rührei auf seine Gabel.

Dieses Mal greife ich selbst ins Glas und fische nach einem Zettel. »Curling. Wie im letzten Jahr.« Triumphierend schaue ich zu Jona. »Du hast keine Chance.«

»Abwarten!«, meint er nur. »Gut. Damit haben wir die drei Wettkampfkategorien. Keks-Pong-Quiz und Rentier-Ringwurf können wir auch abends machen. Ich schlage vor, wir fangen heute mit Curling an, morgen geht's zur Entspannung in die Sauna, und anschließend machen wir das Quiz und den Ringwurf. Was meint ihr?«

»Einverstanden.« Wir alle stimmen zu.

»Um was spielen wir eigentlich?«, fragt Cloe.

»Wie wär's, wenn das Verlierteam einen Tag lang jedes Mal das andere Team in den höchsten Tönen loben muss, wenn das Wort Keks fällt«, schlägt Connor vor.

»Oh ja, ich freue mich schon auf deine Lobeshymnen«, sagt Emmi. »Außerdem sollte das Verliererteam dem Gewinnerteam die Füße küssen müssen.« Sie grinst, worauf Connor das Gesicht verzieht.

»Puh, manchmal bist du echt ...«

»Wunderbar, atemberaubend, grandios, zum Küssen?«, neckt Emmi ihn und schürzt die Lippen.

»Unfassbar«, erklärt Connor und lacht.

»Da siehst du mal, was ich jeden Tag mitmache«, erkläre ich und nehme einen Schluck Tee.

»Also gegen eine Fußmassage hätte ich auch nichts einzuwenden«, bemerkt Chloe und klimpert mit den Wimpern in Lysanders Richtung.

»Oder das Verliererteam muss das Gewinnerteam beim alljährlichen Silvesterlauf ziehen«, schlägt Lysander vor.

»Silvesterlauf? Was ist das denn?«, will Emmi wissen.

»Im Dorf findet jedes Jahr ein Kostümspendenlauf statt. Man tritt zu zweit an, ein Teammitglied zieht einen Schlitten, das andere sitzt drauf. Dabei ist man kostümiert, weil's lustiger ist«, erklärt Lysander. »Jona und ich wollten sowieso teilnehmen, aber so wird es natürlich viel spannender.«

»Klingt gut«, befindet Chloe. »Ich freu mich schon drauf, von dir gezogen zu werden. Was meint ihr?« Sie schaut in die Runde, und alle sind dafür.

»Gut, dann ist das abgemacht.« Jona läuft zur Tür. »Ich

bereite alles vor. Wir treffen uns in einer halben Stunde vor dem Eingang und fahren ins Dorf fürs Curling. Dort kann ich dann auch klären, ob wir die Sauna morgen benutzen können. Hilfst du mir, Lysse?« Er steht auf und verlässt, von Lysander gefolgt, den Raum. »Bis später!«

❄

Der Tannenbaum auf dem Marktplatz ist festlich geschmückt, und von überall schallt uns »*God Jul!*« entgegen. Das ganze Dorf scheint auf den Beinen zu sein und den Tag für einen Spaziergang oder Aktivitäten im Freien auserkoren zu haben. Auf einer Tribüne gibt der Chor ein Ständchen.

Die Dorfwiese wurde in eine Schlittschuhbahn mit abgetrennter Curling-Fläche umgewandelt, auf der jede Menge los ist. Pärchen gleiten Händchen haltend und verliebte Blicke tauschend über das Eis, Kinder schieben Pinguingleithilfen vor sich her.

»Du solltest Fotos für die Website machen«, empfehle ich. »Damit die Gäste sehen, wie schön es hier ist.«

An einem Büdchen kann man sich Schlittschuhe zum Eislaufen ausleihen. Dort erhält man auch die Curling-Steine. Die Bahn ist jedoch gerade belegt. Wir müssen warten, bis wir unser Spiel beginnen können, worauf die anderen beschließen, eine Runde Schlittschuh zu laufen.

Ich fühle mich noch zu müde dafür und lasse mich auf eine Bank am Rand der Eisfläche plumpsen. Jona läuft los und besorgt sich einen Kaffee und für mich einen Tee. Er setzt sich neben mich, reicht mir die Tasse und streckt lässig die Beine aus. Neugierig lese ich den Teebeutelanhänger. Darauf steht »Leben ohne Liebe ist wie Segeln ohne Wind«. Es erscheint mir wie eine Warnung.

»Tut mir leid, dass du diese Sorge mit deinem Ausbildungsplatz hast«, sagt er. »Warum kriegen wir es nicht hin, uns so was gleich zu erzählen?«

»Keine Ahnung.« Ich zucke mit den Schultern. »Die Zeit, wenn wir miteinander reden, ist einfach zu kostbar für Probleme, und texten lässt sich so was ja auch schlecht. Außerdem hattest du schon genug um die Ohren. Da wollte ich dich nicht noch mit meinen Sachen belasten.« Ich greife nach seiner Hand. »Es tut mir leid, dass ich nicht für dich da war, als du mich gebraucht hättest.«

»Jetzt bist du ja da. Und mir tut es genauso leid, dass ich von deinen Sorgen nichts bemerkt habe.«

»Jetzt bist du ja da«, wiederhole ich seine Worte. »Und du hast es auf phänomenale Weise geschafft, mich auf andere Gedanken zu bringen.« Ich wackele mit den Augenbrauen.

»Ja, geht mir mit dir genauso.« Er nickt nachdenklich. »Das sollten wir aber ändern.«

»Hä? Keine schönen Zeiten mehr miteinander?« Mir fährt der Schreck in alle Glieder.

»Quatschkopf!« Er lacht. »Ich meine, wir sollten nicht nur über die tollen Dinge reden, sondern uns die Zeit nehmen, auch schwierige Sachen zu besprechen. Dafür sind Freunde doch schließlich da.« Tief schaut er mir in die Augen. »Ich hab immer ein offenes Ohr und eine Gurkenmaske für dich. Also, keine Geheimnisse mehr.«

Ich betrachte den Boden. »Keine Geheimnisse mehr«,

sage ich, obwohl ich nicht weiß, ob ich dieses Versprechen einhalten kann.

Jona nimmt einen Schluck von seinem Kaffee. »Vielleicht solltest du deine Wünsche fürs neue Jahr aufschreiben. Raunachtwünsche.«

»Raunachtwünsche?«, frage ich verwundert.

»Auf diese Weise kann man das, was einen bedrückt, loslassen und den Wünschen, die man hat, Kraft geben.«

»Wenn das so einfach wäre«, sage ich und spiele mit dem Teebeutelanhänger.

»Manchmal ist es so einfach«, erwidert er. »Du brauchst nicht immer einen Plan.«

»Sagt der, der einen Plan braucht, um eine Pension zu retten«, erwidere ich ironisch.

»Pläne sind gut, weil man sie ändern kann. Denn manchmal muss man Umwege gehen, um ans Ziel zu gelangen. Aber diese Umwege sind auch Chancen. Womöglich findet man dabei nicht das, was man gesucht hat, aber ein ganz anderes Glück.«

»Mag sein«, sage ich. »Das ändert aber nichts daran, dass manche Wünsche nicht in Erfüllung gehen.« Meine Gedanken schweifen zu seiner Beichte, dass er nicht nach Deutschland zurückkehren würde.

»Du machst dir immer noch Sorgen um deine Ausbildungsstelle«, schlussfolgert er falsch. »Weißt du, das Raunachtprinzip besagt, dass man nur ein paar Wünsche dem Universum anvertraut, sich aber um den größten Wunsch selbst kümmert. Und ich habe vor, genau das zu tun. Vielleicht solltest du es auch mal probieren.«

»Ach ja, welchen Wunsch hast du denn, um den du dich selbst kümmern willst?«, lenke ich ab.

»Das kann ich dir nicht verraten, denn sonst geht er womöglich nicht in Erfüllung.« Mit einem verschmitzten Lächeln blickt er mich an. »Aber er hat nichts mit der Pension zu tun.« Sein Blick ist so intensiv, dass mein Herz einen Moment lang heftig flattert.

»Ja, vielleicht sollte ich es mal probieren«, verspreche ich.

»Das genügt mir«, sagt er.

»Was ist mit dir?«, frage ich.

»Was soll mit mir sein?«

»Du gibst ziemlich viel auf, um die Pension zu retten. Früher wolltest du Physiotherapeut werden. Oder hat sich das auch geändert?«

»Nein, ich hab es nur aufgeschoben. Meine Ausbildung kann ich auch hier machen.« Er schaut mich zärtlich an. »Ich weiß, das ist nicht gerade das, was du hören willst. Aber meine Familie, meine Mutter sind mir wichtig. Du würdest dasselbe tun.«

»Ja, vermutlich.« Ich nicke und denke an meine Eltern. Ein leiser Stich bohrt sich mir ins Herz. Schon komisch – so nervig sie manchmal auch sein können, jetzt fehlen sie mir.

»Außerdem gefällt es mir hier«, fährt Jojo fort. Die Landschaft, die Natur, das Leben hier … das alles vermittelt mir ein Gefühl von Freiheit und Geborgenheit, wie ich es von Deutschland nicht kenne.« In seine Augen tritt ein wehmütiger Blick. »Ich kann das nicht besser erklären.«

»Stimmt, es ist wirklich magisch schön hier«, gebe ich zu. Sein Geständnis trifft mich unerwartet. Ich habe in Deutschland nie bemerkt, dass er sich unwohl fühlt oder sein schwedisches Leben vermisst, aber ich bin froh, dass er sich mir anvertraut hat.

»Hast du mal überlegt …« Er hält inne, und ich schaue ihn aufmunternd an. »Also, vielleicht ist Lysses Vorschlag von gestern ja gar keine schlechte Idee. Du könntest deine Ausbildung hier beenden. Was meinst du? Dann hätten wir mehr Zeit miteinander.«

Langsam schüttele ich den Kopf. Da sind sie – die Erwartungen. Und mit ihnen kommt die Angst zurück. Die Angst, gewohnte Bahnen zu verlassen, aus Routinen auszubrechen. Neues zu wagen. »Ich weiß nicht, ob das geht, ohne noch mal ganz von vorn anzufangen. Außerdem spreche ich ja nicht mal Schwedisch. Und mein Chef ist schon dabei, einen neuen Ausbildungsplatz für mich zu organisieren.« Hilflos hebe ich die Hände. »Tut mir leid, wenn ich dich enttäusche.«

»Schon okay«, sagt Jona und streichelt meine Hand. »Ich versteh das. Du enttäuschst mich nicht.« In seinen blauen Augen tobt ein Sturm, doch er setzt ein Lächeln auf. »Wir kriegen das schon hin. Irgendwie.« Er holt Luft und wechselt das Thema. »Bist du bereit für das Battle?«, fragt er. »Neben dem allgemeinen Wetteinsatz sollten wir auch noch mal einen privaten ausmachen, finde ich. Damit es wenigstens zum Teil unser Battle bleibt.«

»Aber so was von«, antworte ich. »Du wirst verlieren, und dann wirst du mir bis zu meiner Abreise im Schneemannkostüm jeden Tag das Frühstück ans Bett bringen.«

»Einverstanden. Wenn du willst, leg ich dir auch diese aliengrüne Gurkenmaske auf, die du neulich getragen hast.«

Ich verdrehe die Augen. »Erinnere mich bloß nicht daran. Das war so peinlich. Was machen die Waschbären eigentlich?«

»Bis jetzt ist zum Glück keiner mehr aufgetaucht. Dein Chili-Bannkreis hat gewirkt.«

»Gut.« Ich lächle.

»Okay«, sagt er und richtet den Blick auf die Eisfläche. »Wenn du verlierst, lade ich dich auf ein Date ein. Ein echtes.« Er streckt mir den kleinen Finger hin, damit ich einhake. »Wann und wo, entscheide ich.«

Ich schlucke schwer. Anscheinend meint er das mit uns ziemlich ernst.

»Oder bist du ein Angsthase?«, fordert er mich heraus. Was echt unfair ist, denn er weiß, dass ich dieser Challenge nicht widerstehen kann. »In Ordnung«, willige ich ein. Wir geben uns feierlich den kleinen Finger.

Schweigend sitzen wir nebeneinander und blicken auf die Eisfläche, und ich denke unwillkürlich, dass ich so wohlig auch nur mit Jona schweigen kann. Schade, dass dieser Moment nicht ewig anhält. Denn schon fliegt ein Schneeball in unsere Richtung und trifft uns fast. Schnell lehnen wir uns auseinander. Schnee spritzt auf, als er an der Lehne zerschellt.

»He, ihr Labertaschen!«, ruft Lysander. »Die Curling-Bahn ist frei. Wir können loslegen.«

Lin

22
Liebe und andere Katastrophen

26.12., anandag jul, gewinnen oder verlieren, das ist hier die Frage, Gefühlsbarometer: gefangen im Spinnennetz der Zweifel

Träume sollten wirklich verboten werden. Die ganze Nacht habe ich mich hin und her gewälzt und den gestrigen Tag noch mal in Gedanken erlebt. All die verstohlenen Berührungen, die kleinen Herzhüpfer, das Lachen, den Spaß, den wir gemeinsam haben. Es ist wirklich ein wundervoller Tag gewesen. Wir haben beim Curling verloren, es steht eins zu null für die Jungs, aber das ist mir so was von egal. Gleich treffe ich mich mit Jona, um das Konzept für den Solvinkel zu erstellen. Die anderen sind unterwegs, sie wollen sich Stockholm anschauen. Emmi hat sich Lysander, Connor und Chloe angeschlossen. Erst heute Abend sind wir zum Rentier-Ringwurf verabredet, der zweiten Kategorie in unserem Weihnachtsbattle.

Eigentlich sollte ich glücklich sein. Aber mein Glück

ähnelt eher einer Rose mit jeder Menge Dornen, die mir ständig die Haut aufritzen, und ich stecke fest in dieser Hecke aus Zweifeln.

Wie soll das mit Jona und mir bloß weitergehen? Mein Leben ist in Deutschland. Und seines ist hier. Dennoch geht mir sein Vorschlag, ich könnte in Schweden bleiben, nicht aus dem Sinn. So viel Hoffnung stand dabei in seinem Blick, und ich zerfließe vor Schuldgefühlen, weil ich diesen Wunsch nicht erfüllen kann. In der Nacht habe ich davon geträumt, wie ein Leben hier in Schweden für uns beide aussehen könnte. Doch am Morgen hat mich die Realität in Form meines Handys rasch wieder eingeholt. Die Schicksalsgöttin hat wirklich einen krassen Sinn für Ironie, denn gerade, als ich tatsächlich in Versuchung komme, die Möglichkeit vage in Erwägung zu ziehen, schreibt mir mein Chef, dass er eine Stelle für mich im Nachbarort gefunden hat. Und damit fängt das Gedankenkarussell wieder an, sich wie wild zu drehen. Ich kann meine Ausbildung jetzt nicht aufs Spiel setzen, oder?

Ich stecke das Handy in die Tasche und mache mich auf den Weg nach unten.

Lakritz kommt anstolziert und streicht mir um die Beine. Ich bücke mich und halte ihr die Hand hin, bis sie meine Finger mit dem Näschen anstupst. »He, Lakritz«, grüße ich den weißen Kater und kraule ihm die Ohren. »Wie geht's dir?«

Ein leises Maunzen ist die Antwort. »Ja, mir auch.« Sanft streiche ich ihm durchs flauschige Fell. »Warum muss alles so kompliziert sein?«, frage ich. Lakritz schaut mich aus großen blauen Augen an und bleibt stumm. »Schon gut, ich kenne die Antwort auch nicht«, sage ich.

Jona betritt telefonierend die Eingangshalle. »Ehrlich, Holm, so ein riesiger Wellnesstempel passt doch gar nicht ins Dorf. Zurück zur Natur ist voll im Trend … ja, nein, okay, ich richte es ihr aus. Danke für dein Angebot.« Er steckt das Handy weg und runzelt die Stirn. Dann schaut er auf und entdeckt mich.

»Schlechte Neuigkeiten?«, frage ich.

»Wie man's nimmt.« Er schüttelt den Kopf. »Eigentlich habe ich mit der Absage schon gerechnet. Diesem Geldhai ist unsere Natur egal, der will nur unser Grundstück und möglichst viel Kohle mit seinem Luxushotel scheffeln.« Er überbrückt den Abstand zwischen uns und kommt mit schnellen Schritten zu mir. Rasch schaut er sich um, dann tastet seine Hand nach meiner, und er legt seine Stirn an meinen Kopf. Fast erwarte ich, dass er mich küsst, doch er schaut mich nur lächelnd an. »Bereit für den Masterplan?«

»Mit dir immer.«

In den nächsten Stunden arbeiten wir in Jojos Zimmer konzentriert an dem neuen Konzept für den Solvinkel, das er dringend abschicken will. Im Gegensatz zu den Gästezimmern herrscht hier gepflegtes Chaos, wie ich es von ihm kenne. Auf einem Stuhl liegt ein Kleiderberg, Bücher stapeln sich kniehoch auf dem Boden, und in einem Regal reihen sich Brett- und Computerspiele nebeneinander. Ein schmaler Kleiderschrank ragt in einer Ecke auf, eine Kommode ergänzt die wenigen Möbel. Darauf steht ein großer Bildschirm, an den eine Konsole angeschlossen ist. Vor dem Fenster mit Blick auf den Garten steht ein Schreibtisch, doch den lassen wir außer acht und machen es uns mit dem Laptop auf dem Bett gemütlich. Die Köpfe dicht beisammen, verfassen wir einen waschechten Businessplan für ein »kleines Naturhotel mit Retro-Chic für Detox-Outdoor-Ferien«.

»Uff, geschafft!«, sagt er schließlich und klickt auf Senden. »Jetzt heißt es Daumen drücken.«

»Hast du schon Neues von Bo, falls du den Preis beim Wettbewerb nicht gewinnst?«, frage ich. »Was natürlich völlig unmöglich ist, denn unser Konzept ist genial.« Jojo hat mir erzählt, dass Bo früher Unternehmensberater war und seine Kontakte spielen lassen will. Womöglich findet er anderweitig eine Finanzierung für die Modernisierung des Solvinkel.

»Nein, noch nicht.« Er verzieht das Gesicht. »Hast du Hunger?«

»Und wie«, antworte ich.

»Wir könnten zu Hedvigs Restaurant spazieren und uns durchfüttern lassen«, schlägt er vor. »Das geht am schnellsten, und wir tanken ein bisschen frische Luft.«

»Einverstanden.«

Wir holen unsere Jacken und marschieren los. Wenig später erreichen wir das Dorf. Hedvigs Restaurant liegt in der Nähe des Marktplatzes mit der Eisbahn. Vor den großen Fenstern ziehen sich weiße Blumenkästen, die mit Immergrün, Kugeln und Tannenzapfen dekoriert sind. Ein Kugelkranz hängt an der Tür, die Jona für mich aufzieht. Wärme und Stimmengewirr schlagen mir entgegen, als ich eintrete und mich umsehe. Der Raum ist nicht besonders groß und gemütlich in hellem Holz eingerichtet. Kaum zehn Tische finden darin Platz, die sich in zwei Reihen mit einem Durchgang an die Wand schmiegen, jeder mit einer weißen gepolsterten Bank und zwei bis drei Stühlen ausgestattet. Fast alle sind besetzt.

Ich ziehe mir die Mütze vom Kopf und warte, dass Jona vorangeht. Seine Brille beschlägt, und er nimmt sie ab, um sie kurz zu putzen.

»Jona! Wie schön, dich zu sehen.« Eine rundliche Frau mit grauen Haaren kommt hinter der mit Lichterketten geschmückten Theke hervor und zieht Jojo in ihre Arme. »Und du hast deine Freundin mitgebracht. Sehr gut!« Gleich darauf finde ich mich an ihrer wogenden Brust wieder.

»Hallo, Hedvig!« Jojo schiebt sich auf einen Hocker an der Theke, und ich setze mich neben ihn. »Wir sind hier, weil wir unbedingt deine Weihnachts-*Pankaka* probieren wollen.«

»Die bekommt ihr, natürlich.«

Wenig später stehen zwei Teller mit Lebkucheneis garnierte Pfannkuchen und ein kleines Schälchen Milchreis mit Zimt vor uns.

»Guten Appetit!«, wünscht Hedvig.

Ich nehme die Gabel, zerteile den Pfannkuchen und tunke ihn ausgiebig ins Eis, ehe ich ein Stück aufspieße und mir in den Mund schiebe. Zimt und Apfelgeschmack erfüllt meinen Gaumen. »Mmmhm, ist das lecker!«, sage ich mit vollem Mund und seufze selig.

»Sag ich ja«, bestätigt Jona.

Hedvig verwickelt mich in ein Gespräch und fragt mich nach Strich und Faden aus. Wo ich herkomme, wie lange ich bleibe, wie Jona und ich uns kennengelernt haben, was ich mache, was ich gern esse …

Jojo lehnt sich zu mir. »Entschuldige, sie kennt mich,

seit ich die Windeln vollgemacht habe. Das gibt ihr offensichtlich das Recht, hier die Spanische Inquisition zu spielen.«

»Ach, kein Problem«, antworte ich. »Offenbar mag sie dich.«

»Dich aber auch, sonst würdest du keine Pfannkuchen bekommen«, sagt er grinsend. »Die bietet sie nur ganz besonderen Gästen an.«

»Oh, ich fühle mich geehrt«, sage ich und greife zum Milchreis. »Darf ich?«

»Klar.« Jona schiebt mir die Schüssel zu. Genüsslich löffele ich den Milchreis, und als Jona sich mit Dackelblick zu mir beugt, füttere ich ihm auch einen Löffel. So geht es abwechselnd weiter, bis er plötzlich innehält.

»Uh, was ist das?« Er hustet. Vorsichtig spuckt er aus, und ich entdecke eine Mandel auf seinem Teller.

»Ah, du hast die Mandel gefunden, du Glückskind.« Hedvig kommt um die Ecke, nachdem sie einen Gast abkassiert hat. »Ist Tradition.«

»Oh, okay.« Unsicher schaue ich zu Jona, der das Gesicht verzieht.

»Ich koche jeden Tag einen riesengroßen Topf Milchreis«, erklärt Hedvig. »Darin gebe ich eine Mandel.« Sie durchbohrt mich mit ihrem Blick. »Nur eine einzige.« Theatralisch hält sie inne. »Die Glücksmandel.«

»Der Milchreis ist nur für Paare. Unverheiratete Paare«, fährt sie ominös fort. »Und ihr seid ein schönes Paar.« Vertraulich beugt sie sich vor. »Die Mandel ist ein Orakel. Sie verrät, du hast Glück in der Liebe. Das musst du natürlich mit einem Kuss besiegeln.« Ihr Blick wandert vielsagend zu Jona.

»Oh, Hedvig, echt jetzt?«, stöhnt Jona auf. »Die hast du doch absichtlich da reingeworfen.«

Hedvig lacht scheppernd. »Wer weiß, aber Mandel ist Mandel. Sie ist dein Schicksal. Und ihr habt den Milchreis gemeinsam gelöffelt.«

»Ja, aber hätte ich eine Nussallergie, dann hättest du mich damit ermordet«, erklärt er und schiebt sich die Mandel in den Mund.

»Ah, du kleiner Übertreiberling«, sagt Hedvig und lacht wieder dieses scheppernde Lachen. »Sei doch froh, wenn ich deinem Glück ein wenig auf die Sprünge helfe. Die Mandel lügt nicht.« Ihr Blick schweift von ihm zu mir, sie scheint auf etwas zu warten. Ich vermute mal, auf den Kuss, der unser Schicksal besiegeln soll.

»Wir müssen los«, meint Jona rasch und legt einen Schein auf den Tisch.

»Danke für das vorzügliche Essen«, sage ich und rutsche vom Hocker.

»*Hej då*«, verabschiedet sich Jojo und zieht mich mit sich.

»*Hej då* und bis bald«, ruft Hedvig uns nach.

❄

Schweigend treten wir den Heimweg an. Die Sache mit der Mandel hat mich nachdenklich gemacht. Wieder einmal frage ich mich, wie diese Sache zwischen uns weitergehen soll, und habe Angst, es zu vermasseln.

»Warte, ich will da noch nicht reingehen«, sagt Jona, als wir den Hof der *Villa Solvinkel* betreten. Er zieht mich am

Schneemann im Vorgarten vorbei, mit sich hinter den Apfelbaum, sodass wir vom Haus aus nicht zu sehen sind. »Ich möchte erst noch meinen redlich verdienten Mandelkuss nachholen. Immerhin wäre ich an dem verdammten Ding fast erstickt. Und ich weiß ja, wie du zu Liebesbekundungen in der Öffentlichkeit stehst.«

»Oh! Okay.« Eine wohlige Gänsehaut überläuft mich, als er mich an sich zieht. Seine Hände umrahmen mein Gesicht, und meine Arme schlingen sich wie von selbst um seinen Nacken. Sein Blick sucht meinen, und ich lehne mich ihm auffordernd entgegen, als er näher kommt.

Spielerisch leckt er mit der Zunge über meine Unterlippe, und ich schmecke das Lebkucheneis, das wir vorhin gegessen haben. Bevor ich weiß, wie mir geschieht, öffne ich den Mund. Er presst die Lippen auf meine und umspielt zärtlich mit seiner Zunge die meine. Ein sinnliches Kribbeln erfasst mich, und mir knicken die Beine weg, als wären sie weich wie Pudding. Woah, fühlt sich das gut an!

Jojo spürt das wohl, denn er hält mich fester und drückt mich mit dem Rücken gegen den glatten Baumstamm. Der Kuss wird stürmischer, leidenschaftlicher und zeigt mir Jojo von einer rauen, ungeschliffenen Seite, wie ich sie gar nicht an ihm kenne. Nicht mehr zurückhaltend, die Gefühle unter Verschluss, sondern ungebändigt, wie ein Korken, der aus der Flasche schießt und ihr Innerstes offenbart.

Das Prickeln verstärkt sich, durchströmt mich bis in die Fingerspitzen und Zehen. Wie von selbst wandern meine Hände in seine Haare, und seine rechte Hand liegt plötzlich auf meinem Po. Ich verliere mich in seinem Duft, seinen Berührungen, dem Gefühl, das er mir schenkt: begehrenswert zu sein.

Und plötzlich bekomme ich Panik. Das hier droht in eine Richtung zu laufen, die ich nicht mehr kontrollieren kann. Weil ich mehr davon will. Nicht genug bekommen kann.

Unser erster Kuss ist nicht geplant gewesen. Er ist einfach aus der Situation heraus entstanden und war sanft, zögernd, neues Terrain ertastend. Das hier ist anders. Feurig. Fordernd. Fantastisch. Eine bewusste Entscheidung, deren Konsequenzen ich nicht absehen kann.

Nach Luft schnappend löse ich mich von Jona. Zurück bleibt der Geschmack von Lebkuchen und ein Sirren in meinem Körper, als hätte er eine unbekannte Saite in mir angeschlagen. Jojos Hand liegt immer noch an meinem Gesicht, sein Daumen streicht über meinen Hals, während er mir reuig in die Augen blickt. Reuig, aber voller Leidenschaft.

Langsam und tief atme ich ein, um diese Benommenheit abzuschütteln und mein rasendes Herz zu beruhigen.

»Ich glaub, wir sollten reden«, sage ich und räuspere mich, weil meine Stimme krächzig klingt.

»Sollten wir das?« Jona macht einen Schritt zurück und fährt sich nervös durch die Haare. »Okay. Was ist los? Du machst dir doch hoffentlich keine Sorgen, dass ich dir wegen einer Mandel demnächst einen Antrag mache.« Er lacht gezwungen, dann steckt er die Hände in die Taschen und fühlt sich sichtlich unbehaglich. »Ganz sicher hat Hedvig die absichtlich in das Schälchen Milchreis geworfen. Das zählt nicht. Orakel hin oder her.«

Mir fährt ein Stich durch die Magengegend. »Tut mir

leid, ich kann das nicht«, platzt es aus mir heraus. Besser, ich bringe das schnell hinter mich, so schnell, wie man ein Pflaster abreißt. Trauer flutet in mir hoch, und meine Augen brennen plötzlich. »Ich weiß nicht, wie ich mit der Sache umgehen soll. Zwischen uns ist alles so … so … vertraut. Und trotzdem anders. Dieser Kuss … war schön.« *Viel zu schön. Und gefährlich.*

»Aber das ist doch gut, oder nicht?«, wirft er ein. »Wir kennen einander schon so lange. Wir müssen uns nicht verstellen.«

»Nein, es ist besser, wenn wir es so lassen, wie es ist. Bevor ich … Bevor …«

»Bevor du was?« Er greift nach meiner Hand, und ich verschränke die Finger mit seinen.

»Ich brauch einfach mehr Zeit. Das geht alles so schnell. Ich bin völlig durcheinander. Ich muss mir erst über meine Gefühle klar werden. Wissen, ob ich das Risiko eingehen kann.«

»Das Risiko? Bin ich ein Risiko für dich?«

»Nein, natürlich nicht. So hab ich das nicht gemeint. Aber eigentlich schon, also ich meine, diese … Beziehungssache.« Ich schaue ihn verzweifelt an. »Versteh mich nicht falsch. Ich find es auch schön zwischen uns, aber ich reise bald ab und du bleibst hier, und … Ach, ich weiß auch nicht, ich glaub, ich plapper nur Unsinn.«

»Wovor hast du Angst?« Wieder einmal hat er mich durchschaut.

»Vor mir selbst«, gestehe ich. »Ich will nicht, dass es wieder schiefgeht. Bisher hab ich alle Beziehungen ruiniert. Die Sache mit dir ist mir zu wichtig. Ich will dir nicht wehtun.« Ich schniefe. »Ich will dich nicht verlieren.«

»Du wirst mich nicht verlieren! Niemals. Wir bleiben Freunde, egal, was passiert.«

»Du kannst nicht wissen, was passiert«, erwidere ich. »Du kannst nicht wissen, wie wir uns verändern werden. Bitte, gib mir Zeit.«

Schweigend blickt er mich an. Dann lässt er meine Hand los und nickt. In seiner Miene spiegelt sich kurz Enttäuschung, die er jedoch gleich mit einem Lächeln überspielt. »Womöglich hast du recht. Das geht alles ziemlich schnell. Zumindest für dich.« Er räuspert sich. »Für einen kurzen Augenblick dachte ich, ich hätte wirklich eine Chance. Aber offenbar sind wir wie diese Königskinder im Märchen, die nicht zueinanderfinden dürfen.«

»Jona …« Ich will nach ihm greifen, doch er entzieht sich mir. »Sei bitte nicht sauer auf mich.«

Er schüttelt den Kopf. »Ich bin nicht sauer auf dich. Wir bleiben Freunde. Wenn es das ist, was du willst.«

Nein, würde ich am liebsten schreien. Es ist nicht das, was ich will. Spätestens seit diesem magischen, berauschenden unglaublichen zweiten Kuss nicht mehr. Aber ich kann das Risiko nicht eingehen. Nur, wenn sich unsere Beziehung auf eine Freundschaft beschränkt, kann ich verhindern, bei meiner Abreise nicht vor Kummer zu zerbrechen.

»Es tut mir leid«, sage ich leise. »Es tut mir so leid.«

»Du musst dich nicht entschuldigen«, erwidert er und schenkt mir ein trauriges Lächeln. »Ich glaub, wir sollten reingehen. Es wird allmählich Zeit für den Rentier-Ringwurf, und deine Nase sieht schon aus wie die von Rudolphine. Kommst du?«

»Gleich, ich komm gleich nach. Ich will erst noch … nach Emmi sehen.«

»Okay.« Er nickt, dann dreht er sich um und geht.

Das Pflaster ist nicht kurz und schmerzlos abgerissen. Es tut unsäglich weh. Und ich habe das Gefühl, den größten Fehler meines Lebens begangen zu haben.

Jona

23
Selbst ist der Grinch

Ich hab's verkackt. Total. Ich hab Lin zu sehr bedrängt. Es ging alles zu schnell. Wie soll ich das denn aushalten, ihr in den nächsten Tagen so nah zu sein und gleichzeitig so fern?!

Ein Sturm der Gefühle tobt in mir, als ich sauer auf mich selbst die Treppe ins Haus hinaufstampfe. Ich brauche jetzt etwas, womit ich Dampf ablassen kann. Am besten Holz hacken. Aber nein. Ich muss gute Miene machen und mich um die Gäste kümmern. Und dieses blöde Rentier-Ringwerfen.

Noch schlimmer hätte es gar nicht laufen können. Und auch nicht schöner. Dieser Kuss ist magisch gewesen. Ehrlich. Ein Kuss, der mein Herz ins Stolpern gebracht hat. Er ist ehrlich gewesen. Verräterisch. Und trügerisch zugleich.

Und wieder ist mein Herz wegen Lin in tausend Splitter zersprungen. Jetzt muss ich möglichst viel Abstand zwischen sie und mich bringen, damit sie nicht sieht, dass ich leide wie ein Hund. Freunde. Das sind wir. Aber nach dem Kuss hab ich wirklich gedacht, dass da mehr zwischen uns ist. Dieses Kribbeln, das Feuer in ihrem Blick, die Leidenschaft – habe ich mir das alles nur eingebildet? Weil ich es mir so sehr gewünscht habe? Warum nur kann ich sie mir nicht endlich aus dem Kopf schlagen? Diese Achterbahn der Gefühle, auf die sie mich ständig schickt, macht mir echt zu schaffen, und bei allem Verständnis, das ich aufzubringen versuche, tut es hart weh, dass sie mir offenbar nicht vertraut und annimmt, ich würde sie ebenso verletzen wie Freddy.

Aber ich werde ihren Wunsch respektieren – ganz egal, wie schwer mir das fallen wird.

Womöglich hat sie recht – es ist keine gute Idee, das Einzige zu riskieren, was uns verbindet: unsere Freundschaft. Aber hey, ich träume schon so lange davon und hatte mir dieses Mal echt Chancen ausgerechnet. Es tut weh, diese Hoffnung zerschlagen zu sehen. Der Gedanke, dass sie unseren Kuss und damit auch mich für einen Fehler hält, ist unerträglich! Plötzlich komme ich mir noch erbärmlicher vor als vor einem Jahr, als sie mich für Freddy hat stehen lassen. Denn dieses Mal ist da nicht einmal ein anderer, mit dem sie zusammen ist.

Ich stoße die Tür zur Küche auf. Ups, etwas zu heftig.

»Holla, Zuckerfee!«, höre ich Lysses Stimme. »Du erschreckst ja die Waschbären. Was ist denn los? Du siehst aus, als würde dir gleich Rauch aus den Ohren steigen.«

Mein Freund sitzt am Küchentisch und bläst den Ring mit dem Rentiergeweih auf, den wir später fürs Spiel brauchen. Dieses verfluchte Spiel, das ich nicht absagen kann, wenn ich den Schein wahren will. Keine Ahnung, ob ich

Lins Nähe überlebe. Im Moment komme ich mir vor, als wäre sie mit einer Dampfwalze über mich gerollt. Und alles nur, weil ich sie zu sehr bedrängt habe. Verdammt, warum konnte ich es nicht langsam angehen?!

Schweigend schnappe ich mir ein Küchenmesser und eine Zwiebel und fange an, sie klein zu hacken. Irgendwie muss ich die Wut auf mich loswerden.

»Kirschlakritz?« Lysse schlendert auf mich zu und hält mir eine Schale hin. Nachdrücklich nimmt er mir das Messer aus der Hand. »Nicht, dass du dir noch die Finger versehentlich absäbelst.«

Ich drehe mich zu ihm und schnaufe wie ein Bär.

»Verrätst du mir den Grund, warum du plötzlich ein so großes Verlangen nach Zwiebelschneiden hast? Musst du irgendwelche Tränen verstecken?«

»Du gehst mir grad echt auf die Nerven!«, maule ich, schnappe mir eine Lakritzstange und stopfe sie in den Mund. »Was machst du überhaupt hier?«

»Alma hat mich geschickt, um mehr Glögg zu holen«, antwortet er. »Und ich will schon mal das Rentiergeweih aufblasen, mit dem wir die Mädels nachher abzocken.« Er macht eine ausholende Bewegung zum Tisch, wo das rote Teil neben einer Kaffeetasse liegt. Dann mustert er mich forschend. »Also, spuck's aus. Warum hast du so miese Laune? Hat es was mit Lin zu tun?«, bohrt er weiter. »Natürlich hat es was mit Lin zu tun.«

Bin ich so leicht zu durchschauen? Verdammt! Ich werfe ihm einen finsteren Blick zu. »Es gibt kein *wir beide*.«

»O-ho, da liegt der Hase im Pfeffer.« Lysse runzelt die Stirn. »Dann bist du meinem Rat nicht gefolgt?«

»Die Zeit ist zu kurz für Bedenken? Doch, aber dein

Rat war scheiße.« Ich fange an, Geschirr aus der Maschine zu räumen.

»Mhm, glaub ich nicht.« Lysse wühlt in der Süßigkeitenschale, bis er ein grünes Lakritz findet, der Mistkerl – meine Lieblingssorte. Das weiß er, trotzdem stopft er sich die Stange in den Mund. »Ich glaub eher, deine Ausführung war scheiße«, verkündet er mit vollem Mund.

»Sie will nicht mit mir zusammen sein!«, schnaube ich. Der Zucker tut seine Wirkung. Oder die Beschäftigung. Zumindest werde ich ruhiger. Plötzlich fühle ich mich unendlich erschöpft. Ich lasse das Geschirr und setze mich zu Lysse an den Tisch. Lakritz kommt angeschlichen und springt mir auf den Schoß, wo sie sich gemütlich zusammenkringelt. Gedankenverloren streiche ich ihr durchs Fell.

»Das ist ja schräg.« Lysse streckt die Beine aus. Neugierig, die Arme auf den Tisch gestützt, beugt er sich vor. »Ich dachte, ihr seid längst einen Schritt weiter. Warum wurdest du jetzt wieder gefriendzoned?«

Ich kraule Lakritz die Ohren, um nicht zu explodieren. »Was soll das werden – ein Interview à la *Wie vermassele ich es grandios?*«

»Hübscher Titel. Und was willst du jetzt unternehmen?« Lysse mustert mich abwartend, und ich schaue ihn entgeistert an.

»Nichts«, sage ich. »Was soll ich denn tun?« Oh Mann, das klingt ziemlich verzweifelt. »Ich muss ihre Meinung respektieren. Wir sind Freunde.« Obwohl ich weiß, dass es nie eine andere für mich geben wird. Und genau dieses Wissen ist es, das mich langsam in den Wahnsinn treibt.

»Klingt nicht so, als ob du gut mit der Situation zurechtkämst«, meint der Klugscheißer jetzt.

»Ach, echt?« Mich überkommt der Wunsch, ihm eine reinzuhauen, obwohl er ja nun wirklich nichts für meine Wut kann. Lysse merkt das offensichtlich auch, denn er schiebt wortlos die Süßigkeitenschale zu mir rüber. Ich nehme mir dieses Mal einen *Chokladbollar*. Keine gute Idee. Sofort hab ich die Erinnerung an den Kuss in der Küche vor Augen.

»Was ist passiert?«, will er wissen und geht zur Kaffeemaschine, um sich mit dem Gebräu zu versorgen.

»Offenbar hat sie Zweifel bekommen, ob eine Beziehung zwischen uns funktionieren kann.« Ich runzle die Stirn. »Vielleicht, weil ich keiner dieser muskulösen Bad Boys bin, die sie ausnutzen und schlecht behandeln.« Okay, das klingt verbittert. Ich muss mich zusammenreißen. »Ich bin einfach nicht ihr Typ.«

»Entschuldige, da bin ich anderer Meinung«, meint mein Freund. »In den letzten Tagen hat es schon so gewirkt, als wärt ihr ziemlich heftig ineinander verliebt. Offenbar hat sie bloß kalte Füße bekommen. Soll vorkommen.«

Verdammt! Das auch noch. Was reimt er sich da zusammen? »Tja, offenbar besteht ein Unterschied zwischen verliebt sein und Liebe.«

»Okay, wir werden spitzfindig. Vielleicht solltest du endlich mal Klartext mit ihr reden. Deine Gefühle offen auf den Tisch packen.«

»Noch offener als in zwei Küssen?«, frage ich sarkastisch.

»Lordie-Lord, ihr seid auf Tuchfühlung gegangen.

Herzlichen Glückwunsch!« Er klopft mir auf die Schulter. »Aber hast du die magischen Worte auch ausgesprochen?«

»Ja klar, glaube ich. Und dennoch hat sie mich abserviert.«

»Glaubst du? Entschuldige, aber glauben kannst du in der Kirche. Was sagt sie denn, warum sie nicht mehr will?«

»Die Entfernung, ihre Gefühle, sie will unsere Freundschaft nicht riskieren ...« Ich hebe hilflos die Schultern. »Such dir was aus.«

»Alles valide Gründe«, sagt er und kippelt mit dem Stuhl, was mir total auf die Nerven geht.

»Sag mal, auf welcher Seite stehst du denn?«, frage ich gereizt.

»Na, auf deiner. Ich bin dein Freund.« Mit einem Rumsen setzt der Stuhl auf. »Und du willst mehr und meinst es ernst?« Forschend blickt er mich an.

»Natürlich! Schon ewig. Aber ihr geht das jetzt alles zu schnell.« Ich seufze. »Sie fürchtet, dass wir uns verändern, und hat mit mir Schluss gemacht, bevor es überhaupt angefangen hat. Ich bin total neben der Spur. Ich weiß nicht, was sie will.«

Lysse nimmt einen Schluck von seinem Kaffee. »Hm, vielleicht weiß sie das selbst nicht. Für mich sieht das aus wie ein typischer Fall von Bindungsangst. Wie hat sie gewirkt, als sie gesagt hat, sie will nur Freundschaft?«, will er nun wissen. »Traurig, bedauernd, so, als ob sie Schluss mit dir machen wollen würde – oder eher so, als ob sie mehr wollen würde, sich aber nicht traut.«

»Ja, Letzteres, kann sein, schon möglich ...« Ich reibe mir übers Kinn. Ich hab schon die ganze Zeit das Gefühl, dass Lin mir was verschweigt. »Keine Ahnung.«

In Lysses Augen taucht plötzlich dieses unheilvolle Funkeln auf. »Das ist gut. Das heißt, du solltest eine Schippe drauflegen, um sie für dich zu gewinnen. Und ich hab auch schon eine Idee, wie …« Er wedelt mit einer Lakritzstange vor meiner Nase herum.

»Ich weiß nicht«, falle ich ihm ins Wort. »Ich hab das Gefühl, ich bin schon zu weit gegangen. Vielleicht warte ich einfach ab und akzeptiere ihren Wunsch. Bis sie sich über ihre Gefühle im Klaren ist.« Ich schaue ihn an, und mein Herz ist plötzlich so schwer wie ein Felsbrocken. Wenn Lin das so will, werde ich sie gehen lassen. »In ein paar Tagen reist sie ab, und ich denke, wir sollten die Zeit bis dahin genießen. So, wie sie es vorgeschlagen hat. Ganz ohne irgendwelche Verführungs- oder Verkupplungsversuche.« Finster nehme ich ihn ins Visier.

»Wie du meinst, Kumpel.« Er steht auf und geht zur Tür. »Aber beschwer dich nicht hinterher bei mir über verpasste Chancen.« Er zwinkert mir zu. »Falls ich doch noch ein Candle-Light-Dinner für dich organisieren soll, weißt du ja, wo du mich findest.«

Liu

24
Single Bells

26.12., zweiter Weihnachtsfeiertag, Trauerkloßeintopf mit Schuldgefühlen gibt's kostenlos, Gefühlsbarometer: im Meer der Tränen ertrunken

Nach dem Kuss bin ich auf unser Zimmer geflüchtet und sitze wie betäubt auf dem Bett. Ich hab keine Ahnung, wie lange ich hier schon so hocke. Ich weiß, dass die anderen sicher auf mich warten, weil wir noch den Rentier-Ringwurf spielen wollten, die zweite Kategorie in unserem Battle. Aber ich schaffe es im Moment einfach nicht, Jona gegenüberzutreten.

Ich zucke zusammen, als die Tür auffliegt und Emmi ins Zimmer stürmt.

»Hier steckst du! Wir haben dich schon überall gesucht. Warum kommst du denn nicht runter? Bist du müde?«

Ein Schluchzen entweicht mir, und im Nu ist sie am Bett, um mich in den Arm zu nehmen.

»Was ist passiert?«, fragt sie besorgt.

»Ich hab's vermasselt.« Die ganze Anspannung bricht aus mir heraus, und ich lass den Tränen freien Lauf. »Ich hab alles kaputtgemacht. Ich hab ihm gesagt, ich will nur befreundet sein. Ich bin so eine Heuchlerin.«

»Warum hast du das denn getan?« Emmi zieht mich mit sich aufs Bett.

»Das … ich … ach …«, schluchze ich.

»Okay. Wenn du meine Meinung hören willst: Ich glaub, du hast Angst, weil deine vorherigen Beziehungen schiefgegangen sind und unsere Eltern solche Musterturteltauben sind.«

»Danke, Frau Hobbypsychologin.« Ich nicke jedoch. »Ja, kann sein.«

»Weißt du, keine Beziehung ist immer perfekt«, sagt Emmi weise. »Vor allem musst du nicht perfekt sein, ganz egal, was dir Freddy eingeredet haben mag. Die Summe unserer Macken macht uns doch erst einzigartig, was viel besser ist, als immer perfekt zu sein. Und eins kann ich dir sagen: Jona ist verrückt nach dir, sonst wäre er längst weg.«

»Ja, das weiß ich, aber was, wenn es mit Jona auch schiefgeht? Wenn er mich irgendwann satthat? Mein Herz ist jetzt schon ein einziges Trümmerfeld. Wenn ich Jona verliere, ist davon gar nichts mehr übrig.« Meine Stimme zittert allein bei dem Gedanken daran.

»Das heißt aber nicht, dass es so kommt«, sagt Emmi. Sie zieht mich mit sich aufs Bett. »Hast du ihm gesagt, was du fühlst?«

»Nein.« Ich schüttele heftig den Kopf. »Ich weiß nicht, ob ich meinem Herzen überhaupt trauen kann. Wie kann es sein, dass wir so lange befreundet sind und ich erst jetzt merke, wie sehr ich ihn mag?«

»Na ja, du stehst offensichtlich auf Typen, die dich schlecht behandeln. Solche wie Freddy.«

»Stimmt doch gar nicht«, widerspreche ich.

»Doch, oder warum hast du nur solche Luschen als Freunde gehabt? Nick, der nur über sich selbst und dein Gewicht geredet hat. Freddy, der nicht mal den Mumm hat, dir in die Augen zu sehen, wenn er Schluss macht.«

»Das war, weil ich nicht mit ihm schlafen wollte«, gestehe ich leise und senke den Kopf. »Ich war einfach noch nicht so weit.« Hilflos hebe ich die Schultern. »Ich hab's nicht gefühlt. Das ist meine Schuld.«

»So ein Quatsch!«, schimpft Emmi. »Der Typ ist ja noch schlimmer und egoistischer, als ich angenommen habe. Kein Wunder, dass du verwirrt bist, wenn es mal jemand gut mit dir meint wie Jona.« Sie holt Luft. »Du hast jedes Recht, so zu fühlen, wie du fühlst. Das macht dich aus. Und wenn dir nicht danach ist, mit jemandem zu schlafen, ist das völlig in Ordnung.« Sie ergreift mitfühlend meine Hand. »Ich verstehe, dass du Angst vor den Konsequenzen hast, und ich weiß, dass du dich davor fürchtest, wieder enttäuscht zu werden, aber überleg dir, was dir womöglich entgeht, wenn du kein Risiko eingehst. Jona ist anders als dieser Vollpfosten Freddy. Er hat dich in all den Jahren, die ihr euch kennt, nie verletzt, oder?«

Ich knabbere an meiner Unterlippe. »Nein, hat er nicht.«

»Siehst du«, fährt sie triumphierend fort.. »Du kannst dir erlauben, dass du Jona magst. So, wie er dich mag. Vielleicht solltest du dir auch überlegen, ob deine bisherigen Beziehungen deshalb schiefgegangen sind, weil Jona schon die ganze Zeit der Richtige für dich war.« Sie hebt vielsagend die Brauen.

»Oh«, stammele ich.

»Und womöglich solltest du die vielen Botschaften noch mal lesen, die du von ihm bekommen hast.« Sie deutet auf die Schokotäfelchen und das Minilebkuchenherz auf dem Nachttisch. »Das könnte dir Klarheit verschaffen.«

»Seit wann bist du so klug geworden?«, frage ich meine Schwester nachdenklich.

»Das war ich schon immer. Du willst es bloß nicht wahrhaben, so wie die Sache mit Jona.« Sie legt den Kopf schräg. »Vielleicht solltest du ausnahmsweise mal auf dein Herz hören und nicht auf deinen Kopf. Probiere es mal aus, es ist ein völlig neues Lebensgefühl.« Sie steht auf und verschwindet durch die Tür.

»Ja«, sage ich nachdenklich und wische mir mit dem Ärmel übers Gesicht. »Vielleicht sollte ich das.« Aber ich weiß nicht, ob ich das auch kann.

Jona

25
Born to Be Wild oder elchmäßig unterwegs

27. Dezember, Raunachtswunschzeit

Am nächsten Morgen bin ich immer noch total durch den Wind, weil mir Lin einen Korb gegeben hat. Wieder mal. Und ich hab keinen Schimmer, wie es mit uns weitergehen soll, wenn wir so viele Kilometer entfernt leben. Freundschaft, ganz ehrlich? Das reicht mir längst nicht mehr. Ich sehne mich nach Lins Nähe, ihren Berührungen, ihren Küssen. Es wird heftig werden, wieder ohne sie klarzukommen und sie nur auf dem Bildschirm eines Handys oder Laptops zu sehen.

Auch sonst lief es gestern für uns Jungs eher suboptimal. Im Moment steht es eins zu eins, weil wir zwar beim Curling gewonnen, aber dann beim Rentier-Ringwurf haushoch verloren haben. Und das nur, weil Lysse schamlos mit Chloe geflirtet hat. Echt jetzt – wie schwer kann es sein, ein aufgeblasenes Geweih zu treffen, das die Teamgegnerin auf dem Kopf hat. Auf meinen Rüffel hin, dass ich – immerhin auf seinen Rat hin – gewinnen muss, um ein echtes Date einzufordern, meinte er bloß, dass er gegen Chloes Niedlichkeitsoffensive völlig machtlos sei.

Wie dem auch sei, ich habe beschlossen, ganz die Zwiebel zu sein und mir meinen Kummer nicht anmerken zu lassen. Ich will die knappe Zeit, die mir mit Lin bis zu ihrer Abreise bleibt, so gut es geht genießen. Wenn ich den Trauerkloß gebe, würde das den anderen nur sinnlos den Tag verderben, und heute steht die Sauna auf dem Programm.

Als es beim Frühstück darum geht, ob wir mit der Kutsche zur Hütte fahren sollen, weil wir nur zwei Motorschlitten haben, sagt Emmi plötzlich, sie würde bei Connor im Solvinkel bleiben, da Connor sich den Magen verdorben hat. Hoffentlich droht uns da nicht eine weitere Beschwerde.

»Wenn man bedenkt, dass du die Idee mit der Sauna hattest, sollten wir vielleicht alle verzichten«, murrt Lin.

»Oh, das wäre aber wirklich schade«, erwidert Chloe. »Ich hab mich schon so auf den Ausflug gefreut.«

»Ja, abgesehen davon ist es voll unnötig«, sagt Emmi. »Ich lass mich nicht gern als Ausrede benutzen, nur weil du Angst hast, mal aus deiner Komfortzone rauszukommen und etwas Neues auszuprobieren, Lin.«

»Ich benutz dich gar nicht als Ausrede«, erwidert Lin trotzig. »Ich find's nur unhöflich, wenn ihr auf dieses einmalige Erlebnis verzichten müsst, wo es doch deine Idee war. Wir können das Ganze doch auch verschieben.«

»Äh, eher nicht«, wirft Jona ein. »Die Dorfgemeinschaftssauna ist ziemlich gut gebucht. Wir haben sie nur heute für uns.«

»Siehst du.« Emmi verschränkt die Arme vor der Brust. »Wir kommen hier wunderbar allein zurecht, nicht wahr, Connor?«

Connor nickt. Er wirkt immer noch etwas matt, obwohl er versichert, dass es ihm schon besser geht.

»Also verdirb uns allen nicht den Tag«, beendet Emmi ihre Ansprache. Zwischen den beiden Schwestern schießen die Blicke wie Blitze hin und her.

Schließlich seufzt Lin. »Na gut. Viel Spaß!«

»Danke«, antwortet Emmi zuckersüß. »Den werden wir haben.«

»Die Saunahütte ist ein Stück entfernt. Sollen wir trotzdem die Kutsche nehmen oder lieber die Motorschlitten?«, frage ich.

»Also, ehrlich gesagt würde ich Tornado ungern so lange in der Kälte stehen lassen«, wirft Lysse ein.

»Okay, dann die Motorschlitten.«

Wenig später machen wir uns, dick eingemummelt wie Weihnachtskobolde, auf den Weg zur Sauna. Ich hab uns einen Rucksack voll mit Leckereien zum Lunch gepackt. Da Lin die Schokisprüche so gern mag, hab ich extra für sie einen schönen rausgesucht. *Vergleiche dich nicht mit anderen, denn du bist einzigartig*. Mir ist echt nicht mehr zu helfen.

Den anderen voraus laufe ich zum Schuppen, wo die Schneemobile abgestellt sind.

Skeptisch beäugt Lin die Fahrzeuge. »Bist du sicher, dass wir zu zweit darauf Platz haben?«

»Je enger, je kuscheliger«, meint Lysse verschmitzt.

Er reicht Lin und Chloe je einen silbernen Helm. »Die solltet ihr besser aufsetzen.«

Lins Augen weiten sich. »Wieso? Ist das gefährlich?«

Beschwichtigend schaue ich sie an. »Nein, nur eine Vorsichtsmaßnahme. Wir bleiben auf dem Weg. Seit wann bist du so ein Angsthase, Lin?«

»Ich bin kein Angsthase, nur vernünftig. Immerhin weiß ich, wie du Rad fährst.«

»Ich verspreche, ich fahre vorsichtig. Aber wenn du mir nicht traust, kannst du auch gerne fahren.« Ich stecke die Hände in die Taschen und schaue sie abwartend an.

»Auf gar keinen Fall.« Sie schnappt sich einen Helm. »Ich kenne den Weg ja gar nicht.«

Lysse hat Chloe inzwischen ihren Helm weitergegeben. »Ihr solltet kein Wagnis eingehen und Euer hübsches Köpfchen schützen, Mylady«, schwallt er und macht eine tiefe Verbeugung. »Ich werde euer Wohl hüten wie den größten Schatz!«

Lachend setzt sich Chloe den Helm auf.

Lin nimmt den anderen. Ungeduldig fummelt sie am Kinnriemen, der sich nicht schließen lassen will.

»Warte, ich helfe dir.« Ich schiebe ihre Finger zur Seite und klicke den Verschluss ein. Ihr Atem streicht mir warm übers Gesicht, und dieses seltsame Flattern macht sich wieder in meinem Bauch bemerkbar.

»Danke!«, sagt sie verlegen und rutscht hinter mich auf die Sitzbank. Damit wir beide Platz darauf haben und sie nicht hintenüberkippt, muss sie ziemlich nah an mich ranrücken.

Ich sehne mich nach einem Kuss, nach ihrer Wärme, möchte so viel mehr. Rasch verdränge ich den Gedanken und versuche, ihr etwas mehr Platz zu verschaffen. Ich will nicht, dass sie sich von mir bedrängt fühlt.

»Du kannst dich an den Griffen festhalten oder an mir, natürlich ganz freundschaftlich.« Ich balle die Hand zur Faust und bin sauer auf mich selbst, weil ich mir die Spitze nicht verkniffen habe.

Wortlos schlingt Lin die Arme um meine Hüfte. Federleicht liegen ihre Finger auf meiner Jacke. Ich atme tief durch und drücke auf den Anlasser. Der Motor heult auf, und ich gebe Gas. Bisher hat eine Fahrt auf dem Schneemobil meine Laune noch immer verbessert.

Leise und geschmeidig gleiten wir durch die Landschaft, der kalte Wind beißt mir ins Gesicht. Das ist mir aber egal, denn Lin presst sich an meinen Rücken, und ich begebe mich ganz in dieses Gefühl hinein.

Nach kurzer Zeit lassen wir das Dorf hinter uns. Anfangs begegnen wir noch einigen Menschen, die uns zuwinken, doch schon bald führt uns der Trail in eine etwas abgelegenere Winterwunderlandschaft. Bäume säumen den Weg in einen wie verwunschen wirkenden Wald. Zum ersten Mal seit Langem fühle ich mich frei und genieße den Augenblick mit allen Sinnen: das leise Knirschen des Schnees unter den Kufen, der frische Geruch des Waldes, der sich mit Lins Kokosduft mischt und bei mir ein Kribbeln verursacht. Die Natur, die uns umgibt.

Schnee wirbelt auf, und sie klammert sich fester an mich, da der Pfad ziemlich holprig wird und sie reichlich oft gegen mich gepresst wird.

Als wir in den Wald eintauchen, warnt ein Schild vor den kreuzenden Elchen.

»He, hast du das gesehen?«, ruft sie mir zu. »Solltest du nicht langsamer fahren?«

»Das ist langsam«, erkläre ich. »Wenn ich noch mehr vom Gas gehe, werden wir von den Schnecken überholt. Und Elche sind hier äußerst selten.«

Sie murmelt etwas, was ich nicht verstehe. Ich muss mich voll darauf konzentrieren, die Kurve zu nehmen. Der Schlitten ist etwas schwergängig, wenn man nicht aufpasst und der Beifahrer sich nicht mit in die Kurve legt, schert er schon mal aus.

»Dürfen wir denn einfach so durch den Wald fahren? Abseits des Weges?«, fragt Lin kurze Zeit später.

»Wir sind auf dem Weg. Der ist nur zugeschneit«, versichere ich. Einen Moment lang legt sich ihre behandschuhte Hand über meine, dann kommt eine weitere Wurzel, und ich muss abbremsen. Dabei schliddern wir leicht nach rechts und steuern aufs Unterholz zu. Verdammt! Da war wohl eine unterfrorene Stelle. Ich lenke gegen, während ich Lins Aufschrei in den Ohren habe. Ich spüre, wie sie zur Seite kippt, und greife nach hinten, um sie zu halten. Ihre Finger krallen sich in meinen Bauch, und schließlich bleiben wir entgegen der Fahrtrichtung stehen.

»Alles okay?«, rufe ich ihr zu.

»Ja«, antwortet sie. »Ich sag doch, du musst langsamer fahren.«

»Haha«, erwidere ich, bin aber total erleichtert, dass nichts passiert ist. »Vorsicht, Glatteis!«, rufe ich dann Lysse zu, der zu uns aufschließt. Er sieht es gerade noch rechtzeitig und bleibt neben uns stehen.

»Falls das ein Stunt-Training werden sollte, gut gemacht«, meint er spöttisch.

Chloe legt nach. »Puh, bin ich froh, dass ich mich für Lysander als Fahrer entschieden habe.«

»Ey, das lag nicht an meinen mangelnden Fahrkünsten, sondern am Eis«, stelle ich klar.

»Genau! Jona konnte gar nichts dafür. Diese hinterlistige Pfütze hat sich als Schnee getarnt«, springt Lin mir bei.

»Okay, können wir weiter? Ich glaub, dieses Mal fahr ich besser vor.« Lysse gibt Gas und zischt an uns vorbei.

»Bist du bereit?«, frage ich Lin.

Sie legt die Arme an meinen Bauch. »Von mir aus kann's losgehen.«

Dieses Mal lasse ich mir etwas mehr Zeit, während wir durch den Wald gleiten. Lins Atem bläst mir in den Nacken und sorgt dafür, dass sich mir die Härchen aufstellen.

»Das ist so schön hier!«, sagt sie mir ins Ohr.

Ja, denke ich. *Das ist es!* Und in mir wächst der Wunsch, dass die Zeit jetzt einfach stehen bleibt.

Liu

26
Manche mögen's heiß

27. Dezember, nachmittags, gleiten, gleiten, einfach gleiten, Gefühlsbarometer: Auf Regen folgt Sonne

Wir erreichen einen See, der durch einen Kanal mit dem Schärenmeer verbunden ist. Am Ufer ist er zum Teil zugefroren. Ein Steg ragt ins Wasser, daneben schmiegt sich eine Hütte, die schon reichlich verwittert aussieht. Möwen kreisen über dem Wasser und erfüllen die Luft mit ihrem schiefen Gesang.

»Wow, das ist ja traumhaft hier!« Mein Blick schweift über die idyllische Landschaft.

Jonas Augen funkeln vor Begeisterung. »Wusste ich doch, dass dir das gefallen wird.« Er dreht sich zu mir. »Das ist einer meiner Lieblingsorte. Hier war ich früher oft mit Opa.« Sein Daumen malt Kreise auf meine Hand. »Okay, du kannst loslassen. Dann können wir absteigen.«

»Oh, entschuldige!« Rasch löse ich meine Arme. »Ich bin froh, dass Emmi mich hierzu überredet hat. Du solltest Ausflüge hierher anbieten. Die Fahrt mit dem Schneemobil hat Spaß gemacht, und auch ohne Sauna ist das hier wirklich sehenswert.«

»Mhm«, brummt er. »Möglicherweise.«

»Bereit für eine Runde Schwitzen?«, ruft Lysander. Er holt einen Schlüssel aus der Tasche und schließt die Tür auf. Wir folgen ihm hinein. Das Innere ist in drei Räume aufgeteilt.

Wir stehen in einer Art Vorraum mit einem kleinen Tisch und mehreren Liegestühlen. Über die Wand ziehen sich eine Bank und ein kleines Waschbecken. Außerdem entdecke ich eine Umkleide. Hinter einer weiteren Tür verbirgt sich der Saunaraum. Hier befinden sich mehrere Holzbänke auf verschiedenen Ebenen. Ein kleiner Ofen drängt sich an eine Wand. Daneben stehen ein Holzeimer und eine Schale mit Beuteln mit verschiedenen Aromaaufgüssen. Ein großes Panoramafenster bietet eine grandiose Aussicht auf den See.

Offenbar haben wir die Sauna ganz für uns allein.

»Wie viel hat das gekostet?«, frage ich sofort, als ich die bereitgelegten Sachen sehe.

»Für euch nichts«, verkündet Lysander. »Ihr seid unsere Gäste. Das ist unser Weihnachtsgeschenk für euch.«

»Oh, das ist so süß. Danke!«, sagt Chloe.

Jona hat sich inzwischen vor den Ofen gebeugt, um ihn anzufeuern. An der Wand hängt eine Anleitung, aber er schaut nicht einmal drauf. Offenbar hat er die Hütte schon öfter genutzt.

»Dort drüben könnt ihr euch umziehen«, sagt Lysander. Er selbst räumt ein Picknick und Getränke auf den Tisch, dann verschwindet er in der Umkleide.

»Ich geh vor, wenn du nichts dagegen hast«, sagt Chloe zu mir und geht zur Kabine.

»Mach ruhig«, antworte ich.

Die andere Tür geht auf, und Lysander kommt in Badehose und mit einem Handtuch über der Schulter wieder heraus.

»Ich kümmere mich schon mal um den Aufguss«, sagt er und verschwindet im Saunaraum.

»Mach's nicht so heiß!«, sagt Jona, und Lysander nickt.

»Macht ihr das öfter?«, frage ich.

»Einmal im Monat schon«, antwortet er.

»Ach, echt? Ich wusste gar nicht, dass dir so was Spaß macht.«

»Ja, stimmt. Du weißt so einiges nicht von mir«, sagt er geheimnisvoll, und sein Blick verdunkelt sich dabei.

»Und dann kommt ihr zu zweit hierher? Oder zu mehreren?«, rutscht es mir heraus. Wo kommt denn diese Eifersucht plötzlich her?

»Lysse und ich«, sagt er. »Also ja, zu zweit.«

Ich spüre, wie mir die glühende Hitze ins Gesicht schießt, am liebsten wäre ich auf der Stelle im Erdboden versunken.

»Ich hab hier keine Liebes-Dates oder was immer du dir vorstellst«, erklärt er nachdrücklich. »Ich hab schon seit Jahren keine Freundin mehr gehabt.« Dann beugt er sich vor. Sein Atem kitzelt mich am Ohr. Leise raunt er: »Aber du wirst mir ein Date schulden, wenn das Battle vorbei ist.« Er strahlt mich an, mit diesem schiefen Lächeln, das ich so liebe. »Versprochen ist versprochen, oder?«

»Ja klar. Ich steh zu meinem Wort.« Ein Seufzen entweicht mir. »Entschuldige! Ich weiß auch nicht, was mit mir los ist. Muss an der Hitze liegen.« Ich lache verlegen und lehne den Kopf an seine Brust. Seine Arme umschlingen mich, und wir bleiben einfach so stehen, bis ein Klappern uns aufschreckt und auseinandertreibt.

Chloe verlässt die Umkleide, in ein Handtuch und ein strahlendes Lächeln gehüllt. »Bis gleich!« Sie winkt uns zu und gesellt sich zu Lysander in den Saunaraum. Heißer Dampf wabert uns entgegen, als sie die Tür öffnet.

»Okay, dann zieh ich mich wohl auch mal um«, sage ich und ergebe mich in mein Schicksal.

»Tapfer!«, sagt Jona grinsend.

Rasch streife ich Jacke, Hose und Pulli ab, bis ich nur noch im Badeanzug dastehe.

Draußen kommt mir Jona entgegen, oberkörperfrei und in Badehose, das Handtuch über eine Schulter geworfen. Die Brille hat er abgelegt. »Bereit?«

Wie hypnotisiert schaue ich ihn an. Wir waren schon oft gemeinsam schwimmen, aber in letzter Zeit hat er ganz schön Muskeln aufgebaut. Mein Mund wird trocken, und ich fächele mir unwillkürlich Luft zu.

Jona schnippt vor meinem Gesicht. »Alles gut? Ist dir schwindelig? Oder übel?«

»Nein.« Im Gegenteil.

»Ah, du siehst aus, als hättest du einen süßen Welpen gesehen. Schmachtest du mich an?«

»Tu ich nicht. Was ist das überhaupt für ein komisches Wort?«

»Tust du doch.« Er grinst frech. »Du findest mich heiß.«

Ich gebe ihm einen Schubs. »So ein Quatsch! Hier drin ist es einfach heiß und dampfig. Lysander hat ganz schön aufgeheizt. Muss das so sein? Bei all der Feuchtigkeit kann man leicht mal wegtreten.«

»Wenn du meinst.« Er streckt mir die Hand entgegen, doch ich bleibe unschlüssig stehen. Skeptisch mustere ich die Tür zum Saunaraum.

»Wir müssen da nicht rein«, sagt Jona neben mir. »Wir können auch hier draußen warten, bis die beiden wieder rauskommen, wenn du willst. Da drinnen erwarten uns vermutlich traumatisierende Dinge wie Käsefüße und Schweißgeruch.«

»Oder Lysanders Waschbrettbauch«, erwidere ich lachend.

»Hey, da kann ich locker mithalten.« Er wirft sich in Pose, und ich gerate allein davon schon ins Schwitzen.

»Wird schon nicht so schlimm werden. Und falls ich wegschmelzen sollte wie Schneemann Olaf, versprich mir, dass du meine Pfütze in ein Marmeladenglas füllst und ins Regal stellst.«

»Du hast mein Ehrenwort. Ich werde sogar dein übrig gebliebenes Handtuch aufbewahren und jeden Tag über den Deckel streichen, versprochen.« Er greift sich an die Brust, und die Sommersprossen auf seiner Nase tanzen verräterisch, als müsse er sich ein Lachen verkneifen. »Aber ich werde schon dafür sorgen, dass du nicht zur Pfütze zerfließt.«

»Also gut. Gehen wir es an.«

»Moment, ich hab noch was vergessen.«

»Was denn?« Irritiert drehe ich mich zu ihm um.

Verführerisch lächelt er mir zu und zieht mich an sich. »Das hier.« Er beugt sich ganz nah vor, die Hände hinter meinem Nacken verschränkt, und ich denke schon, er wird mich küssen. Insgeheim wünsche ich es mir, was ich mir nur ungern eingestehe. Doch er hängt mir nur grinsend sein Handtuch über die Schultern. »Ich seh dich drinnen, oder vielleicht auch nicht?« Herausfordernd drückt er sich so an mir vorbei, dass sein Hintern meinen berührt, und verschwindet im Saunaraum.

»Ganz schön unfair!« Ich hole noch mal tief Luft, dann öffne ich die Tür zum Schwitzkasten.

❄

Ich bereue meine Entscheidung, kaum dass ich neben Chloe auf der unteren Bank sitze. Lysander lümmelt uns gegenüber, und Jona sitzt neben ihm.

Dampf hüllt uns ein, es riecht nach Minze und Orange. Sofort bilden sich Schweißperlen auf meinem gesamten Körper. Jona reicht mir ein kleineres Handtuch, mit dem ich sie abwischen kann.

Eigentlich habe ich vorgehabt, mich fest in mein Handtuch zu wickeln, um meinen quietscheentchengelben Badeanzug zu verbergen, aber das halte ich bei der Hitze nicht lange durch. Neben Chloe komme ich mir vor wie Aschenbrödel ohne Linsen. In ihrem Einteiler mit den geschickt platzierten Cut-Outs sieht sie phänomenal aus. Meinen Badeanzug hab ich mir von Emmi ausleihen müssen, denn wer, außer meiner Schwester, geht davon aus, dass man Badesachen benötigt, wenn man in den Winterurlaub fährt.

Es ist die reinste Folter, den beiden Jungs gegenüberzusitzen, denen die Hitze so scheinbar gar nichts auszumachen scheint. Jona hat sich zurückgelehnt, einen Arm über die Bank gelegt, die Beine ausgestreckt und sieht dabei unheimlich lässig aus. Ich hingegen rutsche nervös von einer Pobacke auf die andere. Wer hätte gedacht, dass mich Jonas nackter, schweißglänzender Oberkörper so aus der Fassung bringen könnte. Ganz ruhig, rede ich mir zu. Das ist hier wie im Schwimmbad. Nur viel intimer, meldet sich meine innere Stimme. Der Raum ist ziemlich klein, die Bänke bieten gerade mal Platz für vier bis sechs Personen. Wir schwitzen also ziemlich nah beieinander, so nah, dass wir fast schon aneinanderkleben.

Nach einer Weile steht Lysander auf, verteilt den Dampf mit einem Handtuch und vollführt dabei eine Art Kung-Fu-Tanz. »Saunameister-Skills«, erklärt er.

»Du bist ja echt ein Multitalent.« Ich wische mir eine feuchte Strähne aus der Stirn und sehe, wie Jona sich über die Lippen leckt.

»Puh! In der Hölle kann es kaum heißer sein.« Ich fächele mir Luft zu. Schweiß rinnt mir vom Kopf über den Nacken, und mein Badeanzug ist bereits völlig durchnässt, als hätte ich unter der Dusche gestanden. »Okay, und wie lange sollen wir das hier aushalten?«

»Zehn Minuten?«, schlägt Lysander vor.

»Bis dahin bin ich wirklich zu einer kläglichen Pfütze geschmolzen«, wende ich ein.

»Wir können das jederzeit beenden«, erklärt Jona. Er reicht mir eine Wasserflasche. »Hier, trink, und gib Bescheid, falls du rauswillst.«

Ich nicke, nehme einen großen, wohltuenden Schluck und fühle mich schon besser. Gedankenverloren schaue ich aus dem Fenster und betrachte den See, der sich völlig ruhig vor meinen Augen ausbreitet. Ich konzentriere mich aufs Ein- und Ausatmen, wobei mein Blick immer wieder wie magisch angezogen auf Jonas Brust landet.

Ich atme weiter langsam aus und wieder ein und merke, wie mich plötzlich eine angenehme Schwere erfüllt, ein innerer Frieden, den ich lange nicht verspürt habe. Alle Sorgen verblassen, und es zählt nur der Moment. Den Blick auf das gemütlich wogende Wasser gerichtet, das sich bis zum Horizont erstreckt, glaube ich zum ersten Mal richtig zu verstehen, warum Jona sich hier so frei und geborgen fühlt.

Liu

27
Völlig unverfroren oder kein Goldfisch an der Leine

Kalt, kälter, Eisbär oder wie war das noch mal mit den Raunachtswünschen? Gefühlsbarometer: Hilfe, ich schmelze …

Kalte Luft schlägt mir entgegen, als Lysander die Tür aufreißt, doch nach der Hitze in der Sauna ist das regelrecht erfrischend. Dennoch kuschele ich mich tief in mein flauschiges Handtuch mit Kapuze, um mir noch eine Gnadenfrist zu verschaffen.

»Müssen wir ins Wasser?«, frage ich argwöhnisch. »Wir könnten doch auch einfach hier draußen stehen bleiben.«

»Klar, wenn du weiter nach Schweiß stinken willst, ist das sicher eine Option«, sagt Chloe. Wie eine Hollywooddiva lässt sie elegant ihr Handtuch fallen. »Da es hier keine Dusche gibt, wird uns, fürchte ich, nichts anderes übrig bleiben.«

»Wer zuletzt im Wasser ist, ist ein mimosiger Goldfisch!«, ruft Lysander. Er läuft über den Steg und stürzt sich mit einem Hechtsprung in den See. Beeindruckend! Kurz darauf taucht erst sein Kopf auf, dann erheben sich seine breiten Schultern wieder aus den Fluten, und er macht mit den Händen eine Bewegung, als wolle er uns mit einer Angel ins Wasser ziehen. »Putt, putt, putt, ihr Goldfische.«

»Wie alt bist du, acht?«, ruft Chloe lachend. »Abgesehen davon zieht man Fische aus dem Wasser, nicht hinein.«

Es platscht erneut, und Jona ist im Wasser. Die beiden sind wie Eisbärjunge. Die Kälte scheint ihnen nichts auszumachen.

»Baaah, ist das frostig!«, rufe ich, als Lysander nach uns spritzt. Zögerlich tauche ich den großen Zeh in den See. Das Wasser ist glasklar, aber ich habe das Gefühl, dass mir mein Fuß abfriert.

»Quatsch, das ist so warm wie in der Badewanne«, sagt Lysander grinsend.

»Ja, wenn du in Eiswürfeln badest«, erwidere ich sarkastisch.

»Mach langsam«, rät mir Jona. »Damit sich dein Körper daran gewöhnen kann.« Er steht hüfttief im See.

»Wenn ich noch langsamer mache, friere ich auf der Stelle fest«, brumme ich. »Wusstet ihr, dass Enten und Pinguine buchstäblich kalte Füße haben? Das Blut ist dort kälter als im restlichen Körper, deshalb frieren sie auch nicht. Im Gegensatz zu mir.«

»Gibst du auf, Dr. Bibber?«, erwidert Jona lachend. »Oder warum klärst du uns hier über Enten auf?«

»Auf keinen Fall.« Schritt für Schritt wage ich mich

weiter ins Wasser, die Arme rechtwinklig erhoben, um so wenig Angriffsfläche wie möglich zu bieten. Der Kälteschock setzt beinahe sofort ein, und ich stelle mich auf die Zehenspitzen, damit die Wasserlinie mir nicht so heftig auf den Bauch schlägt. Hätte ich gewusst, was mich erwartet, hätte ich mir einen Neoprenanzug besorgt.

»Es nutzt nichts, wenn du dich auf die Zehenspitzen stellst«, sagt Jona provozierend. »Du musst schon ganz rein, damit es zählt.«

»Okay, wir schaffen das, Lin.« Chloe greift nach meiner Hand und läuft voraus, wodurch sie mich mit sich zieht. Ich sträube mich, solange es geht, aber zehn Sekunden später stehe ich bis zu den Schultern im Wasser. Brrr!

»Ehrlich, was soll daran *lagom* sein?«, sage ich fluchend. »Das hat so was von gar nix von goldener Mitte. Erst wird man in der Sauna gedämpft wie Gemüse und dann hier schockgefrostet.«

»Ja, aber dein Immunsystem wird's lieben«, entgegnet Jona. Die Haare kleben ihm feucht am Hals, doch es scheint ihm nichts auszumachen. »Mit der Zeit gewöhnst du dich dran. Aber wenn du willst, wärm ich dich.«

»Das ist völlig unmöglich!«, erkläre ich.

»Abwarten!«, meint er bloß. Er schwimmt zu mir und schlingt von hinten die Arme um meinen Bauch. Sanft pustet er mir in den Nacken, und eine Gänsehaut breitet sich auf meinen Armen aus. Die Kälte ist vergessen, denn seine Nähe gibt mir das Gefühl, als würde ich innerlich brennen. Noch nie habe ich mich so wohlgefühlt. Ich lasse das Gefühl zu, koste es ganz aus, auch wenn mir eine innere Stimme zuflüstert, dass das mit uns keine Zukunft haben kann, wenn wir Freunde bleiben wollen, und dass ich ihn bald bitter enttäuschen werde.

»Woah, was war das?!« Irgendwas hat mein Bein gestreift, und ich hänge mich wie ein Handtuch an Jojo. Chloes neugieriger Blick klebt an uns, und mir wird bewusst, was ich da tue. Rasch löse ich mich von ihm.

»Wahrscheinlich nur ein Seegrashalm«, meint Jojo.

»Oder ein Fisch!«, ruft Lysander und lacht.

»Uh, hier gibt's Fische?«, fragt Chloe und erschauert grazil.

»Klar, aber keine Sorge, die sind nicht so drauf wie die in diesen Wellnessbecken. Die knabbern euch schon nicht an.« Er schwimmt zu Chloe hinüber und legt ihr einen Arm über die Schulter. »Ich beschütze dich, falls du mich lässt.«

»Okay, das reicht«, beschließe ich und wate zurück zum Ufer. Auf Fischkontakt hab ich nun wirklich keine Lust.

Jona folgt mir. »Hey, Warmduscherin, lass mich helfen.« Er rubbelt meine Arme mit einem Handtuch trocken, während ich beobachte, wie die Wassertropfen von seiner Haut perlen. Einen Moment lang bin ich wie gebannt, fast so, als hätte jemand einen Zauber über mich ausgesprochen. Verflixt, das ist sexy. Vor allem, wenn er wie jetzt unter seinem Pony hervorlinst und mich so forschend anschaut. Schnell löse ich mich von dem Anblick. Solche Gedanken sind verboten. Wehmut ergreift mich. Plötzlich ist da wieder der Schmerz vom nahenden Abschied, von der Sorge, verlassen und verletzt zu werden. Rasch lenke ich meine Gedanken in eine andere Spur.

»Können wir noch mal in die Sauna?«, frage ich, während meine Zähne aufeinanderschlagen.

»Können wir, aber danach müsstest du dich wieder abkühlen«, sagt er und rubbelt ein wenig fester. »Dir wird sicher gleich wieder warm. Hier, nimm das.« Er reicht mir ein Handtuch, in das ich mich komplett einwickele und mir die Kapuze über den Kopf ziehe.

Tatsächlich hat er recht. Auf die Kälte folgt eine angenehme Wärme. Offenbar hat mein Immunsystem endlich mitbekommen, dass Eisbaden was Gutes ist, und kurbelt jetzt meinen Kreislauf ordentlich an. Plötzlich ist mir total heiß. Und ich bin nicht sicher, ob das wirklich nur eine Reaktion auf das Eisbaden ist oder womöglich auch mit Jona zusammenhängt, der sich an mich kuschelt und immer noch über meine Arme reibt.

Chloe und Lysander kommen lachend ans Ufer, und ich gehe unwillkürlich auf Abstand. Jona schaut mich verwirrt an, sagt aber nichts.

»Okay, Lysse, du warst am längsten drin«, sagt Chloe grinsend. »Du hast den Eisbärenpreis gewonnen!« Sie applaudiert, und Lysander wirft sich in Siegerpose.

Wir wollen gerade in die Hütte gehen, um unser Picknick zu verspeisen, da flüstert Jona plötzlich: »Achtung, nicht bewegen!«

»Wieso nicht? Ist das ein neues Spiel?«, fragt Chloe.

»Nein!« Er legt einen Finger an die Lippen. »Ein Elch.«

Wie gebannt schauen wir in die Richtung, in die er zeigt. Das majestätische Wesen schwimmt durch den See auf uns zu. Seine Geweihschaufeln sind riesig.

»*Helvete!*«, flucht Lysander leise durch zusammengebissene Zähne.

»Noch hat er uns nicht bemerkt«, meint Jona. »Okay,

geht langsam zurück. Nicht umdrehen!«, weist er uns an, während er schon ein paar Schritte zurückweicht und mich mit sich zieht. »Wenn die schlechte Laune haben oder sich bedroht fühlen, können sie gefährlich werden.«

Andächtig beobachten wir das majestätische Tier aus sicherer Entfernung.

Der Elch hat inzwischen das Ufer erreicht. Er dreht den Kopf und richtet den Blick auf uns. Wie zum Gruß wedelt er mit den großen Ohren, dann trabt er davon.

»Brrr, allmählich wird es echt kalt«, sage ich.

»In der Hütte können wir uns aufwärmen.« Jona hat bereits die Tür geöffnet.

»Das war so cool!«, ruft Chloe. Sie betrachtet noch mal die Bilder, die sie gemacht hat. »Gebt mir mal eure Nummern, dann schicke ich euch das Foto.«

Wenig später sind wir in einer Chatgruppe verbunden.

Gut gelaunt kehren wir nach dem Picknick in den Solvinkel zurück. Dieses Mal ohne Glatteis-Ausrutscher.

In der Eingangshalle kommt uns Bo entgegen.

»Ah, Jona, da bist du ja. Ich wollte mich noch mal versichern, dass das morgen mit Skansen klappt.«

»Ja, natürlich. Ich fahr euch hin.« Sein Blick schwenkt zu mir. »Vielleicht hast du ja Lust mitzukommen?«

»Das war der Tierpark, oder?«, frage ich.

»Ja, genau. Und man kann das Leben in Schweden im vorigen Jahrhundert erleben.«

»Klingt gut.« Ich nicke.

Bo reibt sich die Hände. »Prima, dann ist das also abgemacht.« Er wendet sich zum Gehen. »Oh, und noch was. Nimm dein Konzept mit. Ich hab einen Termin mit einem alten Freund gemacht, der sich das mal anschauen will.«

Ich spüre, wie Jona neben mir ganz hibbelig wird. »Einem Investor?«, fragt er.

»Ja. Als ich ihm von eurem Projekt erzählt habe, war er sehr interessiert.« Ein Lächeln verknittert Bos faltiges Gesicht noch ein bisschen mehr.

»Das ist gut, oder?«, sagt Jona. »Das heißt, es besteht Hoffnung, dass wir den Solvinkel retten können.«

»Ja, klingt ganz so«, stimme ich zu. Ehrlich, ich will mich für ihn freuen, doch in mir sind die unterschiedlichsten Gefühle vermischt. Wenn das klappt, wird Jona garantiert nicht so schnell nach Deutschland zurückkommen. Und wenn nicht, wird er total traurig sein. Beide Möglichkeiten gefallen mir kein bisschen.

Jona

28
Ist das Leben nicht schön?

28. Dezember, Raunachtstage

Die Überfahrt nach Skansen verläuft angespannt. Nicht zuletzt deshalb, weil der ganze Solvinkel uns begleitet. Nur Alma bleibt zu Hause, weil es ihr nicht so gut geht.

»Du schaffst das auch ohne mich«, hat sie zuversichtlich gesagt. Ich bin mir da nicht so sicher. Immer wieder streifen meine Gedanken zu Lin. Es fällt mir echt schwer, ihren Wunsch zu respektieren, nur Freunde zu bleiben. Aber natürlich gebe ich mir alle Mühe. Den ganzen gestrigen Tag ist Lin mir ohnehin aus dem Weg gegangen und hat beschlossen, mit Chloe einen Wellnesstag im Hotel am Hafen einzulegen. Angeblich zur Konkurrenzanalyse. Natürlich weiß Chloe inzwischen von Lysse, wie es um den Solvinkel steht. Allerdings hätte ich ohnehin nur wenig Zeit gehabt. Ylvie ist immer noch krank, und Bo wollte mit mir die Unterlagen für heute noch mal durchgehen. Abends waren wir dann auch keine Minute allein, denn

Emmi hat darauf bestanden, dass wir die letzte Kategorie der Jolinischen Spiele noch durchziehen. Im Keks-Pong-Quizduell haben wir haushoch gewonnen, denn Lin scheint mit ihren Gedanken ganz woanders zu sein. Das bedeutet, dass sie mir eigentlich ein Date schuldet, doch so wie die Dinge momentan zwischen uns stehen, weiß ich nicht, ob ich es überhaupt noch einfordern soll oder nicht.

»Alles klar, Kumpel?« Lysse kommt zu mir ans Steuer.

»Ja, alles klar, nur ein wenig nervös.«

»Du machst das schon.« Er bleibt neben mir stehen. »Soll ich das Steuer übernehmen, damit du deine Gedanken sammeln kannst?«

Mein Blick schwenkt kurz zu Lin. Sie sitzt auf der Bank und tippt auf ihrem Handy. »Nein, alles gut. Besser, ich denk nicht zu viel drüber nach, was alles auf dem Spiel steht.« Ruhig lenke ich das Boot durch die Strömung. Lysse hilft mir wenige Minuten später beim Anlegen an der Gästemarina der Insel Djurgården.

Nachdem das Boot vertäut ist, helfe ich den anderen beim Aussteigen. Lin schenkt mir ein zögerliches Grinsen, als ich die Hand nach ihr ausstrecke.

Sobald wir das Freilichtmuseum mit angeschlossenem Wildpark betreten, ist es so, als wären wir in einem anderen Jahrhundert gelandet. Die roten Holzhäuser, die sich an die Kopfsteinpflastergassen reihen, sehen aus wie aus einem *Michel-aus-Lönneberga*-Film. Hier und da bekommt man Einblicke in die Berufe früherer Zeiten.

Während die anderen durch den Park schlendern, wollen Bo und ich uns mit seinem Freund treffen.

Als Lin sich bei Emmi einhakt, um mit ihr das Gelände zu erkunden, halte ich sie zurück.

»Kannst du mitkommen?«, frage ich. »Ich glaube, ich wäre weniger nervös.«

Kurz zögert sie, dann willigt sie ein.

Im Café, wo wir uns mit dem Investor treffen wollen, den Bo mir als Piet vorstellt, bedient uns eine Frau in typisch schwedischer Tracht.

»Also Jona«, sagt Piet. »Bo hat mir erzählt, dass du eine Umgestaltung eurer Pension in Erwägung ziehst. Ich habe mir dein Konzept angesehen.«

»Ja«, antworte ich. »Das wäre mein Wunsch. Ich möchte uns am nachhaltigen grünen Tourismus ausrichten, zurück zur Natur.« Angespannt knete ich meine Hände. Als ich spüre, wie Lin etwas näher rückt, werde ich sofort ruhiger.

»Allerdings sprechen die Schulden eine andere Sprache.« Er schaut zwischen mir und Bo hin und her. »Ich habe mir die Finanzen näher angeschaut. Das sieht nicht so gut aus. Da läuft noch ein alter Kredit, der abbezahlt werden muss, und die Umgestaltung wird auch noch mal eine ordentliche Summe kosten.«

»Und?« Ich nippe an meinem Kaffee. »Damit erzählst du mir nichts Neues.«

»Richtig.« Piet nickt. »Ich will nur sicher sein, dass du das Ausmaß dieser Entscheidung verstehst.« Er hält inne und fixiert mich. »Das Angebot, das euch vorliegt, ist nicht schlecht. Ihr könntet verkaufen und wärt alle Sorgen los.«

»Ja, aber auch unser Zuhause. Und das gibt man nicht so leicht auf«, wende ich ein.

Piet blättert in seiner Mappe. »Wir können eine Umschuldung vornehmen, das Potenzial ist da. Bo kann dir sicher beim Marketing helfen.«

»Wir wollen uns auch für den Eco Award bewerben. Wenn wir gewinnen, bekommen wir vom Tourismusbüro für ein Jahr finanzielle Unterstützung.«

Piet nickt. »Das klingt gut, ist aber Geld, mit dem man nicht rechnen sollte, solange man es nicht hat. Falls du dich für diese Umorientierung entscheidest, muss dir bewusst sein, dass du dich damit mehrere Jahre bindest.«

Ich merke, wie Lin neben mir erstarrt. Sie weiß, was das bedeutet. Dennoch: Mir ist es wichtig, nicht so leicht aufzugeben. »Ich will es wenigstens versuchen«, spreche ich meine Gedanken aus.

»Und ich werde den Solvinkel als stiller Teilhaber unterstützen«, erklärt Bo. »Das habe ich mit Jona schon besprochen.« Er lächelt. »Ich bürge natürlich für dich.«

Dankbar lächle ich ihm zu.

»Gut, wie steht es denn um Eigenkapital?«, fragt Piet. Klirrend stellt er seine Tasse ab. »Hast du irgendwelche Reserven, Ersparnisse? Das würde den Kredit noch ein bisschen günstiger machen.«

Nervös schüttele ich den Kopf.

»Was ist mit Heiners Briefmarkensammlung?«, fragt Bo.

»Welche Briefmarkensammlung?«, frage ich. »Davon hat Opa nie etwas erzählt.«

»Oh, ich weiß ganz sicher, dass er eine hat. Er war damals so von Audrey Hepburn begeistert und hat den Banken nicht getraut. Statt in Gold wollte er seine Ersparnisse in Briefmarken anlegen, wie in dem Film *Charade*. Damit ihr einen bleibenden Wert hättet, du und Alma.« Bo lächelt breit. »Die waren damals einen fünfstelligen Betrag wert. Hat deine Mutter die Sammlung vielleicht schon verkauft?«

»Keine Ahnung.« Ich zucke mit den Schultern. »Das müsste ich sie fragen, ich hab diese Marken nie gesehen.« Mein Mut sinkt.

»Oder doch …«, sagt Lin leise neben mir. »Weißt du, die Briefe an deine Oma, auf dem Speicher? Mit den schönen Marken?« Sie schaut mich an. »Das wäre doch so wie in dem Film, wo Audrey Hepburn diesen Brief von ihrem verstorbenen Mann erhält, in dem er ihr erzählt, was er ihr hinterlässt, und dass das Erbe die Marken sind. Den haben wir neulich doch noch gesehen.«

»Stimmt.« Ich bin wie vor den Kopf geschlagen. »Ich bespreche das mit meiner Mutter und melde mich bei dir.«

»Gut«, meint Piet. »Das wäre eine zusätzliche Sicherheit, falls diese Sammlung noch da ist. Natürlich bräuchten wir ein Gutachten.« Er schaut zu Bo, dann zu mir. »Also mache ich die Verträge fertig?«

»Mach das«, sagt Bo.

»Bedeutet das …?« Mein Blick fliegt von ihm zu Piet. »Wir können den Solvinkel weiterbetreiben?«

»Ja, sicher. Ich leite alles Nötige in die Wege.« Er spielt mit dem Stift in seiner Hand. »Falls deine Mutter sich anders entscheiden sollte, gibst du mir Bescheid.«

»Das wird sie bestimmt nicht«, sage ich überzeugt. »Danke, Bo! Danke, Piet!«

»Da nicht für …«, murmelt Bo und haut mir auf die Schulter. »Das bin ich deinem Großvater schuldig.«

❄

Wir verabschieden uns von Piet, und ich vereinbare mit Bo und Hildegard, dass wir uns später am Steg treffen.

»Das lief doch gut«, sagt Lin, als wir draußen sind. Langsam schlendern wir durch den Park auf das Wildtiergehege zu. Der Weg führt uns durch die beeindruckende Lichtinstallation, die am Rand aufgebaut ist.

»Ja, schon.« Ich drehe mich leicht zu ihr. »Danke, dass du mir geholfen hast. Ohne dich hätte ich dieses Konzept nie so gut auf die Beine gestellt.«

»Ist doch klar«, sagt sie. »Ich werde dich immer unterstützen. Obwohl ich dich vermissen werde, wenn du nicht nach Deutschland zurückkehrst.« Sie senkt den Kopf, und wir laufen schweigend weiter.

»Ein bisschen macht mir das auch Angst.« Ich vergrabe die Hände in den Taschen. »Das alles. Brücken abbrechen. Neue Wege, du weißt schon …«

Sie nickt. »Kein Wunder, du bist jetzt Unternehmer. Aber du schaffst das schon. Freu dich, der Solvinkel ist gerettet. Deine Weihnachtswünsche sind in Erfüllung gegangen.«

»Nicht alle Wünsche …«, erwidere ich, während wir bei den Elchen stehen bleiben. Aus der Nähe betrachtet wirken sie noch einmal riesiger als in freier Wildbahn. »Der wichtigste Wunsch blieb bisher unerfüllt, aber ich hoffe auf die Raunachtmagie.« Ich lächle sie an.

Sie beißt sich auf die Lippe. »Danke, aber … das wird nicht gehen. Ich hab meinem Chef vorhin zugesagt, dass ich den Ersatzausbildungsplatz annehmen will.«

Ah, das Handy. Ein Kloß sitzt mir im Hals. »Ja klar. Das ist nur vernünftig. So verlierst du keine Zeit und musst kein Jahr nachholen.« Ich kann nicht verhindern, dass ich bitter klinge. Ich hatte trotz allem so sehr gehofft, dass sie sich endlich für mich entscheidet.

Mein Blick schweift zu den Wisenten, die friedlich auf der Wiese stehen, und ich laufe weiter.

»Du bist sauer auf mich«, schlussfolgert Lin. Sie steckt die Hände in die Taschen und schließt zu mir auf.

»Nein, ehrlich. Ich kann das verstehen.« Kann ich wirklich, auch wenn ich es nicht gern zugeben. »Nur … es ist ja unser Konzept. Deshalb hatte ich gehofft, dass wir das hier vielleicht zusammen machen. Dass du hierbleiben könntest, um … Ach, ist ja auch egal.«

Wieder bleibt sie stehen und hält mich fest, damit ich ihr in die Augen sehe. Schweigend blickt sie mich an, und ich weiß, ich muss mich zusammenreißen, denn ich will nicht, dass sie sich schlecht wegen mir fühlt. »Okay, lass uns nicht streiten. Uns bleiben nur noch ein paar gemeinsame Tage, die will ich uns nicht verderben.« Ich strecke die Hand aus, und sie verschränkt die Finger mit meinen.

Zögerlich nickt sie. »Gut. Wie wär's, wenn wir einfach nichts planen? Lass uns die Gegenwart genießen, so, wie sie ist, und nicht an morgen denken.«

»Du und keine Pläne schmieden, das ist ja mal ganz was Neues«, ziehe ich sie auf.

»Ich bin eben lernfähig«, erwidert sie und zieht mich in eine Umarmung. »Also, was sagst du zu meinem Plan, nichts zu planen?«

»Einverstanden«, antworte ich und lege mein Kinn auf ihren Kopf. Die Hoffnung, die kurz in mir aufgekeimt ist, die Freude, die ich über die Zusage für die Rettung des Solvinkel verspürt habe, verblasst angesichts dessen, was ich bald verlieren könnte.

Lin

29
One Special Night – Zauber einer Winternacht

30. Dezember, mitten in der Nacht, Gefühlsbarometer: zerrissen wie ein Papiertaschentuch oder Herz gegen Kopf

»Psst, Lin!« Ein leises Klackern weckt mich aus dem Schlaf. Ich schaue zum Fenster. Draußen ist es noch dunkel, der Mond steht als fahle Sichel am Himmel. Emmi dreht sich grummelnd auf die andere Seite und zieht sich die Decke über den Kopf. Unwillkürlich muss ich schmunzeln. Sie sieht richtig süß aus, wie sie so leise vor sich hin schnorchelt.

Da – schon wieder dieses Klickern. Regnet es? Ich stehe auf und schiebe den Vorhang zur Seite. Jona blickt mich an. Er hockt auf dem Baum, der im Garten steht, und zielt mit einem Kiesel auf mein Fenster. Als er mich entdeckt, lässt er die Hand sinken.

Ich trag nur meine karierten Schlafshorts und ein Top

mit einem lustigen Faultier. Aber egal, bei unseren Übernachtungen hat er mich schon öfter in peinlicher Schlafkleidung gesehen. Ganz zu schweigen von dem Gurkenmaskenvorfall neulich.

Grinsend öffne ich das Fenster. »Was wird das?«, frage ich leise. »Du kannst nicht einfach da hochklettern. Emmi schläft hier auch. Und ich bin im Schlafanzug.«

»Ja, das seh ich.« Sein Blick schweift über mich und hinterlässt dabei eine glühende Spur. »Sieht niedlich aus.«

»Danke, aber fensterlt man nicht nur in Bayern? Wieso nimmst du nicht die Tür?«

»Zu riskant. Womöglich hängen sich dann Chloe oder Lysse wieder an uns dran wie die Oberkletten.«

Ich lache. »Das ist unfair. Die beiden sind nett.«

»Ja klar. Aber ich möchte vor deiner Abreise endlich mal mit dir allein sein. Deshalb fordere ich die Einlösung deiner Wettschulden.«

»Jetzt? Mitten in der Nacht?«, frage ich gedehnt.

»Ja, jetzt. Morgen ist Silvester und der Spendenlauf. Da werden wir wieder keine Zeit zu zweit haben. Komm runter. Und zieh dir was Warmes an.«

»Aber ich darf schon die Treppe nehmen?«, spotte ich. »Oder muss ich über den Baum klettern?«

Er kratzt sich am Kinn. »Keine schlechte Idee. Dann wären wir auf der sicheren Seite. Ich fang dich auch auf.« Er breitet die Arme aus.

»Auf gar keinen Fall!« Ich verschränke die Arme. »Ich bin doch kein Eichhörnchen.«

»Ach echt? Hättest du es nicht erwähnt, hätte ich es gar nicht bemerkt.« Er zieht einen bedauernden Flunsch.

»Okay, die Treppe ist mir auch recht, solange du dich beeilst.« Er winkt mir zu und klettert nach unten.

Ich nicke und werfe noch einen Blick auf meine schlafende Schwester. Schnell kritzele ich eine Nachricht für sie, ziehe mich an und schleiche die Treppe hinunter. Jedes Mal, wenn eine Diele knarzt, zucke ich erschrocken zusammen und schaue mich hektisch um. Niemand bekommt jedoch meinen nächtlichen Ausflug mit. Im Haus herrscht Stille.

Wenig später trete ich dick eingemummelt nach draußen. Jona wartet bereits ungeduldig auf mich. Es dauert einen Augenblick, bis sich meine Augen an die Dunkelheit gewöhnt haben. Die Schatten der Bäume am Wegesrand ragen wie stumme Wächter am Rand des Weges auf. Kein Laut ist zu hören, nur unsere Schritte knirschen im Schnee, als Jona mich mit sich zieht.

»Was hast du vor?«, will ich wissen.

»Die typischen Touristen-Hotspots haben wir schon abgeklappert. Heute möchte ich dir zeigen, warum ich so gerne hier lebe. Und zwar eine Stelle, wohin uns niemand folgen kann.« Er öffnet das Tor zur Scheune. »Schnell, bevor uns jemand entdeckt.«

Der warme Geruch nach Heu umhüllt mich. Die Tiere sind nicht zu sehen. Vermutlich haben sie es sich in ihrem Häuschen gemütlich gemacht und schlafen. Jona blickt zum Motorschlitten. »Nein, kein Risiko. Der ist zu laut.« Er geht zur Wand und holt zwei paar Langlaufski hervor. »Die sind von Mor, die müssten dir passen. Schnall sie an, bitte.«

Ich zögere kurz. »Ich war seit Jahren nicht mehr auf Skiern«, gebe ich zu bedenken.

»Das ist wie Radfahren, das verlernt man nicht«, sagt er leichthin. »Du vertraust mir doch, oder?« Auffordernd schaut er mich an, und die Sommersprossen auf seiner Nase tanzen, als er mich anlächelt.

»Eigentlich schon«, antworte ich. »Aber beim letzten Mal, als ich dir vertraut habe, bin ich in einem eiskalten See gelandet.« Ich lege den Kopf schräg. »Und das vorletzte Mal hab ich Lakritz gegessen, das wirklich eklig geschmeckt hat.«

»Oh, ach das.« Er sieht angemessen zerknirscht aus. »Okay, wenn du diese Dinge aufzählst, ist es wohl keine gute Idee, mir zu vertrauen«, gibt er zu und schenkt mir seinen schönsten Dackelblick. Er hat wirklich bezaubernde Augen. Blau wie Eisbonbons oder der glasklare See, an dem wir neulich waren. Ich muss aufpassen, dass ich nicht darin versinke und mich verliere.

»Aber du musst zugeben, dass wir trotzdem Spaß hatten, oder?« Er zupft sich die schwarze Mütze auf seinem Kopf zurecht, als wäre er plötzlich nervös.

Ja, den hatten wir tatsächlich.

Sein Daumen streicht über meinen Hals, um mir eine Haarsträhne aus dem Gesicht zu wischen, und ich bekomme eine wohlige Gänsehaut.

»Stimmt. Egal, was wir gemacht haben, es war schön.« Ich schenke ihm ein aufrichtiges Lächeln.

»Glaub mir, diese Überraschung wird dir gefallen. Ganz ohne Einschränkungen.«

Ich greife nach den Skiern. »Also schön. Ich geb dir noch eine Chance. Was hast du vor?«

»Psst, nicht so neugierig. Wenn ich das verrate, ist es ja

keine Überraschung mehr.« Dieses abenteuerlustige Funkeln, das ich so mag, leuchtet in seinen Augen.

Jona reicht mir die Stöcke, und wir gleiten los. Nebelschleier hängen in der Luft, und nur der Mond bescheint unseren Weg. Da es keine Loipen gibt, ist das ein bisschen schwieriger und anstrengender als gewohnt. Trotz der Kälte wird mir ganz warm, während Jona zielstrebig zum Meer hinuntersteuert. Durch die kleine Kuhle am Dorfausgang gleitet er mit Schwung. Ich will es ihm nachtun, bleibe aber mittendrin stecken.

»Äh, Jona!«, rufe ich. Ich stecke im Tiefschnee fest.

Er dreht sich zu mir um. »Was ist?« Als er meine missliche Lage erkennt, fängt er einfach an zu lachen. Ich schnaufe und stemme die Hände in die Hüften.

»Warte, das bekommen wir schon hin.« Er zieht an mir, und ich lehne mich zur Seite und atme genießerisch seinen Duft ein. Was zur Folge hat, dass ich wohl einen Moment abgelenkt bin. Wir verlieren das Gleichgewicht und landen beide im Schnee.

»Hey, ich weiß, dass du umwerfend bist. Du musst es nicht ständig beweisen.« Er schaufelt eine Ladung Schnee auf mich.

»Bäh, kalt«, sage ich, aber ich bleibe liegen. Die Pause tut gut.

»Aber mit super Ausblick.« Er deutet zum Himmel, der sich wie die Auslage eines Juweliers zeigt, nachtschwarz und glitzernd. Dann wackelt er mit den Armen. »Mein Schnee-Engel wird schöner als deiner.«

»Kann gar nicht sein«, erwidere ich sofort und wedele mit. »Der arme Engel muss leider fußlos bleiben«, sage ich mit Blick zu den Skiern.

»Aber er hat Flügel und kann fliegen.« Jona betrachtet mich, und sein Blick ist so verliebt, dass mir plötzlich ganz heiß wird. Nervös lecke ich mir über die Lippe.

»Bleiben wir hier liegen und warten, bis wir erfrieren und uns jemand aus der Schneewehe herauskratzt?«, frage ich, um abzulenken. »Oder wolltest du mir nicht noch was zeigen?«

»Stimmt.« Er steht auf und reicht mir die Hand. Ich lasse mich von ihm hochziehen. »Immerhin bist du jetzt aus diesem Loch raus.« Er klopft mir den Schnee vom Rücken und streicht mir kurz durch den Pony, der unter meiner roten Mütze hervorlugt.

Schweigend laufen wir auf unseren Skiern weiter. Irgendwann hält Jona an. Sein Blick gleitet zum Himmel. »Perfekt. Wir haben immer noch klare Sicht.« Er schnallt die Ski ab, hilft mir ebenfalls, mich davon zu befreien, dann geht er mir voran zum Steg, der ins Wasser ragt. Erst jetzt entdecke ich, dass er einen Rucksack bei sich trägt.

»Du willst rausfahren? Aufs Meer?«, frage ich erschrocken.

»Auf jeden Fall. Dort wartet ja die Überraschung.« Er springt aufs Boot und streckt einen Arm aus.

Zögernd ergreife ich seine Hand und klettere ebenfalls ins Boot. »Ist das nicht gefährlich, so im Dunkeln?«

»Wir fahren ja nicht weit raus, nur ein Stück«, beschwichtigt er, während er sich hinters Steuer stellt und den Motor anlässt.

»Das ist ja leise«, stelle ich fest.

»Klar, ist ja auch ein Elektroboot.« Geschickt lenkt Jona das Boot auf den See hinaus. »Willst du auch mal?«

Ich stelle mich vor ihn ans Lenkrad, und sein heißer

Atem streift mir über die Wange, als er mir erklärt, was ich machen soll. Es fühlt sich gut an, so zu stehen, als würde er mich halten. Ich gebe der Versuchung nach und lehne mich mit dem Rücken an ihn. Er legt sein Kinn auf meinem Kopf ab und gibt mir einen Kuss auf die Haare.

»Hörst du das?«, frage ich.

»Was?« Verwundert schaut er mich an.

»Die Stille. Faszinierend. Nicht mal die Möwen kreischen rum.«

Er lacht. »Die schlafen längst.«

»Ich hätte nicht gedacht, dass es hier so still werden kann.«

»Tja, diese Gegend hat viele Reize«, erklärt er.

Oh ja, denke ich. *Und einer steht neben mir.*

Wir sind nicht lange gefahren, da stoppt Jona und lässt den Anker ab. Wir haben eine andere Insel erreicht. Am Ufer entdecke ich eine Bank und Decken. Davor steht ein Minitisch, auf dem eine elektrische Campinglampe ihr Licht erstrahlen lässt.

»Ich hab uns eine Decke mitgebracht, damit dir nicht kalt wird.« Jona wühlt in seinem Rucksack und zieht eine Thermoskanne hervor. »Tee?«

»Du weißt, wie du mich glücklich machen kannst«, scherze ich, während ich mich auf die Bank setze. Schnell kuschele ich mich in die Decke.

»Aber so was von!«, erwidert er, und ein Funkeln steht in seinen Augen.

Jona reicht mir einen Becher, aus dem Dampf aufsteigt. Unwillkürlich schaue ich auf das Etikett des Teebeutels. *Du bist schön und voller Gaben, deine Anwesenheit ist ein Geschenk* steht darauf. Meine Wangen glühen. Ich finde es sehr romantisch, denn ich weiß, dass er diese kleinen Botschaften bewusst auswählt, und diese bescheidene, uneigennützige Zärtlichkeit gefällt mir unglaublich gut.

»Was machen wir hier?«, frage ich und nehme einen Schluck, die warme Flüssigkeit rinnt mir wohltuend die Kehle hinab.

»Mit ein bisschen Glück werden wir Zeuge von einem ganz besonderen Schauspiel. So, wie es sich für ein erstes Date gehört.« Er grinst frech.

»Jona, wir hatten doch gesagt … Du musst nicht …«

»Ich weiß.« Er atmet tief ein und blickt mich an. »Es sind Polarlichter gemeldet. Und das Wetter ist optimal. Keine Wolken. Freier Himmel.« Er deutet nach oben. »Ich will noch ein paar Fotos für die Website machen«, sagt er. »Der Kuss … Ich wollte dich nicht überrumpeln.«

Ich spüre, wie mir die Hitze in die Wangen schießt. Bestimmt bin ich knallrot wie eine Kirsche. Aber zum Glück ist es dunkel. »Hast du nicht … Es war …« *Unglaublich. Magisch. Unvergleichlich.* »… schön.« Ich lächle und klappere gleichzeitig mit den Zähnen.

»Ist dir kalt?« Er beugt sich zu mir. »Oje, deine Nase ist ein Eiszapfen. Komm her.«

Er schiebt sich zu mir, legt den Arm um mich, und sofort wird mir wärmer. Das Wasser plätschert leise ans Ufer.

»Wie lange müssen wir denn warten?«, frage ich. »Ich meine, bis wir zu Tiefkühlerbsen zusammengeschrumpelt sind?«

»Mal sehen«, meint er. »Ich glaube, ich könnte das endlos aushalten. Vorausgesetzt, du gibst mir einen Zipfel von der Decke ab.«

Liu

30
White Christmas oder Schneeflockenschmelze

30. Dezember, Raunachtszeit, ein Date zum Verlieben, Gefühlsbarometer: Das Herz klopft bis zum Hals

»Wird das jetzt ein Date?« Ich hebe die Augenbrauen.

»Was glaubst du?« Er grinst frech.

»Na ja. Ich halte es durchaus für möglich.« Plötzlich ist mir doch wieder warm. »Und ich glaube, ich hätte nichts dagegen.«

»Sei versichert, meine Absichten sind absolut ehrenwert«, antwortet er. »Da, schau!«

»Oh wow!« Vor meinen Augen spielt sich ein wahres Farbfeuerwerk ab. Rote und grüne Lichter zischen über den Himmel, als hätte jemand seinen Farbkasten ausgeschüttet und ein Kunstwerk geschaffen.

Sprachlos bestaune ich dieses Wunder der Natur und greife nach Jonas Hand. Seine Finger verschränken sich mit meinen, und ich genieße seine Nähe. Wieder erfüllt mich diese besondere Ruhe, wie schon bei der Sauna, und ich lege den Kopf an Jonas Schulter und versinke ganz in dem Moment.

»Danke, dass du mir das gezeigt hast.« Ein bisschen bedaure ich, dass Emmi dieses faszinierende Schauspiel nicht sehen kann. Deshalb hole ich mein Handy raus und mache ganz viele Fotos. Jona hat ebenfalls seine Kamera gezückt, auf der ein ewig langes Objektiv sitzt, und tut es mir nach. Immer wieder tauchen Polarlichter den Himmel in ein sanftes Rosa, Orange und Grün, tanzen durch die Nacht wie Feen in bunten Kleidern.

Ich bin so hingerissen davon, dass ich mein Frösteln erst bemerke, als Jona den Arm um mich legt. »Deine Nase ist röter als die von Rudolphine Rentier.« Er rubbelt mit seinem Handschuh drüber. »Sollen wir zurück?«

»Noch nicht«, bitte ich. Sehnsüchtig richte ich den Blick zum Himmel. »Glaubst du, man darf sich von den Polarlichtern auch was wünschen, wie bei Sternschnuppen?«, frage ich ehrfürchtig.

»Wieso nicht? Man kann es ja versuchen. Zumindest kannst du dir sicher sein, dass du die Sternschnuppe nicht mit der verglühenden Unterwäsche aus der ISS verwechselst, die die Astronauten aus Hygienegründen aus der Raumstation entsorgen.«

»Das hast du dir ausgedacht«, erwidere ich lachend.

»Niemals!« Er wackelt mit den Augenbrauen. »Was würdest du dir denn wünschen?«, will er wissen. Er schaut mich so durchdringend an, dass es in meinem Bauch flattert.

»Dass der Solvinkel gerettet wird natürlich«, sage ich. »Und …«

»Und …«

»Und dass wir immer Freunde bleiben«, haspele ich.

»Ich glaube, das sind wir nicht«, erwidert er, und mir wird schlagartig schwindelig.

»Nicht?« Ich bin wie vor den Kopf gestoßen. Ich selbst habe Zweifel, dass eine Langstreckenbeziehung funktionieren kann, aber er war sich immer so sicher. Dass er jetzt etwas anderes sagt, kommt unerwartet. »Ich dachte, unsere Freundschaft ist dir etwas wert.«

»Sie ist mir die Welt wert«, bestätigt er. »Und genau deshalb denke ich, dass wir längst mehr als Freunde sind. Ich hab so viele Gefühle für dich. Ich weiß nicht, wie ich damit klarkommen soll. Und ich glaube, dir geht es ähnlich. Ich wünsche mir sehnlichst ein Upgrade.« Er nähert sich mir. »Ich will nicht mehr länger zusehen, wie solche Typen wie Freddy dich unglücklich machen.«

»Ey, so viele waren es auch nicht«, erwidere ich und boxe ihm gegen den Arm. »Und unsere Freundschaft ist kein Game.« Mir ist bewusst, dass ich ausweiche. Mir ist ganz schwummerig, denn ich habe Sorge, dass es für das, was wir tun, kein Zurück mehr gibt.

»Lin«, sagt er warnend. »Für mich ist das längst kein Game mehr.«

»Ja?« Meine Stimme ist so leise wie ein Windhauch.

»Du bist meine andere Hälfte, meine Seelenverwandte. Ich werde dich unglaublich vermissen, wenn du gehst.« Seine Stimme klingt rau. »Aber ich werde immer dein Freund bleiben. Und mehr, wenn du willst …« Er kramt in seiner Tasche und holt etwas heraus.

»Willst du mein Pinguin sein?«, fragt Jona und schaut mich so intensiv an, dass mir fast das Herz bricht. »Ich hab mal von einer sehr schlauen Frau mit Spinatgurkenmaske gehört, dass sie sich gegenseitig Steine schenken und ein Leben lang zusammen bleiben.« Er hält mir einen kleinen Seifenpinguin hin, der einen bemalten Stein zwischen den Flügeln hält.

»Hast du den selbst geschnitzt?«, frage ich mit zittriger Stimme. »Und den Stein bemalt?«

»Ja, war eine teilweise blutige Angelegenheit«, meint er grinsend und streicht sich über die Hand. »Ich hab noch ein paar Einhornpflaster gebraucht, aber du bist es mir wert.« Nun wird sein Lächeln auf einmal ganz schüchtern.

Schneeflocken fallen auf uns herab, benetzen Jonas Wimpern, schmelzen mir auf den Wangen.

»Lin, ich liebe dich. Schon so lange. Das ist kein flüchtiges Gefühl, das wieder geht. Das habe ich dir versucht auf verschiedene Weise zu zeigen. Ich werde dich nicht mehr küssen, das habe ich dir versprochen, auch wenn ich mir grad nichts sehnlicher wünsche. Ich wünschte, du würdest mir vertrauen, um es mit mir zu versuchen, aber ich will vor allem, dass du glücklich bist. Ich kann dir keine Versprechungen machen, und du musst mir keine machen. Wenn du willst, dass wir Freunde bleiben, gebe ich mir Mühe, dir ein guter Freund zu sein. Ich würde dich niemals zu etwas zwingen, was du nicht willst. Aber du sollst wissen, dass ich dich liebe und dass ich warten und hoffen werde. Und ich werde alles daran setzen, dass unsere Beziehung funktioniert. Auch über die Entfernung hinweg. Zumindest das kann ich dir versprechen.« Er holt tief

Luft und schaut mich aus samtblauen Augen an. »Und jetzt liegt es an dir, was als Nächstes passiert.«

Ein Kloß bildet sich in meinem Hals. Und zum ersten Mal in meinem Leben entscheide ich mich ganz aus dem Bauch heraus. Ohne Plan. Ohne alle Risiken abzuwägen. Das alles hier kann fürchterlich schiefgehen. Oder die epischste Sache werden, die ich je erlebt habe. Bevor ich es mir anders überlegen kann, beuge ich mich vor, bis sich unsere Nasenspitzen fast berühren.

»Also gut, Pinguin. Du weißt, dass diese flugunfähigen Vögel ein Leben lang zusammenbleiben. Wenn es dir ernst ist, hast du mich jetzt an der Backe.«

Sein Blick verhakt sich mit meinem, und ich versinke in diesen gletscherblauen Augen. »Nichts lieber als das. Du darfst gern mein Pickel auf der Backe sein. Oder auf der Stirn, ganz egal, wo du willst.«

»Kein guter Vergleich«, sage ich. »Halt besser die Klappe.« Und dann küsse ich ihn. Fest und voller Leidenschaft. Plötzlich ist mir die Kälte egal, ich spüre nur noch Jonas Wärme, seinen Körper, seine Hände. Ich spüre, wie er die Arme um mich schlingt, spüre seine Lippen auf meinen, spüre, wie sehr ihm das gefällt, und gebe mich ganz dem Augenblick hin. Seine Zärtlichkeit lässt die letzten Bedenken, die mein Verstand womöglich noch gehabt haben könnte, wie Schnee in der Sonne schmelzen. Es fühlt sich so gut an. Nein, nicht nur gut, sondern so richtig, dass ich mich frage, warum ich all die Jahre darauf verzichtet habe. Ich hatte das Glück direkt vor meiner Nase und habe es nicht erkennen wollen.

»Lin«, raunt er mir ins Ohr. »Endlich.«

Endlich, denke ich und vergesse alles um mich herum.

Ob unsere Beziehung die Entfernung aushalten wird, weiß ich nicht, aber im Leben gibt es nun mal keine Garantie. Aber dafür ganz viel Hoffnung. Und davon habe ich genug, dass ich es wenigstens probieren will. Ein Schauer überläuft mich, als mich diese Erkenntnis erfasst.

»Dir ist kalt«, sagt Jona sofort. »Wir sollten uns aufwärmen.« Jona zieht mich noch fester an sich. Der Schnee fällt inzwischen dichter. Man kann kaum noch die Hand vor Augen sehen. Die Polarlichter sind längst verglommen.

Ich will noch nicht zurück. Aber angesichts des Wetters bleibt uns wohl keine Wahl.

Als hätte er meine Gedanken gelesen, meint Jona: »Ich kenne da eine kleine Hütte in der Nähe, dort könnten wir warten, bis es nicht mehr so doll schneit.«

»Ja, das klingt gut«, stimme ich zu.

»Gut.« Er greift nach meiner Hand und läuft los, die Lampe in der Hand. »Es ist nicht allzu weit.« Wenig später erreichen wir die kleine Hütte, die auf einer Lichtung steht.

»Dürfen wir hier einfach so rein?«, frage ich, nachdem Jona die Tür aufgestoßen hat. Die Hütte ist winzig und spärlich eingerichtet. Es gibt einen Steinkamin und einen Holztisch mit Stühlen und Bänken. An einer Wand steht ein Sofa, an der anderen ein Schrank.

»Ja, das ist eine Schutzhütte. Die kann man hier überall kostenlos nutzen. Man darf hier sogar übernachten.« Er deutet auf das Sofa und eine Art Holzempore, auf der man wohl seinen Schlafsack ausbreiten kann. »Wir müssen sie nur so hinterlassen, wie wir sie vorgefunden haben.« Er breitet die Decken über das Sofa.

»Ich mach mal Feuer«, sagt Jona und geht zum Kamin.

Er prüft, ob der Rauchabzug geöffnet ist, dann schichtet er Holz auf und zerknüllt Papier, das er dazwischenlegt. Er holt ein Feuerzeug aus der Tasche, zündet das Papier an, und schon bald erfüllen ein gemütliches Prasseln und wohltuende Wärme das Zimmer.

Ich packe den Rucksack mit den Überresten unseres Picknicks aus. Der Tee ist noch warm.

Wir kuscheln uns auf das Sofa, und ich lehne meinen Kopf an seine Schulter.

»Darf ich?« Er lehnt sich zu mir, und ich nicke. Sanft streichen seine Lippen über meine, vertiefen den Kuss, und ich habe das Gefühl, dass ich schwebe. Jona ist nicht Freddy, hallt Emmis Stimme in meinem Kopf. Und plötzlich kann ich loslassen. Ich schließe die Augen und gebe mich ganz meinen Gefühlen hin, koste den Augenblick aus.

In der Nacht träume ich von Polarlichtern, von glitzerndem Schnee und Helden mit Lampen in der Hand. Nur schwer kann ich mich von diesem Bild lösen, als ich langsam die Augen öffne. Der Tag zeigt sich von seiner kitschig-romantischen Seite. Vögel zwitschern, und der Himmel erstrahlt in sanftem Orange durchs Fenster. Die Sonne hängt wie ein Ballon noch dicht über dem See und bringt das Wasser im frühen Morgenlicht zum Glitzern.

Das Feuer im Kamin ist zu einem kleinen Häufchen Asche verglommen, und das Kissen unter mir ist sehr bequem. Und da ist ein Arm, der mich umschlingt. Verwirrt fahre ich hoch.

Jona liegt neben mir und schaut mich an.

»Hej«, sagt er. »Gut geschlafen?«

»Hej«, antworte ich. »Ja, danke. Wie spät ist es?«

»Fast fünf. Hast du was Schönes geträumt?«, will er wissen.

»Das binde ich dir bestimmt nicht auf die Nase«, erwidere ich grinsend.

»Oh, ich denke, ich weiß es auch so. Die Angewohnheit, im Schlaf zu reden, hast du immer noch.« Verschmitzt lacht er mich an.

»Oh nein, sag mir, dass das nicht wahr ist«, erwidere ich und schlage die Hände vors Gesicht. »Was hab ich gesagt?«

»Nichts Schlimmes. Es ging nur um Pinguine, und du hast meinen Namen gesäuselt.«

»Das denkst du dir aus!«, widerspreche ich, doch wenn ich an meinen Traum denke, ist das durchaus möglich.

»Können diese Augen lügen?« Jona deutet auf sein Gesicht.

»Nein, aber womöglich hab ich deinen Namen nur gesäuselt, weil ich dir einen Vortrag halten wollte.«

»Über Pinguine und Steine wahrscheinlich«, meint er, und ich gebe mich geschlagen und wähle eine andere Taktik.

»Wir sollten zurück. Emmi macht sich sonst bestimmt Sorgen.«

»Ja, es gibt auch noch einiges für die Silvesterfeier vorzubereiten«, sagt er, doch er macht keine Anstalten aufzustehen. Stattdessen rückt er näher an mich heran, bis sich unsere Nasenspitzen berühren. »Hab ich dir heute schon gesagt, wie sehr ich dich mag?«

»Noch nicht«, erwidere ich schmunzelnd.

Er rückt noch ein Stück näher und legt seine Hand auf meine Taille. »Ich mag dich. Du duftest nach Kokos.« Er gibt mir einen Kuss auf die Nase. »Und ich mag dich auch, weil du so schön schief singen kannst.« Er gibt mir einen weiteren Kuss, dieses Mal auf die Wange.

»Ja, das ist wirklich eine meiner bemerkenswertesten Eigenschaften«, sage ich lachend.

»Ich mag dich, weil du mir das Gefühl gibst, ein Superheld zu sein.« Er küsst mich auf die Stirn. »Und ich liebe es, morgens neben dir aufzuwachen.« Seine Lippen finden endlich meine, und ich erwidere den Kuss voller Leidenschaft.

»Ich liebe dich«, sagt er leise und vertieft den Kuss, während seine Hände weiterwandern, und ich schwelge in diesem Gefühl. Der Kuss ist sanft. Sinnlich. »Ich könnte den ganzen Tag mit dir so verbringen. Für immer und ewig.«

Atemlos, die Hände in seinen Haaren vergraben, gebe ich mich ganz dieser Fantasie hin. Ich kann es mir richtig gut vorstellen, doch über unserem Glück liegt ein Schatten. Denn ein Immer und Ewig ist nicht für uns bestimmt. In ein paar Tagen schon reise ich ab. Ich rücke etwas ab und schaue ihn an. Ich weiß, dass er darauf wartet, dass ich ihm sage, ich liebe ihn auch, aber die Worte wollen mir nicht über die Lippen. Obwohl ich tief in meinem Inneren längst weiß, dass es so ist. Es auszusprechen, wäre aber ein riesiger Schritt für mich. Denn es würde unweigerlich eine weitere Veränderung unserer Beziehung bedeuten – und dafür bin ich noch nicht bereit. Ich will an dem festhalten, was wir jetzt haben.

»Was ist los?« Forschend mustert er mich. Seine Stimme klingt rau, und er schluckt schwer. »Wir haben doch gesagt, keine Geheimnisse mehr, oder nicht?«

»Es ist nur …« Tränen brennen mir in den Augen, und ich versuche, so ehrlich wie möglich zu sein. »Ich muss ständig dran denken, dass ich bald schon wieder abreise und dass dann wieder alles anders wird zwischen uns.« Ich setzte mich auf und fange an, mich anzuziehen.

»Wieso sollte es anders werden? Das muss es doch gar nicht.« Jona streicht mir sacht durch die Haare, und ich lehne mich ein Stück in die Zärtlichkeit. »Hey! Ich mag dich, schon vergessen?«

Ich schenke ihm ein Lächeln. »Nein. Natürlich nicht.«

»Zusammen schaffen wir das. Tausende Menschen führen eine Fernbeziehung. Für manche ist es das Geheimnis ihres Liebeserfolgs. Wir können abends gemeinsam zocken oder Filme bingen wie bisher und müssen uns nicht über den Gestank ärgern, wenn der andere wegen all der Chips mal furzt. Oder über piksende Krümel im Bett. Und du bekommst auch nicht mit, dass ich beim Puddingessen schmatze.«

»Was?« Ein Grinsen stiehlt sich in mein Gesicht. »Du eröffnest mir grad ganz neue Seiten an dir. Ich wusste gar nicht, dass du beim Puddingessen schmatzt.«

»Ja, ich hab eben viele Facetten, die du noch nicht kennst. Dir steht ein wahres Kennenlernabenteuer bevor.«

»Allerdings pupse ich nicht«, erwidere ich.

»Hättest du wohl gerne. Jeder hat mal Blähungen. Außerdem grunzt du im Schlaf. Das ist echt niedlich!«

»Heee! Das kann gar nicht sein«, schimpfe ich und starte eine Kitzelattacke, bis wir beide nach Luft schnappen. Völlig außer Atem liegen wir nebeneinander.

»Aber mal im Ernst«, erklärt Jona. »Ich verspreche dir, dass ich dir jeden Tag eine Nachricht mit einem Herz-

Emoji schicke.« Er hebt eine Schulter. »Wir könnten uns auch Avatare anlegen in *Minecraft*, die sich dann an unserer Stelle küssen in unserer ganz privaten Höhle.«

Das bringt mich schon wieder zum Lachen. »Du bist echt schräg, weißt du das?«

»Ja, und ich bin stolz drauf«, sagt er. Dann wird seine Miene ernst. »Und ich verspreche dir noch was: Ich werde dich bestimmt niemals zu irgendwas überreden. Hauptsache, du gibst uns beiden eine Chance.«

»Das will ich«, versichere ich. »Ganz bestimmt.«

Und ich werde alles in meiner Macht Stehende tun, um mein Versprechen zu erfüllen.

Liv

31
About a Girl – and a Boy oder der Tag des Kuschelwaschbären

31. Dezember, Nyårsafton, Gefühlsbarometer: Bittersüße Entscheidungen erzeugen Kribbeln im Bauch

Nur noch zwei Tage bis zu unserer Abreise. Eine tiefe Traurigkeit erfasst mich, als ich am Silvesterabend auf dem Bett sitze. Ich hab den Ort hier so lieb gewonnen und kann den Gedanken, dass ich mich von Jona trennen muss, kaum ertragen.

»Okay, willst du weiter Trübsal blasen, oder kommst du mit runter?« Emmi taucht in der Tür zum Badezimmer auf. Sie trägt ein silbernes Glitzershirt und einen kurzen schwarzen Rock. Damit wird sie bei Connor sicher Eindruck schinden. »Du weißt schon, dass die Jungs beim Silvesterlauf ohne uns nicht antreten können?«

Das ganze Dorf trifft sich zu diesem Spendenlauf, zu dem man, gegen eine Startgebühr, immer zu zweit antritt.

Einer zieht in einem lustigen Kostüm einen Schlitten, auf dem der oder die andere sitzt. Das Siegerduo bekommt einen Restaurantgutschein, und die Jungs haben sich in den Kopf gesetzt, diesen für uns zu gewinnen. Anschließend ist eine Silvesterparty angesagt.

Emmi mustert mich. »Schweden ist übrigens nicht aus der Welt gefallen. Falls du es vergessen hast, es gibt Züge, Flugzeuge. Und sogar ein Angebot hierzubleiben …«

Ich zucke mit den Schultern. »Aber ich verliere immer jemanden, entweder Jona oder euch.«

»So ein Quatsch!« Emmi schnauft. »Du tust gerade so, als ob wir noch im Mittelalter feststecken würden, wo Reisen hundert Jahre gedauert haben.« Sie mustert mich kritisch. »Ich hätte nicht gedacht, dass du ein Feigling bist, der immer nach neuen Ausreden sucht.«

»Ich bin kein Feigling«, erwidere ich empört.

»Dann beweis es!«

»Und was soll ich deiner Meinung nach tun?«

»Lass dir was einfallen.« Sie grinst mich an.

»Das hab ich vor.« Ich stehe auf und gehe zu ihr. Ich habe mich auch schick gemacht, aber ich trage nur eine schwarze weite Hose und dazu ein bauschiges beerenrotes Shirt, Jonas Lieblingsfarbe. »Aber Mama und Paps wollten noch anrufen, schon vergessen?«

»Oh, stimmt!« Sie holt das Tablet und wartet darauf, dass das Anrufsymbol klingelt. Wenig später ist es so weit.

»Happy New Year! *Gott nytt år!*«, brüllen meine Eltern ins Handy.

»Zu früh«, brummt Emmi. »Das wünscht man erst um Mitternacht, sonst bringt es Unglück.«

»Um Mitternacht telefonieren alle«, erklärt Mama.

»Wir tun einfach so, als wäre es schon so weit.« Sie macht einen Schritt zurück, sodass wir sie ganz sehen können, und dreht sich im Kreis. »Na, wie gefallen wir euch?«

»Ach du liebes bisschen, wie seht ihr denn aus?« Mir fallen fast die Augen aus dem Kopf. Mama hat sich in ein blaues Glitzeroutfit geworfen, das aus einer Pluderhose und einer Satinbluse besteht. Auf ihrem Kopf thront ein Käppi mit lauter funkelnden Strasssteinchen. Paps trägt ebenfalls eine blaue Hose, dazu ein ärmelloses Oberteil und einen Umhang. Der Hingucker sind aber die fetten Plateaustiefel. Ich muss mir ein Grinsen verkneifen.

»Heute ist *ABBA*-Abend«, sagt Mama. »Nur Hits von ABBA!«

»Ein Träumchen«, murmelt Emmi. »Da werdet ihr die Dancing Queens sein.«

»Ja, wirklich«, sagt Paps. »Nur diese Stiefel nerven. Mir tun jetzt schon die Füße weh. Das grenzt an Körperverletzung.«

»Deswegen trage ich keine hohen Hacken«, sage ich. Wäre bei meinem Beruf auch echt unpraktisch.

»Grüßt Jona und seine Mutter von uns. Wir müssen jetzt hier die Hütte abreißen.« Paps macht ein paar gewagte Tanzschritte mit Mama im Arm, die zum Fremdschämen sind. Dabei knickt er fast um, doch Mama kann ihn noch rechtzeitig stützen. Und ich freue mich wahnsinnig, dass die beiden immer noch so verliebt und glücklich sind. Das sollte mir Hoffnung geben, dass das mit meinem eigenen Glück auch funktionieren kann.

»Cheerio!«, ruft Paps und hebt sein Sektglas. »Bis bald.«

»Cheerio!«, rufen wir und tun so, als ob wir anstoßen würden.

»Jetzt sind es nur noch zwei Tage. Ich freu mich, euch wiederzusehen, ihr Süßen«, sagt Mama.

»Wir uns auch!« Mir wird ein bisschen mulmig, denn in meinem Gehirn arbeitet eine Idee, von der ich gar nicht mal so sicher bin, wie sie meinen Eltern gefallen wird.

»Bis bald!«, ruft Emmi.

»Und brecht euch nicht die Beine«, schiebe ich nach.

Dann ist das Gespräch beendet.

»Gut, lass uns runtergehen.« Emmi ist schon ganz zappelig. »Du zuerst. Und pass auf, dass dir kein Waschbär entgegenkommt.«

Ich schnappe mir das Lebkuchenherz und öffne die Tür. Huch! Emmi knallt in mich rein.

»Was soll das denn?«, fragt sie empört.

»Da klebt ein Briefumschlag!«, sage ich. »An einem Waschbärstofftier.«

»Oho!« Freudig klatscht sie in die Hände. »Ein Liebesbrief.«

»Da steckst aber nicht du dahinter?«, frage ich misstrauisch.

»Wofür hältst du mich?« Theatralisch fasst sie sich an die Brust. »Ich sollte nur dafür sorgen, dass du ihn findest.«

Ich öffne den Umschlag. Die Sauklaue kommt mir sehr bekannt vor.

Du funkelst in allen Farben, wie ein Feuerwerk, und ich kann alle sehen und mag sie alle.

Zu dem Zettel hat er ein Foto beigelegt. Er im Schneemann-Olaf-Kostüm. Auf der Rückseite steht:

Damit du mich auch erkennst, wenn du Tränen lachst.

Ein Lachen bricht aus mir heraus, und mir stehen tatsächlich Tränen in den Augen. Dieser alberne Kerl. Übermorgen reisen wir ab. Es wird Zeit, dass ich die Karten so offen auf den Tisch lege wie er. Wem will ich was vormachen? Meine Gefühle für ihn sind mit jedem Tag stärker geworden. Sie werden sich auch nicht ändern, ganz egal, wie weit wir voneinander entfernt sind. Und es wird Zeit, ihm das endlich ganz deutlich zu sagen.

Plötzlich beklommen schließe ich die Tür, hake mich bei Emmi ein und gehe mit ihr nach unten.

»Ich seh total bescheuert aus«, höre ich Jonas Stimme aus der Küche. Ich bedeute Emmi, ohne mich ins Gemeinschaftszimmer zu gehen, und bleibe stehen. Lauschen ist zwar nicht die feine englische Art, aber das Schauspiel ist es wert. Noch hat Jona mich nicht bemerkt, er unterhält sich mit Lysander, und ich beobachte lächelnd, wie er nervös an seinem unförmigen Kostüm rumzupft.

»Selbst Hildegard und Bo haben gelacht, als sie mich gesehen haben, und Chloe ist regelrecht vor Prusten explodiert«, mosert er.

»Stimmt, aber du hast gesagt, das sei ihre Lieblingsfigur.« Lysse grinst breit und macht ein weiteres Foto mit seinem Handy. Er selbst trägt ein Prinzenkostüm mit Rüschenhemd und bauschigen Ärmeln. Auf seinem Kopf thront eine Krone, die mit den blauen Steckern in seinen Ohren um die Wette glitzert. »Glaub mir, dieses Foto hier wird sich in ihr Gedächtnis brennen wie Milch in die Herdplatte. So wird sie dich garantiert auch nach ihrer Abreise nicht vergessen.«

»Wow! Was für ein unfassbar witziger Vergleich«, brummelt Jona. »Du hast gut reden, Prinz Klugscheißer. Du wirst es noch bereuen, wenn ich mit diesem Kugeloutfit als Letzter ins Ziel stolpere«, brummele ich.

»Keine Beschimpfungen über mein Outfit. Chloe hat sich das so gewünscht, also ist es prima. Außerdem reicht es, wenn ich als Erster das Ziel erreiche«, erwidert er. Sein Blick fällt auf mich, und er grinst. »Apropos Chloe. Höchste Zeit, dass ich mich um meine Prinzessin kümmere. Wir sehen uns nachher.« Leichtfüßig tänzelt er davon.

Jonas Blick folgt ihm und entdeckt mich im Türrahmen. »Hey«, sage ich und lächle. »Ein Schneemann, wirklich?«

»Hej.« Er verzieht das Gesicht. »Lysses Idee.« Wieder zupft er an dem riesigen Bauch. »Gefällt's dir?«

»Niemand trägt die Karotte so würdevoll wie du«, antworte ich grinsend. »Ich hab hier was für dich«, stammele ich und strecke ihm das Herz entgegen. »Vermutlich ist es hart wie Stein, aber … Pass gut drauf auf.« Dann hole ich tief Luft. »Okay. Können wir reden? Über Geheimnisse?«

Er macht eine ausholende Handbewegung. »Ich bin ganz Ohr.«

Nervös schaue ich mich um. Wir sind allein. Zum Glück. Jona setzt sich an den Küchentisch und schaut zu mir.

Ich kralle meine Hände um die Lehne des Stuhls, der ihm gegenübersteht. »Du solltest wissen …« Ich halte inne, mir ist das so unendlich peinlich.

»Was soll ich wissen?« Mit einem zärtlichen Lächeln blickt er mich an.

»Ich hab noch nie, du weißt schon …«

»Du machst es wirklich spannend.« Er stützt sich auf die Unterarme und blickt mich neugierig an, was mich noch nervöser macht.

»Also gut, ich hab noch nie mit jemandem geschlafen. Deshalb hat Freddy mit mir Schluss gemacht. Und ich hab deshalb gezögert, mich auf mehr mit dir einzulassen, weil ich Angst hatte, ich würde es wieder vermasseln. Vielleicht stimmt was mit mir nicht.« Beim Sprechen werde ich immer Schneller, und der Boden ist plötzlich total interessant. Wer hätte gedacht, dass Holzdielen so ein spannendes Muster haben. Mein Herz klopft mir bis zum Hals. Es ist gut, dass es raus ist, und gleichzeitig fühl ich mich total mies. Gefühlt steht alles auf dem Spiel.

»Hey.« Er hebt mit einem Finger mein Kinn an. »Mit dir ist alles in Ordnung«, sagt er nachdrücklich. »Meine Meinung über dich ändert das in keiner Weise. Im Übrigen ist Freddy ein quadratischer kleinkringeliger Pfosten. Aus verwurmtem, vermodertem Treibholz.«

Ein Lachen entschlüpft mir.

»Ich hab es nicht eilig.« Er lächelt. »Wir können warten, solange du willst«, versichert er. »Das nächste Levelup bestimmst du.«

Ich nicke. »Danke.« Ich beuge mich vor. »Ich glaub, ich küss dich jetzt.«

»Keine Einwände.« Er hebt die Hände, und als er unmerklich nickt, drücke ich meinen Mund auf seinen. Er zieht mich näher an sich, und es kommt mir vor, als würden wir auf Wolken schweben. So neu und doch so vertraut.

Als wir uns voneinander lösen, lehne ich den Kopf an seine Brust. »Müsstest du jetzt nicht so was sagen wie ›Geh nicht, du bist meine unsterbliche Liebe!‹?«

Er schüttelt langsam den Kopf. »Du bist meine unsterbliche Liebe, aber ich würde dir niemals vorschreiben, was du tun sollst.« Er schaut mich intensiv an. »Wir schaffen das, auch über die Ferne. Ich bin nicht Freddy. Das Einzige, was ich mir von dir wünsche, ist dein Vertrauen und deine Ehrlichkeit.«

»Die hast du«, sage ich. »Das verspreche ich.«

»Also geben wir der Sache mit uns eine Chance?«, fragt er.

»Ich bin dabei.« Ich lächle. »Und ich hab schon einen Plan, wie wir uns öfter sehen können.«

»Natürlich hast du den«, sagt er schmunzelnd.

»Weil ich dich liebe, werde ich versuchen, meine Ausbildung in Schweden fortzusetzen. Bei Lysses Vater.«

»Moment mal, was hast du eben gesagt?«

»Dass ich versuchen werde, meine Ausbildung hier zu machen?«, wiederhole ich. »Wenn du denkst, ich soll dem Eisenjungen dazu noch mal extra über den Kopf rubbeln, damit ich wiederkommen kann, mach ich das. Andererseits sind das Mandelorakel und die Raunachtswünsche schon auf meiner Seite, wenn Hedvig recht hat.« Ich verziehe das Gesicht.

Jona hebt die Augenbrauen. »Nein, nein, das andere. Kannst du das noch mal wiederholen? Ich glaub, ich hab mich verhört.« Er legt abwartend den Kopf schief.

»Ach so, das.« Ich mache eine theatralische Pause. »Ich

liebe dich.« Ich spüre, wie meine Wangen heiß werden. »Und zwar nicht nur auf die Freundesart. Also das auch, aber … Ich will beides: mit dir befreundet sein und dich lieben. Mit all deinen schrägen Macken, die du für perfekt hältst. Und das sind sie auch, also für mich. Okay, womöglich bin ich ein bisschen zu strukturiert, das ist meine Macke, aber du hast gesagt, du magst meine Macken und Pläne kann man kneten oder so, und ich will meine Pläne kneten … Oje, ich plapper nur Unsinn …«

»Hey, gar nicht!«, sagt er. »Ich hab so sehr gehofft, dass du mich irgendwann genauso magst wie ich dich. Du bist wunderbar und schön … durchgeknallt …«

»He!«, werfe ich ein, aber er fährt schon fort: »… aber auf die gute Art. Und ich lieb dich auch.« Und dann küsst er mich erneut, und die ganze Welt um mich herum steht still. Seine Finger streichen über meinen Hals, hinters Ohr, und ich glaube, ich gebe ein kleines Seufzen von mir.

»Stör ich?«, hören wir eine Stimme hinter uns.

»Ja«, brummt Jona, ohne sich umzudrehen. Schnell mache ich mich von ihm los. Mein Gesicht glüht vor Verlegenheit.

»Wir müssten langsam los, wenn wir den Start nicht verpassen wollen«, sagt Lysander.

»Jetzt schon?« Jona stöhnt auf. »Wir sollten uns nächstes Mal hinterm Sofa verstecken, hier haben wir ja keine ruhige Minute.«

Lin

32
Happy New Year

31. Dezember, immer noch Silvester, Gefühlsbarometer: Wenn Schmetterlinge ein Erdbeben erzeugen …

Gemeinsam stiefeln wir hinunter ins Dorf zum Marktplatz, wo sich schon eine stattliche Menschenmenge versammelt hat. Die kühle Luft tut gut und vertreibt die Hitze, die ich in mir verspüre. Zum Glück ist Lysander diskret und sagt nichts. Dazu turtelt er auch viel zu sehr mit Chloe.

Das ganze Dorf scheint auf den Beinen zu sein. Die Stimmung ist ausgelassen, und die Kostüme sind allesamt einfallsreich und lustig. Pinguine, Holzfäller, Bären, Haie, Rentiere und Hasen treffen letzte Startvorbereitungen. Wir bezahlen unsere Startgebühr und bekommen Schneeschuhe und einen Holzschlitten.

Während Alma, Bo, Hildegard und Herr de Haag sich auf die Zuschauertribüne begeben, laufen wir zur Startlinie.

»Das ist ja ein Hindernislauf«, rufe ich erschrocken, als ich die Rennstrecke sehe. Sie führt von einem Ende des Marktplatzes zum anderen, allerdings sind dazwischen fünf Tore zum Hindurchkriechen oder Drübersteigen und Minitannenbäume für einen Slalomabschnitt aufgebaut. Zum Schluss gibt es eine Wippe, und die Gezogenen auf dem Schlitten müssen abspringen und versuchen, als Erste auf den dort aufgebauten Buzzer in Form einer Rentiernase zu hauen.

»Ja klar, sonst wäre es ja auch zu einfach«, erwidert Lysander. Er macht Kniebeugen, um sich aufzuwärmen.

»Oi, und bergauf geht es auch«, ergänzt Chloe, als sie die Wippe sieht.

Emmi stemmt die Hände in die Hüften. »Also, wir können euch ja ziehen, weil wir verloren haben, aber ob ihr dann gewinnt …« Sie lässt das Ende offen.

»Kommt schon, Mädels, wir schaffen das«, feuere ich die beiden anderen an, während wir zusehen, wie ein ziemlich großer, muskelbepackter, bärtiger Mann mit Rentiergeweih auf dem Kopf sich das Seil um den stattlichen Bauch schlingt. Vor dem Schlitten. Seine Frau oder Freundin nimmt darauf Platz.

»Also, ich weiß nicht. Ich fühle mich auf einmal so schwach …« Chloe legt theatralisch eine Hand an die Stirn und tut so, als ob sie umkippen würde, direkt auf Lysanders Schlitten. Ich verkneife mir ein Lachen.

»Okay, okay, schon gut«, brummt Lysander. »Wir ziehen euch, weil wir faire Sieger sind.«

»Und weil du gewinnen willst«, ergänzt Jojo lachend. »Sei ehrlich!«

»Danke!«, trällert Chloe und hüpft so munter hoch wie eine Springmaus.

Chloe, Emmi und ich machen uns bereit und setzen uns auf die Schlitten. Die Jungs befestigen die Kordel um den Bauch und gehen in Position.

»Klara – färdiga – gå!«, brüllt der Schiedsrichter und bläst in eine Tröte, die ein unmelodisches Jaulen von sich gibt.

»Wuhu!«, brüllt Emmi, als wir im Sprinttempo über den Schnee schliddern.

Die Anfeuerungsrufe der Zuschauer höre ich kaum. Das Stimmengewirr rauscht mir in den Ohren, während Jona, den Kopf gesenkt, die Arme dicht an den Seiten, nach vorn prescht. Ich klammere mich fest und lasse mir den Wind ins Gesicht pusten.

»Lauf, Olaf, lauf!«, rufe ich ihm lachend zu, worauf er kurz den Kopf zu mir dreht und den Daumen hebt.

Jona gibt sein Bestes, kriecht schnaufend unter den Toren durch, doch Lysander hat die Nase vorn. Er ist ein verflixt schneller Läufer. Jona bleibt öfter mit seinem unförmigen Kostüm hängen, und einmal kippe ich in einer Kurve fast vom Schlitten. Als wir wenig später die Wippe erreichen, liefere ich mir ein Wettrennen mit Chloe und Emmi, doch Chloe schafft es als Erste an den Buzzer, weil sie sich ungalant vordrängelt und Emmi zur Seite schubst. Lachend fallen wir gemeinsam in den Schnee.

»Gewonnen!«, brüllt Lysander und wirbelt Chloe herum. »Wir haben gewonnen!«

Jona schnappt nach Luft. Seine Wangen sind gerötet, und er fährt sich durch die Haare, sodass sie in alle Richtungen abstehen. »Ja. Aber nur, weil du mich in dieses absolut untaugliche Kostüm gestopft hast.«

»Selbst schuld!«, erwidert Lysander.

»Okay, der Gewinner gibt einen Kakao aus«, befindet Connor, und Lysander schlägt ein.

»Tut mir leid, dass ich das Essen nicht für uns gewonnen habe«, meint Jona zu mir.

»Macht nix!«, erwidere ich. »Das hat Spaß gemacht. Abgesehen davon, wir hatten doch schon unser absolut traumhaftes Picknick.«

Nach der Siegerehrung, bei der wir alle kleine Medaillen abstauben und Lysander und Chloe noch eine Krone, schlendern wir zu Hedvigs Restaurant, wo die Silvesterparty stattfindet. Irgendwann wird eine Karaokemaschine angeworfen. Sofort springt Chloe auf und zieht Lysander mit sich. Die beiden ernten jede Menge Applaus für ihren Auftritt.

»Wer will noch mal, wer hat noch nicht?«, ruft Lysander anschließend.

»Komm!«, sagt Jona und zieht mich mit sich. Er tuschelt mit Lysander, der nickt, dann schallen die ersten Töne von *Don't Go Breaking My Heart* durch den Raum. Jona fängt an, und ich bin so hin und weg von seiner rauchigen Stimme, dass ich glatt meinen Einsatz verpasse. Auffordernd schaut er mich an, und plötzlich ist es mir egal, was die anderen von mir denken könnten, ob Chloe besser singt oder was mal war. Ich lebe im Hier und Jetzt, genieße den Augenblick und gröle lautstark mit.

Nach der Nummer schaut mich Chloe feixend an und sagt: »Hey, du kannst wirklich nicht singen. Ich dachte, das wäre nur ein Spruch. Du weißt schon, *fishing for com-*

pliments.« Sie lacht, und ich überlege kurz, ob ich beleidigt sein soll, doch sie fährt schon fort: »Aber ihr beiden saht so was von süß und glücklich miteinander aus, da ist es völlig egal, wie gut man singt.« Sie umarmt mich und wünscht mir ein frohes neues Jahr, bevor sie mit Lysander erneut die Bühne stürmt.

Bo fordert Hildegard zum Tanz auf, und Herr de Haag bittet Alma. Gut gelaunt wirbeln die Paare über die Tanzfläche. Dann wird die Musik plötzlich langsamer, und Jona zieht mich in seine Arme. Reglos bleiben wir voreinander stehen, wiegen uns langsam hin und her, und ich spüre, wie sein Herz mit meinem im Gleichklang schlägt.

»Ich kann nicht glauben, dass du übermorgen schon wieder abreist. Wirst du mich vermissen?«

»Ganz schrecklich heftig sogar.« Ich lege die Stirn an seine. »Aber ein Gutes hat es: Die Chips gehören dann ganz mir.«

»Als ob ich dir jemals Chips klauen würde.«

»Übrigens weiß ich jetzt ein Motiv für unsere Weihnachtskugel.«

»Ach ja, und welches?« Er wackelt mit den Augenbrauen. »Vielleicht ein Pinguin?«

»Wie wär's mit einem Silvesterfeuerwerk?«

»Weil zwischen uns die Funken sprühen?«, fragt er frech.

»Auch.« Ich lache. »Aber eigentlich, weil es für den Neuanfang steht. Des Jahres und unserer Beziehung.«

»Ein Silvesterfeuerwerk also?« Auf sein Gesicht stiehlt sich dieses verschmitzte Lächeln, das ich so liebe. »Alles, was du willst!«

Kurz vor Mitternacht strömen alle nach draußen. Zwei

Stühle werden voreinandergeschoben, und eine Schlange von Paaren bildet sich.

»Was wird das?«, frage ich neugierig, als auch Lysander und Chloe sich anstellen.

»Das soll Glück bringen«, erklärt Jona. »Man springt gemeinsam ins neue Jahr.«

Lautstark zählen alle gemeinsam runter, und unter dem Geknalle der Sektkorken und Raketen bewegt sich die Schlange vorwärts. Ein Paar nach dem anderen steigt auf die Stühle, hält sich an den Händen und küsst sich, während sie hinunterspringen. Selbst Bo und Hildegard sind darunter, obwohl sie nicht auf die Stühle steigen, sondern zwischen den Stühlen einen gemeinsamen Schritt nach vorn machen. So süß die beiden.

»Sollen wir es auch versuchen?« Ich schaue zu, wie erst Lysander und Chloe, dann Emmi und Connor den Sprung wagen unter dem Applaus der anderen.

»Du weißt schon, dass ein Kuss dazugehört?«, fragt er mich. »In aller Öffentlichkeit. Das letzte Mal war dir das nicht so recht, wenn ich mich nicht täusche.«

Ich nicke und spüre das Kribbeln in meinem Bauch, als ich ihn mit mir ziehe. »Aber jetzt will ich genau das.«

»Hier, vor allen Leuten?«, fragt er ziemlich fassungslos.

»Hier, vor allen Leuten«, bestätige ich und schenke ihm ein verführerisches Lächeln. »Ich glaub, es wird Zeit, dass wir unsere Beziehung öffentlich machen.« Einen größeren Vertrauensbeweis kann ich ihm nicht geben, und ich bin mir bewusst, dass das nur wegen ihm möglich ist.

Er schluckt schwer, dann zieht er mich wortlos mit sich. Wir stellen uns in die Reihe, und das Kribbeln verstärkt sich, als wir auf die Stühle steigen.

Lächelnd greift er nach meiner Hand. »Frohes neues Beziehungs-Jahr!«, sagt er und beugt sich vor. Ohne zu zögern, komme ich ihm entgegen.

»Ich liebe dich«, flüstert er ganz nah an meinem Mund. »Bis in alle Ewigkeit.«

»Und ich dich!«, sage ich ebenso leise.

Während das Silvesterfeuerwerk spektakuläre Farben auf die schwarze Himmelsleinwand malt, vereinen sich unsere Lippen, die Welt verblasst, und wir verlieren uns im Glück.

Liv

Epilog
Liebe braucht keine Ferien

Mittsommer, ein Jahr später, die Sonne scheint, Gefühlsbarometer: überschäumend vor Glück und strahlend wie ein Leuchtturm.

Ich lege den Kopf in den Nacken und betrachte den festlich geschmückten Baum vor Almas Solvinkel. Seit heute bin ich wieder in Schweden. Es hat eine Weile gedauert, einen Ausbildungsplan mit der IHK zu erarbeiten und das Stipendium für eine Ausbildung im Ausland von den Behörden genehmigt zu bekommen. Dabei war mir das Erasmus-Programm eine große Hilfe. Nun kann ich bei Lysanders Vater meine Ausbildung für ein Jahr fortsetzen und zur Prüfung nach Deutschland zurückkehren. Bis dahin ist vielleicht auch Jona mit seiner Ausbildung fertig, und womöglich bleiben wir dann in Deutschland oder auch noch eine Weile in Schweden. Das wird die Zeit zeigen. Erst dachte ich ja, dass es mir schwerfallen würde, meine Familie zurückzulassen, aber ich bin auch neugierig darauf, eine andere Arbeitsweise kennenzulernen und neue Erfahrungen zu machen. Und mit Jona, Alma, Lysander und seinem Vater habe ich quasi eine zweite Familie dazugewonnen. Mit meiner Familie kann ich zum Glück durch Videochats Kontakt halten, wenn mich das Heimweh packt, und natürlich kommen Emmi, Mama und Paps mich auch besuchen. Schon in einer Woche zum Mittsommerfest.

Der kleine Solvinkel hat zwar den Award nicht gewonnen, sich aber dank unseres neuen Konzepts, Bos Unterstützung und Jonas Einsatz zum Geheimtipp für naturverbundene Coolcation-Gäste entwickelt und ist für das ganze Jahr schon ausgebucht. Dank der Vereinbarungen mit umliegenden Gaststätten, die sich um alle Mahlzeiten kümmern, kann Jona sich auf seine Kernkompetenz konzentrieren und seine geliebten Ausflüge in die Natur machen. Auch Alma bietet ein vielfältiges Programm an – Yoga mit den Ziegen und Hühnern gehört dazu. Chloe macht dafür ordentlich Promo.

Jona stellt meinen Koffer in meinem Zimmer ab. Es ist dasselbe wie an Weihnachten, nur dass der Apfelbaum vor dem Fenster nun Laub trägt. Das Fenster steht offen, und eine laue Brise lässt die Vorhänge wehen. Seufzend betrachte ich das Meer, das in der Ferne vage zu sehen ist.

Jona schlingt mir von hinten die Arme um den Bauch. »Willkommen zurück!«, raunt er mir ins Ohr und gibt mir einen Kuss hinters Ohrläppchen. »Zufrieden?«

»Ja.« Mehr als das. Ich drehe mich zu ihm um. »Wir haben es wirklich geschafft, dieses Fernbeziehungsding durchzuziehen.«

»Ich hatte keinen Zweifel. Das hatten wir ja vorher

auch schon. Wenn man es genau nimmt, daten wir uns schon seit Jahren.« Er sieht mich forschend an, streicht mir über den Arm, verschränkt seine Finger mit meinen. »Ich kann immer noch nicht fassen, dass du wirklich hier bist.«

»Ich auch nicht, aber es fühlt sich gut an.« Ich lege meine Stirn an seine Brust.

Nun wird seine Miene ernst. »Du weißt, du kannst das hier jederzeit abbrechen, denn ich würde dich niemals zu etwas überreden, was du nicht willst.«

»Das könntest du auch gar nicht. Aber ich will bei dir sein!«, versichere ich.

»Du musst noch das Frösche-Lied lernen, Kokosflocke«, sagt er, als wir uns wieder voneinander lösen. »Das ist ein Must-have beim Mittsommerfest.«

»War ja klar, dass ihr Schweden auch dafür ein Lied habt. Soll ich dann auch rumhopsen wie ein Frosch?«

»Na klar. Das machen hier alle.« Er grinst mich an. »Ich bring dir den Tanz bei, wenn du willst.«

»Oh, unbedingt«, sage ich lachend. »Ich bin schon sehr gespannt.«

»Die Ziegen haben dich vermisst, die Hühner nicht so. Die waren froh, dass sie ein Ei weniger legen konnten.«

»Ich hab sie auch vermisst«, sage ich. »Vor allem Ginger.«

»Und mich?«

»Dich natürlich auch. So sehr, dass ich jeden Abend dein Foto unters Kopfkissen gelegt habe.« Ich grinse. Er hat mir ein Superheldenfoto geschickt, im Thor-Kostüm. Sehr sexy mit dem halbnackten Oberkörper. »Und es natürlich pflichtschuldigst abgeknutscht habe.«

»Das ist ja wohl das Mindeste, wenn ich mich schon in

diese absolut unbequeme Cosplay-Montur mit Schlabberlatz werfe«, sagt er todernst. »Dabei bin ich mir nicht mal sicher, ob deine Küsse mir gelten oder diesem muskelbepackten Gott.«

»Oh, dir natürlich.«

»Ach ja?« Sein Blick gleitet über mich, und ein Feuer lodert in seinen Augen auf. Plötzlich wird mir ganz heiß, als würde mitten im Sommer die Heizung auf Hochtouren im Zimmer laufen. »Kannst du das auch beweisen?«

»Ja.« Ich lache verlegen. Okay, manchmal bin ich immer noch unsicher, manchmal überkommen mich Zweifel, aber Jona gibt mir das Gefühl, alles schaffen zu können. Ich kann nicht fassen, dass ich so lange meine wahre Liebe direkt vor mir hatte, aber mein Kopf es nicht erkennen wollte. Wie heißt es im Buch vom *Kleinen Prinzen:* »Man sieht nur mit dem Herzen gut.«

Nun wandern Jonas Finger über meine Arme und lösen ein Kribbeln aus, überall, wo sie mich berühren. Seine Hände gleiten höher, umfassen mein Gesicht, und dann verschmelzen unsere Lippen miteinander. Ein leises Seufzen entweicht mir, diese Nähe hat mir so gefehlt.

Genießerisch schließe ich die Augen, gebe mich ganz dem Augenblick hin und lasse meine Finger unter seinem Shirt nach oben gleiten.

»Ich habe dich so vermisst«, sage ich.

»Und ich dich.« Er vertieft den Kuss, und ich kann nicht genug davon bekommen. Unendlich glücklich schmiege ich mich an ihn und genieße die Vertrautheit zwischen uns. Dass ich bei ihm nicht überlege, was ich tun oder sagen soll, sondern einfach so sein kann, wie ich bin. Vielleicht werden wir nicht bis in alle Ewigkeit so verliebt sein, aber ich weiß, dass ich auf seine Ehrlichkeit vertrauen kann. Und ich freue mich auf das Abenteuer, das diese Veränderung mit sich bringt. Auf unsere gemeinsame Zeit.

Seine Hand gleitet in meine Haare, die andere unter mein Top, und er manövriert mich zum Bett, auf das wir plumpsen.

»Haben wir denn dafür Zeit, du wolltest mir doch noch ein Frösche-Lied beibringen?«, sage ich verschmitzt.

»Später!«, meint er abgelenkt, während sein Mund nun über meinen Hals nach unten wandert.

Ein Klopfen unterbricht uns. »Hej, Jona, deine Mor lässt ausrichten, es ist Zeit für die *fika*, und was auch immer ihr tut, ihr sollt es später tun«, höre ich Lysanders Stimme. »Hej, Lin, schön, dass du wieder da bist.«

Jona zieht sich das Kissen über den Kopf. »Ehrlich, Lysse hat immer noch so ein mieses Gespür für gutes Timing wie ein Waschbär!«, schimpft er. »Ich glaub, ich bewerfe ihn mit Mottenkugeln.«

Ich bekomme einen Lachflash und lehne den Kopf an Jonas Brust. »Oh, du steckst voller crazy Ideen.«

»Ich gebe mir Mühe. Eine gewisse Waschbärfreundin hat mir dazu geraten. Aber ob es funktioniert?«

»Unbedingt«, antworte ich und gebe ihm einen Kuss auf den Hals, was ihm ein leises Seufzen entlockt. »Ich bin gespannt, was du noch so draufhast.«

»Du wirst erstaunt sein über meine Froschtanzkünste, Pinguin«, sagt er und streicht mir die Haare aus der Stirn.

»Also gut, ich glaube, wir sollten uns zuerst unten blicken lassen. Was meinst du?«, sage ich. »Vielleicht können wir ja später da weitermachen, wo wir aufgehört haben?«

»Alles, was du willst«, antwortet er.

»Übrigens, ich hab da noch was für dich.« Ich öffne meinen Koffer und hole das Lebkuchenherz heraus, das ich geflickt habe. »Hier, mein Herz. Pass gut drauf auf!«

Ein Funkeln tritt in Jonas Augen, als er es entgegennimmt, und seine Stimme klingt ziemlich rau. »Du kannst auf mich zählen, Lin. Immer!«

Total verliebt laufen wir die Treppe hinunter.

»Was stand eigentlich auf deinem letzten Raunachtzettel?«, frage ich. »Du weißt schon, der Wunsch, um den man sich selbst kümmern muss?«

Jona grinst verschmitzt. Er bleibt stehen und zieht den Zettel aus der Tasche, um ihn mir zu reichen. Gespannt falte ich ihn auf und lese ihn.

»Eine Fußmassage von mir? Das ist kein Wunsch, das ist eine Utopie und wird nie passieren«, verkünde ich lachend.

»Dreh den Zettel um«, sagt er.

Ich tue es und lese nun: »Lin glücklich machen, egal, wie das aussieht«.

»Oh weia«, seufze ich. »Das ist ganz schön kitschig.« Ich drücke ihm einen Kuss auf die Wange. »Aber auch total lieb.«

»Pass gut auf mein Herz auf«, sagt er.

»Ich trage es bei mir.« Grinsend hebe ich das Armband hoch, an dem der Herzanhänger baumelt, den er mir zum Geburtstag geschenkt hat. Etwas stabiler als ein Lebkuchenherz, nicht so bröselig, meinte er dazu, und ich war so gerührt.

»Und was steht auf deinem Zettel?«, fragt er nun.

Ich hole das Papier hervor und gebe es ihm.

»Mut zu mehr Abenteuer im Leben, weniger Leben nach Plan«, liest er. »Das ist eine gute Entscheidung. Ich werde dafür sorgen, dass du sie nicht bereust.« Tief schaut er mir in die Augen. »Ich hätte da schon ein Abenteuer im Sinn. Es hat was mit Lakritz und Eis zu tun – und einem Boot. Hast du Lust?«

»Mit dir immer«, antworte ich.

Glück kann man eben nicht planen, denke ich, während wir ins Esszimmer schlendern. Und nicht jeder Weg verläuft gerade. Manchmal gibt es Hindernisse, die einen ganz schön fordern können. Aber wenn man die Augen aufhält, kann man sein persönliches Glück finden. Jeden Tag aufs Neue bietet sich eine Chance dafür. Und manchmal begegnet es einem auch auf Umwegen.

Das macht es jedoch nicht weniger perfekt, denke ich, und drücke Jonas Hand etwas fester, entschlossen, mein Glück dieses Mal ganz festzuhalten.

Extras

Vielen Dank fürs Lesen! Ich hoffe, du hattest Freude mit Lins und Jonas Geschichte und dem Buchausflug ins winterliche Schweden.

Mit den nachfolgenden Extras kannst du, wenn du willst, noch ein wenig länger die Atmosphäre des Romans auskosten, denn ich hab dir ein Lieblingsrezept, Lieblingsspots in Stockholm und natürlich auch einige Filme für Weihnachten und Silvester zusammengestellt, die es zum Teil auch als Anspielung in die Kapitelüberschriften geschafft haben 😊 .

Eine schöne Zeit und alles Gute für dich!

Lins Lieblingsfilme für Weihnachten und Silvester

Vielleicht hast du es schon bemerkt: In den Kapitelüberschriften verbirgt sich manche Anspielung auf einen Weihnachtsfilm oder eine Serie. Hier sind einige davon:

Ist das Leben nicht schön? * Hüter des Lichts * Four Rooms * The Game * Besser geht's nicht * Last Christmas * Happy New Year * Der Hofnarr * Schöne Bescherung * Die Geister, die ich rief * Chocolat * Drei Haselnüsse für Aschenbrödel * Der Grinch * Ein perfektes Weihnachtsfest * Weihnachten zu Hause * Die 12 Weihnachts-Dates * Single Bells * Ein Hund namens Weihnachten * Die verzauberte Schneekugel * Eine irische Weihnachtsgeschichte * The Night before Christmas * Tokyo Godfathers * Prinzessin Fantaghiro * Während du schliefst * Selbst ist die Braut * Verrückte Weihnachten * Der Polarexpress * Das Wunder von Manhattan * Liebe braucht keine Ferien * Weiße Weihnachten * Die Geister, die ich rief * Der Sternwanderer * The Knight before Christmas

Jonas Lieblingsspots in Stockholm

Karlsson vom Dach * Vasa Museum * Roof Top Tour * Ocean Bus Tour * Paradox Museum * Gamla stan und königliches Schloss * Markthalle Saluhall * Eisenjunge * Skansen * Gröna Lund * Astrid Lindgren Haus und Junibacken * Königliche Bibliothek und Stockholmer Stadtbibliothek * SoFo und Södermalmn * Kanu-, Kajak- oder Bootstour in die Schären (von Langholmen aus oder z. B. nach Fjäderholmen (am besten am frühen Abend, Tickets online buchbar), Vaxholmen oder Sandhamn* China-Schloss in Schloss Drottningholm * Lakritsroten * Skinnarviksberget in Södermalm, vorher unbedingt auch die Wall of Fame mit Graffiti besuchen * Strandbad Langholmen * Fotografiska * Nacka Strand * Tour durch die kunstvoll gestalteten Stationen der U-Bahn mit der Art Walk App * Tullengatan (Tunnel-Abkürzung, um Treppen zu sparen) * Ghost Walk * Skeppsholmen Brücke (goldene Kronen) * Stadshus * Mårten Trotzig Gränd, schmalste Gasse

Lins Lieblingsrezept für Smörgåstårta-Sandwichtorte

Du brauchst:
12 Toastscheiben
500 g Kräuterfrischkäse (oder Frischkäse, in den du Kräuter schnibbelst)
400 g Schmand
4 Eier
Pfeffer
Salz
sowie Gurken, Paprika, Schinken oder Lachs, Käse (z. B. Gouda), Möhren, Schnittlauch o. ä. zum Garnieren
1 Kastenform
Frischhaltefolie

Lege die Kastenform mit Frischhaltefolie aus. Mische Kräuter, Frischkäse und Schmand. Mit Pfeffer, Salz und Paprikapulver abschmecken. Das Gemüse in Scheiben schneiden. Lege die Kastenform mit Toast aus. Mit der Schmand-Kräuterkäse-Mischung bestreichen. Belege sie mit Gurken und Radieschen. Lege die nächste Schicht Toastbrot drauf, bestreiche sie mit der Käsecreme, und belege sie mit Lachs oder Schinken. Die nächste Toastbrotschicht auflegen und wieder mit Käse bestreichen und noch mal mit Käse oder Gurke, den Eiern, Radieschen und Paprika belegen. Die letzte Toastbrotschicht drauflegen und wieder mit der Käsecreme bestreichen.

Kastenform für ca. 30 Minuten in den Kühlschrank stellen. Anschließend vorsichtig stürzen und die Sandwichtorte außen mit der restlichen Käsecreme bestreichen. Mit Schnittlauch und dem restlichen Gemüse und ein paar Eierscheiben dekorieren. *Smaklig måltid!*

Jonas Lieblingsrezept für Chokladbollar

Du brauchst:
200 g Zartbitterschokolade oder
3 Esslöffel Kakao und 3 Esslöffel frisch gebrühten Kaffee
1 Esslöffel Orangensaft
100 g Butter oder Margarine
100 g Haferflocken
100 g Zucker
1 TL Vanillezucker
Zum Wälzen je nach Geschmack 100 g Kokosflocken, Streusel, Puderzucker, Zimtzucker oder von allem etwas

Schmelze Butter oder Margarine mit der Schokolade im Wasserbad oder rühre statt der Schokolade Kakao unter. Füge den Zucker, den Vanillezucker, den Orangensaft und die Haferflocken dazu. Alles gut vermischen.

Etwas abkühlen lassen, dann ein Backblech mit Backpapier auslegen und kleine Kügelchen formen.

Anschließend die *Bollar* in den Kokosflocken, Streuseln, Puderzucker oder Zimtzucker wälzen. Gut schmeckt auch eine Mischung aus mehreren Kombis.

Keks-Pong-Regeln

24 Pappbecher in Form einer Tanne aufstellen. In jeden Becher einen Keks legen. Mit Tischtennisbällen auf die Becher zielen. Für mehr Spannung kann man auch Zettel mit Quizfragen zu den Keksen in den Becher legen oder ziehen. Kann die Frage beantwortet werden, ist der Keks erobert. Trifft der Ball keinen Becher oder kann die Frage nicht beantwortet werden, muss man zur Strafe ein Weihnachtslied singen, ein Gedicht aufsagen oder eine andere »Strafe« ausführen. Wer die meisten Kekse erobert, hat gewonnen.

Danksagung

Manchmal ist der Pfad zu den wirklich wichtigen Herzensdingen ziemlich steinig und unter Brennnesseln und Gestrüpp verborgen. Manchmal braucht es jede Menge Mut, ihn zu finden, freizuschaufeln und zu gehen. Und manchmal muss man einen Umweg in Kauf nehmen. Doch wenn man diesen „Herzenspfad“ endlich aufgespürt hat und ihm folgt, kann man wahres Glück erleben. So ist es mir mit dem Schreiben gegangen – es gab und gibt immer noch einige Umwege und Baustellen, jede Menge Dornengestrüpp und Steine, die ich mir gelegentlich auch mal selbst in den Weg pfeffere, vor allem bei dieser Geschichte. Deshalb ein großes Dankeschön an meine Lektorinnen Katharina Runden und Christiane Schwabbaur und meine Agentin Christine Härle, die mich als Navigatorinnen zuverlässig zum Happy End lotsten.

Eine dicke Umarmung geht an meine Löwenherzen Mascha Matysiak und Sonja Bullen und meine Schwester. Bisher habt ihr mich noch aus jedem Schlagloch rausgeholt und mir auf eure Weise geholfen, mit mir die Hindernisse zu beseitigen, die bei jeder Geschichte – und leider auch gelegentlich im Leben – zuverlässig auftauchen. Danke für eure seelische, moralische und tatkräftige Unterstützung!

Und ein dickes Dankeschön auch an dich, dass du dir die Zeit genommen hast, in die Geschichte von Lin und Jojo einzutauchen. Ich hoffe, du hattest Spaß dabei und konntest eine Weile lang den Alltag vergessen. Ich wünsche dir, dass du immer einen Herzensmenschen an deiner Seite hast.

Alles Gute
Corinna Wieja